以苦难写厄运
以坚强书生命

遗叙录

李庸和 著

成都时代出版社
CHENGDU TIMES PRESS

图书在版编目（CIP）数据

遗钗录 / 李庸和著 . — 成都 : 成都时代出版社，
2024.1

ISBN 978-7-5464-3235-9

Ⅰ . ①遗… Ⅱ . ①李… Ⅲ . ①中篇小说—小说集—中
国—当代 Ⅳ . ① I247.5

中国国家版本馆 CIP 数据核字（2023）第 047709 号

遗钗录

YICHAI LU

李庸和　著

出 品 人	达　海	
责任编辑	樊思岐	
责任校对	李　航	
责任印制	黄　鑫　陈淑雨	
装帧设计	汇文书联	
出版发行	成都时代出版社	
电　　话	（028）86785923（编辑部）	
	（028）86615250（发行部）	
印　　刷	武汉鑫佳捷印务有限公司	
规　　格	170 mm×240 mm	
印　　张	16.25	
字　　数	270 千字	
版　　次	2024 年 1 月第 1 版	
印　　次	2024 年 1 月第 1 次印刷	
书　　号	ISBN 978-7-5464-3235-9	
定　　价	88.00 元	

人这辈子本是没有文案的，其只是人被裹挟着往前经历出来的。

目　录

半世纪 / 137

遗钗录

第一章 童年的往事

　　我见过大老爷们嗦石子儿当饭菜吃，嗦得津津有味；见过戏班子倒立成一排露着屁股被师父罚鞭子，齐刷刷地抽，一声声地响；也见过花烟馆的女流给人娴熟地弄福寿膏吸……唯独张府的疯人，我见过后依然想见。

　　许多年过去了，我也老了，但我依然无比清晰地记得一个女人，我记得她的容颜、她的体态……她在我面前所展示的短暂的真实而又虚幻的那一切。

　　而我也是从这一切里走出来的人。

　　我忽然发现，自己离隔着我和她的那面墙似乎越来越近了，而常常回想起由她而生的那些往事。

　　过去，我总是情不自禁地靠近那面独特的墙，悄悄往里面看去。

　　我趴在墙头，侧听里头的动静，窥视我所想知道的秘闻。一个女人，一座牢笼，仅此而已。

　　在某一年夏天，当时我八岁出头，常常跟着一群孩子去张府的破别院儿里看疯人。

　　我们苦中作乐，其中一乐儿便是去被荒废的地方探险看看有没有鬼神妖物，而破别院儿里的这位疯人正是当时最接近异类的存在，我们有时是为了瞧与我们正常人不同的变了精神样貌的人，有时是想着去体验《山海经》里的诡异感，所以才来探究她。

　　因为我们早已听说疯人是要吃人的，特别是要吃淘气的小孩。那些从疯人处传来的飘忽的哭号声，大人得以利用来管束孩子，试图用恐惧唬住不老实干活而乱跑又晚归家的淘气包。和用熊瞎子吓人有异曲同工之妙，但我们实在还没有碰见过熊瞎子，即使听到过关于它的多种故事，也无法确定它清晰的模样与行为。

　　所以我们对疯人渐渐产生了兴趣。

　　一开始时皆只敢在墙外面窥视，她发出的叫声有时候隔着几座屋宅都能听闻，有时是那样凄惨痛苦仿佛正为什么人所害，有时又是那样尖锐愤恨仿佛要吃掉谁!

因此我们从不敢在这样的时刻有翻墙进去的想法。唯有在里头几乎平静时,大家才蠢蠢欲动,互相撺掇着要翻墙进去。

但真正能进去的人只有我和小禄子,最后真正有胆量的人却只有我一个。

小禄子当时自告奋勇先翻过去看了一看。可是他才挨近窗户便被什么吓了一跳,一屁股跌坐在地上失了灵魂般,之后连滚带爬地逃出屋檐,最后连翻墙出去也是向他们求救索要粗绳。

他语无伦次形容那个疯人的话,不外乎是令人倒吸一口气的恐怖,形容她狰狞着要吃人,目光摄魂,张着血盆大口,披头散发像他梦里的女鬼一样。但见他先前的反应与呆住的我,大家很是相信对这耸人听闻的确切形容。

可是我作为第二个畏缩进去的人,更是第一个停在窗前真真切切看清她的人,并没有瞧见他大喊大叫所形容的她的模样。我在当时已经先被自己的想象和他的叫喊吓蒙了,进也不是,逃也不是,在我打肿脸充胖子进去之后,我一直是那么僵硬与呆滞。

我的身体被无形的感觉禁锢以后,隔着一道木制雕花玻璃窗,我看见她细长略带指甲的双手贴在玻璃上,竟渐渐地隔空做出捧上我脸颊的动作,轻轻地抚摸起来,她那张苍白长尖的脸上,从若有所思缓缓转变成一种自然的微笑,咯咯笑出了声儿。

我和小禄子所见的是那么不相同,我见到的笑分明是纯真与温和的,也含着一种我忽然莫名感受到的思念,真是叫我自己也纳罕。

对于我和小禄子不同的感受,我感到奇怪,仔细思索了一回,他一定都还没有来得及看清楚这个女人的模样,已先被自己吓破了胆儿!虽然我们都一样,但他却迅速能跑能逃,我只不过是被自己吓得动弹不得后才幸运地看清了她的样子。

至于墙外的他们,都是小孬种!他们急急救了小禄子出去以后全一窝蜂逃散了!就此把我遗忘在此处的破院儿里,无情抛之脑后了。

而且因为小禄子,在那以后他们开始仇视里面的疯人并且相信她已经伤害过人,吃过小孩子了,所以才会被关在荒废的牢笼里。

他们确实是小孬种,因为他们孬到只敢欺负这个对我微笑的女人。并且他们一点儿也不相信我的说辞,认为我在窗前久站时,已被疯人摄了魂,才替她说好话，目的是要把他们一起吸引过去最终一网打尽全部吃掉！

于是他们继续我行我素，在想象里要为民除害，纷纷拾起大小不一的石头，发狠用力从窗户砸进去，嘴里大喊"砸死她"这种口号。

我无法阻止一群人的暴行，大家也认为我已是疯人的傀儡，再也不和我来往了，只有小禄子感到同情想要让我去看神婆。

他们扔石头砸进屋子的行为真是愚蠢，而能及时阻止这种愚蠢暴行的是一个送饭的嬷嬷。她见了我们，一整张老脸顿时挤在了一起，生气极了，她挎着食盒便跑过来要吓退他们，她搬出了张府的老爷，用"张老虎"来吓人！

于是他们又一次孬得作鸟兽散，并未敢承担自己的恶行。

以后他们就此消了这种"仗义"的兴趣，怕惹上张府而牵连了父母，也就丢开了这样的顽事。

只剩下我还过来小心翼翼地继续探究她。

有一扇被砸坏的窗户空处很大，大到我的脑袋可以钻进去而不被玻璃割到，里面还有一道锈迹斑斑的铁窗，非常坚硬，成功阻断了她能出去的一条路。

因为看不见她，我才斗胆试着将头钻进破窗里探看，出来时头竟卡在了铁窗里，一着急扯得脖子与下颌发痛。正巧那回送饭的嬷嬷又来了，她以为我是扔石头的孩子，上来便一番疾言厉色，又生气地搬出"张老虎"来吓人！还要上门找父母告状。

我虽骇得脸色大变，也急中生智地掏出身上揣的没舍得吃完的干粮叫了起来：我是来给她送吃的！我从不扔石头！我喜欢她！真的！

接着我还手忙脚乱地将衣兜和裤兜翻出来，给嬷嬷瞧了瞧，以此证明我身上一个石头也没有。

嬷嬷仍质疑着我，虽然我一时看不到她的样子，但我能感受到她说话的语气。

她还问我怎么还钻在窗户上呀。

我心想她老花眼看不出来我被卡住了，没想到她又走近些上手替我拔头，还尽心尽力地，生怕我被卡痛了，用一只手拔时，另一只手隔在我的皮肤和铁窗之间，使我减轻了点被铁窗摩擦的痛苦。

嬷嬷帮助我的时候，问起我是怎么进来的，家是哪里的，怎么胡乱闯入住宅里来。

我谎称自己是雇工的孩子，因为好奇进来的。

嬷嬷不信，纳罕地问，怎么没见过我。

我又撒谎说，我……我平时被妈藏着，不让露脸，怕府里有什么事，多事了。

她老人家半信半疑，等她将我解救出来后，我怕被继续问责，恨不得立马逃之夭夭。一时顾虑起先前送干粮给人吃的说辞，我老实地将那半块干粮放到地上的食盒上，才准备逃跑。

我没走几步便被嬷嬷喊住了，她的声音真沉，又老又沉！使我不由自主地听从了她的话。

我转过身去朝向她，以便看到她的神情脸色，才决定逃不逃。她态度不可捉摸地唤我往她那边去，我犹豫的时候，她慢慢向我走来了，一边打开食盒取出食物，一边对我说，我姑且信你是个好丫头，不欺负我们叙荷姑娘。

嬷嬷说完，我手里便多了两块规整可口的糕点，是我央求着父母亲，很久才能吃到一次的那种糕点。我一下攥住了它们，接着又松开要还给嬷嬷，她这时终于不再是板着脸的严肃模样，而是冲我慈祥地一笑，撺掇我拿着吧，然后自顾自打开房门上横着的黄铜挂锁要进屋去。

我留在旁边看她开门，她又一回头，催我快快离去，倒不和其余人一样编谎说疯人要吃小孩，而是与我说，不要扰了我们叙荷姑娘，你要是待在这里，她就不好好吃饭了，你快快走吧……

我终于知道了疯人的名字——叙荷。

我再次听从了嬷嬷，带着两块糕点走了。因为我也迫不及待地想把糕点带回去分给我很小的弟弟吃。

在我走得快看不见时，嬷嬷忽然问了我一句："你叫什么名字呀？"

我叫小荣子，在刘家排行第二，家里第一个女儿几岁时夭折了，小荣子原是她的名儿，她走了以后，算我最年长，正好补上她的位置，也叫小荣子了。

我名字里带了"荣"字，母亲说，就是大姐转世找家来了。我也附和母亲说，是我找家回来了，所以母亲又把名字还给我了。

我的母亲常年做些针线活成品兜售，父亲则是拉黄包车卖力气挣钱的。

看地上的影子估摸着时辰，我想起得去车行附近给父亲送饭，便加快脚步回家了。否则母亲忙着做针线活儿还要照顾弟弟，我不去送饭的话，是要挨骂的。

据说，我没生到刘家以前，家里穷到吃不上米饭，我生下来以后条件才渐渐好了些。最近又有了点儿好运，在快入冬之前，听我的父亲瑞祥说，一位姓曹的善人给不少车夫送了棉袄。给其余车夫那是雪中送炭，给父亲的话则是锦上添花，他便可以节省些，今年不必再费辛苦钱做一件棉袄了。

我给父亲送饭的时候，会看到其他车夫津津有味地吃石头，我常常看得目不转睛。父亲用油亮亮的筷子挥断我的视线，讲起他以前也是这么过来的，也有那个时候。

他们吃石头的大老爷们儿里，有些把微薄的工钱拿来打壶酒，伴着调过料的石头尝，便算吃了顿饭解馋解饥。

父亲说要把洗净的顺滑的小石头掺入酱油，有人还要撒两把葱花上去，或者用油泼辣子凉拌，最后用黄油纸包上揣好。

也有人在身上继续揣一点酱油或者醋的，吃时再添拌。

买的一小壶白酒呢，加点水兑进去，能喝得多一些，久一些。

他们就这样把小石头放嘴里吃出味道，再吐出来，下次再循环利用。当然我父亲的条件是车夫里面最好的，能吃上充足的饭菜，还有媳妇、女儿日日来送饭。

因为我老目不转睛地看人吃石头，有一对一高一矮的兄弟便乐呵呵地说我歪着头看他们的样子，一个说像条小哈巴狗，一个说像只臭狐狸。难怪他们兄弟俩娶不到媳妇，这样"编排"小姑娘。

我不过是看他们吃得香，吮了又吮，吮得石头光滑亮堂，嘴里还喀喀地响。有一回，我看得不知不觉拿起地上的脏石头塞进嘴里，父亲一声呵斥，粗鲁地拍掉我手上的石头，我才惊觉自己也吃起了石头。

我倒没搭理吃石头的车夫开玩笑骂我是牲畜的事，我想起的是我父亲从前也有很多兄弟姊妹。

他的兄弟姊妹有从小病弱夭折的，有在灾年死去的，有被"人牙子"拐去而失踪的，所以刘家如今只剩下他一个根正的苗了。

为什么说是根正呢？

因为我还有一位叔叔，只是在光绪年间进宫做太监去了。以前穷得都快活不下去，为生计，叔叔才自愿去了地安门外的胡同净了身，以便进宫找差事。父亲想起他的兄弟对不起列祖列宗，去宫里做了太监，便会又痛恨又无可奈何地叹息几声。

他偶尔也会嘲讽一句我的这位太监叔叔：刘山根呀没了根儿！

他们兄弟俩最后能活下来，也是靠了祖父带着他们四处去找老鼠洞，因为老鼠洞里有偷藏起来积少成多的食物。

一个有粮食的老鼠洞，省着吃能吃好些天，他们那时候也就是吃老鼠的存粮渡过难关，侥幸存活了下来。

第二章　梧桐树上的窥视

　　刘家不用过吃老鼠粮食存活的日子了，可是我却像老鼠一样偷偷摸摸地，总是去破院儿偷瞧荷姑娘。

　　我平日里贪玩偷奸耍滑惯了，家里的活虽是分些轻的给我做，但我还是不时撂下担子逃跑，母亲愿意多做些，不太限制我的活动。只要不让父亲瞧见，我是不太会被挨骂的。

　　我常趴在墙头入了迷一般盯着房屋里，隔着一个小院儿的距离，从正窗和内铁窗那里看得影影绰绰。偶尔也如第一次斗胆翻进去，我从来也没有亲眼见过她发疯，大多只是在晚上听到女人一些哭喊的回声。

　　在我偷窥的期间，我渐渐练就了一身逃跑的本领，只要一听到门口发出的响动，我立马像耗子一样逃掉，咻的一声借院儿里的杂物爬上墙头，再顺着墙外面那棵绿黄交杂的梧桐树滑落到地面。

　　来的人一定是嬷嬷，除了嬷嬷，我暂时没见到其他人来这破院儿里探望人，当然也除了我。而嬷嬷除了送饭，也会打一桶水来给叙荷姑娘擦洗身子，甚至会陪伴她左右。

　　然而我落地后，并不甘心失掉开门看她的机会，仍然会壮起胆子，重新从梧桐树上爬回墙头，安静地偷看她们。有时候我还要拉下一支茂盛的树杈遮掩自己，梧桐树在秋季正在掉叶子，我的拉扯会加速它的掉落，枝丫间便发出微微的响声。

　　嬷嬷漫不经心地走进走出，有时目光散漫，视线分散得很开，似乎瞭着院儿外的天空，而不局限于院儿里的房屋与杂物。

　　我先时真不知道她是眼神儿散，还是真的瞧见了我，直到她有所行动。

　　嬷嬷当是屡次看见我了，有回她终于朝后门走来，当她走向后门我便警惕起来，等她确实有开后门的动作，我也不再继续用树掩耳盗铃，利索下了梧桐树就要跑，却被她一声有气势的命令叫住了。

　　嬷嬷开了门儿懒洋洋地立在门槛上，一只手叉着不胖不瘦的腰，一只手对准我朝里挥了挥，又是先招呼我往她面前去。

我这次没有太犹豫，我以为嬷嬷又会掏出两块美味的糕点给我，打发我不要再来。没想到，等我一过去，她用力拉住我那细瘦的胳膊，开始用手作鞭子抽打我的屁股。她嘴里还一面嗔骂，摔坏了就知道了，总是爬，总是爬，埋汰丫头，比男孩儿还要淘！

我有些诧异，我以为她要骂我来偷看她家姑娘，她却是在担心我。

我被外人打了，不气反嘿嘿笑了。我说，因为我只有爬上去才看得见她……和你呀。我在后面加上了嬷嬷属实是拍马屁。

"真是不怕人，被揍了还笑，没脸没皮。"嬷嬷打完了我，双手叉腰说："我才不信啊你是来看我的。"

"是的啦，因为你也很好，你给我吃了我最喜欢的东西，所以我也要看看你是怎样对你们姑娘好。"我这些话倒是真心实意的。

"要是真的那就好喽。"嬷嬷嘴里掩了点儿笑，在说这话前哼了一声。她纳闷儿道："你怎么老过来看我们姑娘呢？人家都怕得要死，怕得也只敢欺负她。"

我目光真诚地看着嬷嬷说："我就是喜欢看，她长得好看，不像疯人，我不怕。"

嬷嬷打量着我的脸继续问："你真那么想看？那你对我们姑娘好吗？"

"我会对她好的。"我向嬷嬷发誓后，又补充说，"真的，我不欺负人的，上次他们扔石头我还叫他们不要扔。"

嬷嬷这时终于露出了笑容，说了一句上次对我说过的话："好，我姑且信你就是个好丫头。"

听到这一句话我以为她不再排斥我了，可是她话一转，又让我不要在此处逗留，快快回去，叫我别在张家的院儿里乱闯，幸好这是别院儿。末了还嘱咐一句：太贪玩晚归会被爹妈打骂的。

我真是失望，如此保证也不能和她们一起相处。不过我后来再来时，她开了后门一点儿门缝，允许我立在外面看，而不许我爬树爬墙以及进去。

直到某一天，我快失去了看疯人的兴趣，可路过巷口却隐约听到一种洋溢着热情的音乐。

我顺着美好的声音，不知不觉地来到了那棵我已爬了数次的梧桐树下。

傍晚的太阳散发出最美的霞光，或紫或红交杂着，相映于云朵之间使之同时出彩。天是彩晕的，我面前充斥的一切也是彩晕的，光芒洒在本就金灿灿的还算茂盛的梧桐树上，风一拂过，整棵梧桐树连带那斑驳的墙面也一起发光，而透过树叶洒下的光束，仿佛随着传来的音乐在墙面跳起了自然、欢快的舞。

我仰头眯起眼睛，看着波光涌动的墙面，看着梧桐树簌簌的顶端，忽然再次拾起了对她的兴趣。

我重新爬上了那棵梧桐树，这次我还没有趴到墙头，隔着墙端与窗户，一眼即见那个女人穿着一条简易的裙子，在屋子里自由自在地晃荡。

她扭动着腰肢，腿和膝盖一直一弯，脚下来回踢踏，蹦蹦跳跳着，在屋里欢快地跳舞，和我刚才在墙外看到的情景在感觉上很相像。

她实在是太美丽了，令我产生出一种震惊，无论是她倒映在窗上苗条的身影，还是她跳舞的优美动作，她的体态使我深深怔在了梧桐树上，小小年纪竟然感到了自惭形秽。

在我沉浸于这一眼美丽不久，紧跟着赫然在院儿里的石桌上发现一个人！我的余光早已瞥到了这道人影，可是叙荷太过引人瞩目，先将我的目光吸引了过去。

当我看清这个人的存在时，我怯了一下，低了低身体用树枝掩住头。因为这人不是嬷嬷，也不是姑娘！而是一个穿灰白长衫的少年，却蓄着西式短发，他那一根根竖起来的细密短发，显得头部精神清爽，可是他的身体却不那么精神，看起来是孱弱清瘦的。

他手握毛笔，在石桌上的纸上写着什么。

我正和往常一样，目不转睛地盯着我所感到好奇的事物。忽然，他有所察觉似的回了一下头，我立刻惊觉，方将头低下藏好，心里怦怦直跳。

等内心平静一会儿，我才慢慢探出视线。

他端正站立在桌旁，还在纸上写着。

我好奇他在纸上写什么，想尽办法挪动位置去瞧，于是他再一次有所感应地回了头，可这一次我没有及时避开，他微微转头，那双细长的眼睛真真切切地看见了我。

相比于我的慌乱，他是那样从容与淡然，甚至对于墙头偷窥的存在未感到奇怪，忽视而过，短暂停一下后，继续专心落笔。

等他写写画画完了以后，嬷嬷也不知什么时候来的，替他收拾了文房四宝。其间二人说了几句话，我听见嬷嬷谢谢了他，好像是说谢他把叙荷姑娘的留声机搬了过来，让她有喜欢的事可做，不至于总是发呆了。

其余的话我便没有再听清了，因为他说话的声音不同于嬷嬷那样响亮，文气得像一只蚊子在叫，而且说话也太简短，我正要去仔细听，一下便没了。

我还在墙头出神想着他们的对话，嬷嬷终于杀了出来在树下骂山门。我理直气壮犟了嘴回她："今儿你又没有开门留缝，叫我怎么看你们姑娘？更何况她还跳起了舞，她跳得那么好看，我怎么能错过呢？"

嬷嬷抱住自己稍粗的双臂给气笑了："你的嘴真贫！你知道刚里头那位是谁吗，那可是正院儿里的小主子，我怎么敢开呢！"

我倒也不怕嬷嬷，一溜烟下来忍不住去确定："啊……他真的是少爷吗？排行第几呢？叫什么名字呢？"

嬷嬷微微颔首，却不透露其余我想知道的事。毕竟她也是仆人，确实不好告诉我主人的事。

然而得到确定，我顿时感到无比的幸福与荣幸，因为和张府的人物有了会面，我脸上仿佛也是那么光彩。虽然我父亲一向对张府这样的地主嗤之以鼻，也只肯称呼张府的老爷为张老虎。

我从嬷嬷那里听说，他过来探望得并不频繁，倒也不是偶尔。而且他也是府里少有的良心人，能来探望落魄的叙荷，甚至会帮助她补充需要之物，也会替她捎带东西。

无论是什么事，他总是尽量帮助。

我以为在这样的时期，张府里能来探望叙荷的，都是想要帮助她、对她好的，不过也有例外。

我在这座别院儿还见过张府的小姐张向龄，她在同辈的女辈里面排行第二。因为她很喜欢说话，所以轻易就被我得知了，她一开始瞧不起我，不许我上树爬墙。她的不许和嬷嬷的不许是大大不同的，她是带着强势的吩咐与自身地位的优越。

但是抵不过她自己要说话的兴致，渐渐地和我说起了话。连那天我看见的人物，也不经意间得知了他的名字，向龄猜那位准是她的二哥仲砚。

在我头一回见过张府的仲砚少爷以后，我便继续了来看望叙荷这件事，终是在我的坚持不懈下，我才偶然碰到了张家小主人之一——向龄，且出乎意料地说上了话。

至于她为什么来这里，是因为她也喜欢看疯人，也很好奇。她是十分难得才逃脱了掌控悄悄过来看的。大抵是闺中小姐当惯了，也喜欢看些离奇的阿物儿。

既然我能和她说上话，也有些不知天高地厚地向她表达想要进来的心思。这果然触到了她的神经，她一想起正与我这样不知从哪里来的人说话，一时停了闲聊的嘴，不仅毫不留情地拒绝了我，还吩咐我下墙去。

她再次利用身份的优越吩咐着我，不许挨到她家的墙，也不许上树看，因为附近的那棵树也算是她家的树。

我一时心怀不满，故意给她添了一下堵，不屑地讽道："你说你是张府的小姐就是了吗？我看你是坑蒙拐骗，就是想要唬我，我才不听你的呢，我就要上这树，就要挨这墙。就算你真是张家小姐，你也不过是偷跑过来的，你能奈我何？"

她气得脸色通红，只能立马说出她母亲是张府里的二姨太：王易嬷。

我忍俊不禁，连她母亲的名讳也给气得直呼出来了，着实气得不轻。可一听这名字熟悉得不得了，再是念起二姨太，我吃了一惊，终于想起她母亲是何许人也。

她母亲和我家是如假包换的远房亲戚。

我母亲温和，从不打我，父亲总是凶巴巴的，常想打我却没打成。因为我母亲总说，我是小荣子转世，好不容易寻回了家，打是会打跑的；我又是女儿家金贵打不得，更何况还是张府里二姨太的远房外甥女，不能打。

父亲一动怒想打我的时候，母亲这么说，他才会消气，不，也不是消气，是有气不好发，只得忍下了憋着，于是他时常只能动动嘴皮子，粗鲁地骂我几句难以入耳的话。

最重要的是我们家生活条件如今能好起来，也是靠了易嬷姨娘的接济。听说是我生下来以后，家里越发不够生活了，母亲才涎着脸上府见了易嬷姨娘，讨借点儿过日子的钱。一续起这远房亲戚的缘，易嬷姨娘才断断续续地接济我们，且大发善心不再要我们还款了。

　　我想起这层关系来，正高兴得想要告诉向龄，可惜她却已不见踪影，估计是被我活活气走的。能见踪影的是才从正门进来的嬷嬷，怕她责备我爬树，我不仅马上下来了，还跑到后门去嘴里抹了蜜似的喊了她一声儿。

　　她果然过来替我留了一道缝儿，我顺便向她搭话说起向龄也是良心人，刚刚来探望你们姑娘啦。

　　嬷嬷一愣，说我还真是跟谁都能熟，随后撇撇嘴道："她才不是有良心呢，就是来看稀奇古怪的。"

　　我顿时有些赧然，这仿佛也在说我，不禁低声道："那……那……我也是没良心来看稀奇的吗？"

　　嬷嬷摇头和气笑道："你啊不仅是看稀奇，还想对我们姑娘好，不是吗？我可记得你那半块干粮的情。"

　　我颔首坚定地承认了。

第三章　进门的偷儿

在我有些沮丧，不知什么时候才能光明正大地踏进那座别院儿，同她们相处时，某一天发生了一件不长记性的事，我才因祸得福了。

我以为我快要亲眼见到荷姑娘发疯了，倒不是为了看稀奇和寻求刺激，而是真正开始担心她。我当然也害怕，可是我一听见她可怜兮兮地在屋里哭，忍不住又来到了铁窗前。

我看见叙荷在黑漆漆的屋子里一动不动，她歪倒在屋中央陈旧的太师椅上，抽抽噎噎地伤心着，沉浸于自己的世界里。我喊了她好几声儿，她只顾着哭也没空搭理我。

叙荷，叙荷，你怎么了？

你不要哭了，有我呢，嬷嬷一会儿也就来了。

叙荷，小荣子来看你啦，你不哭了好吗？

我重复了好几句这样的话，只是在最后一句才加上了自己的名字。

叙荷才哭回神了，她紧抓椅子两旁的把手，有气无力地坐了起来，身上单薄的裙子随着主人荡起摇曳，拂过她又细又惨白的脚杆。女人就那么光着一双瘦成皮包骨的脏脚，像我弟弟那样步履蹒跚地向我走来。

她迟疑地走到窗户边，一看见了人，果然好多了，哭得不再那么响，只剩低声啜泣，肩膀和胸脯仍不住地抽动。

我告诉她，不要哭啦，等我长大了我就把你救出来。

她却不在乎这种解救，招了招手让我把头伸进去，她有话要问我。

我犹疑后，只把耳朵朝她贴得近些，让她就这么说，我听得见。

叙荷不肯，继续央求着我把脸从铁窗里伸进去，我不争气地受了她那可怜样子的蛊惑，无奈将头伸了进去。

她便终于实在地捧住了我的脸颊，不停地抚摸起来，她眼里闪着泪花，怜爱地看着我，最终轻声问话：怎么只有你来了？学申呢？仲旻呢？

据向龄后来说，叙荷只要看见是小姑娘就爱这么问人，向龄也是被这么问过的。学申好像是她最重要的人，因为她每次第一个问学申。至于仲旻，是她早早夭折的儿子，在肚子里或襁褓时就没了，也是向龄的三哥。

由于叙荷嘴里的热气直扑在我耳朵上萦绕，我痒得忍不住嘿嘿直笑，我一笑，她也忘了问话忘了哭，也跟着一起咯咯笑了起来。

真是哭笑不得。

然而乐极生悲，我笑的动作幅度一大，却悲哀地发现我又给卡在铁窗上面了。我以为上次卡过一次，它会被我卡大一些，不那么容易再卡住。真是异想天开哩，我仍然被这生锈的铁窗卡得死死的。

我由喜转悲，再也笑不出来了，只得慢慢地磨动颈脑部分试着脱离。可是叙荷看见我那龇牙咧嘴的神态动作，仍然在旁边笑着；还叫我不要往外跑啊，一起进来得了，头进了身子也是能进的。

我哪能听一个疯人胡言乱语？挣扎得更用力了些，一时竟怕她会将我抓进去，越想越怕，也不要她挨我了。

我正在上也扭下也扭，整个人处于一种无比滑稽的时刻，一道不解的声音忽然响起："你在做什么？"

我先前光顾着扭动，加上叙荷的笑声，我愣是没听清那个算是陌生的声音，只求救般喊了那人一声儿嬷嬷。

"……我不是嬷嬷。"这人沉着回道。

第二次我才听清这是一道清朗的嗓音，不是嬷嬷嗓里仿佛有痰的声音，也不是向龄与我一样清脆的声音。

一听这文气沉着的声音，我莫名知道这人是谁了，一下子便急了，我不愿意以这样的形式见到张府里的人物，这样的会面只能使我颜面扫地。

于是我更拼命地用双手扯铁窗，使劲儿地拔头，却将自己弄得痛苦不已。

接着，我忽然感到上方有一阵阴影笼罩过来，带着一股微微的凉气，使着急恼火的我怔了一下，也不知那是随季节冷下来的风，还是他体虚形成的温度，或者是混杂而来。

随之他沉声告诫我，别动。

我才被彻底镇住似的，忘了挣扎忘了动。

他竟然上手来帮我了，并且一点儿也没碰到我，他个子比我高许多，躯体弯了些，握住上面的铁棍是轻而易举的。

他看起来虽然羸弱，力气可没有我想象中的小，竟然从头到尾一点儿也没挨着我，就把我的头不大费事地解救出来了。

即使是看起来比较壮实的嬷嬷，光是替我拔着扯着都费了好大力气。这次也许还有叙荷帮忙的原因，她见他这样帮我，竟也帮起了忙，只往两边扯就是了。

我被解救以后，摸上磨痛的脖子，不经意间起身来，便极近地对视上了一双端正沉静的长眸细眼。

那是有生以来，我第一次和一个比较陌生的人的眼睛距离如此之近。

他目光清淡，处之泰然地拉开距离，可在中途他倏地微一睁眼，蹙起了眉头，情绪不明地盯住了我整个人，含着一种难以接受的古怪，仿佛发现了什么惊天秘密似的，叫人惴惴不安。

我当时心头一跳，顿时骇然，又惊又惧，不管不顾地逃了。他很可能已经发现那日在墙头偷窥的正是我，于是开始在内心自顾自地怫然不悦呢。

等我逃出去后，我发现他好像跟了出来，因为有轻微的脚步声在后面重叠着，他这病恹恹的模样可不像我能爬能跳，只能开了后门出来。

可是我回头一看，他并没有追出来，只有后门头一次向我大大方方地敞开着，仿佛在勾引我进去，在示以友好。

我虽然有那个心思，可不敢从门里正大光明进去，大抵是飞檐走壁的偷儿当惯了，潜意识里有了身份的自觉。

见他并未撵出来，只开着门，过了一时片刻，我才蹑手蹑脚好奇走过去，屏声敛气地贴在门墙边儿，小心翼翼地往里探去，查看一下当下的局势。

这人物真是奇怪，既不撵我，也不关门。大抵是知道了这扇后门名存实亡，挡不住偷儿啦。

他只像我第一次看见的那样，在铺了纸张的石桌上写写动动，不同于第一次的是，他这回坐下了，坐得也是那么端端正正的，脊梁骨里头仿佛嵌入了一根坚硬的铁棍，致使他单薄的后背如此笔直。

一见他这样有浩然正气的背，我恍然悟了出来，他一定是坐在那儿等着偷儿，刻意开了门当饵勾引，要来个瓮中捉鳖，到时候再好好惩罚我；或是严肃地将我臭骂几句，或是屈尊将我痛打一顿，最坏不过绑了崽子派人上门找父母警告一顿去。

我虽然有自信逃掉，也不太敢去惹张府里的人物，他要是向龄那样的女孩子，我一定还有点儿自信，像上次那样给人添堵捣乱。

见识过他扯铁窗的气力，那天我夹着尾巴做人，悄悄地走了。

因才被主人不阴不阳地撞见，那两三天我是忍住没去的。

隔好几日我又去的时候，嬷嬷说她习惯了留缝儿给我，那几天里又不见我人影儿，倒是来了一条比较讨喜的脏兮兮的小狗，和我一样的讨喜咧。

真不知道嬷嬷是在夸我，还是在贬我呢。

嬷嬷就在门边儿与我絮絮叨叨地聊天，谈起叙荷神气时曾经也养过一只狗，不过却是昂贵的洋狗。狗随主人当时也可神气了，又极聪明听人话，更爱护主人，连屋里的仆人也给一起护上了。

总之嬷嬷尽讲那条狗的好，不过自然是府里的人给衬托出来的。倘使依嬷嬷原先不喜欢洋狗的性格，她是不肯讲它的好的，只可惜它为人所害，还没享受几天神气，早早就被腌臜人神不知鬼不觉地给毒死了。

我们在门口聊着，我听得有滋有味儿，便不知不觉地进了门来。当讲到洋狗被人毒死后，我也没了力气似的靠在了墙上，替它伤心难过。

很快从我耳朵上外泄的力气，更多地钻回身体里一震一耸的。

张府里的人物今日竟然来了。

真是奇怪，这个日子不该是他来探望叙荷的时间，他前儿明明已经来过了。我看见他时已自觉地出了门槛，不占他家的地。

嬷嬷怕他责备，赶紧说我是她亲戚家的孩子，贪玩儿来串门子的，她正要赶我走呢。

他表示不要紧、不妨事的同时，我不甘心地否认嬷嬷的说辞，才不是呢！

他们同时一愣后，嬷嬷赶紧给我使眼色，仲砚对我的直白和诚实倒是觉得很有意思。因此，他一本正经地问我，那是什么？

我老半天还是没好意思说出个所以然来。

嬷嬷比我还着急，在一旁甚至打眼色偷偷地指向了叙荷屋里，暗示我用叙荷来当合理的解释，毕竟那也是事实。

仲砚见我诚实，竟然大剌剌地打开了后门，示意我进来。这时我却迟疑了，心里还是没有底，摸不清他的意思，更不相信他的友善。我更相信的是嬷嬷那样的劝话和向龄那样的吩咐，却不敢相信这令人懵然的友善。

嬷嬷一时也不清楚意思，只好不发话，在一旁静候。

仲砚总是打量我的眼睛，可我的眼睛不是那么好看，说大不大说小不小。他看着我，说道："进来吧。"

"咦？你怎么不赶我呢？"

他头一次说那么多的话，耐心回答道："这里反正缺人气，房屋荒废了没有修缮，平时更没什么人来，连仆人都不愿意涉足。现在来个人走动增添人气也好，只要你不去那边儿府里乱闯，在这里，我还是能做一点主的。"

嬷嬷露了点儿喜色在旁边附和着同样的话。

我终于光明正大地踏进去后，总感到底气不足。于是把先前我老半天没说的话，给画蛇添足说出来了："我跟你们也算是亲戚的，我是向龄她妈的外甥女，所以我来也应该算是走亲戚吧？"

因为我在家确定了我从向龄那里听到的易嫂二姨太，是我家的亲戚易嫂姨娘，我才敢同仲砚说的。

可是说完话我察觉这才更像是说谎，开始恼恨自己了。

仲砚一时怔然，没料到我会说这么一句，他态度也不差，一双眼睛被日头晃得明亮，缓缓地，他微笑点了头并不驳斥我的话。

他不像我预料中如向龄般那种态度，竟然就这么承认了我的身份，也很可能只是不放在心上罢了。

我进来后终于看清他在石桌上写的是密密麻麻的字，但我都不认识。他也作了一幅丹青，我只看得懂这个，丹青上风华正茂的旗袍女人很像叙荷。

我才第一天被准许进来，不敢太放肆与他搭话，只敢安安静静地在旁边看着。

除了有事，他也不多话，一点儿能唠嗑的话都没有，人真是无趣，唯一有趣的则是他的丹青与本子上的字。

之后我除了贴在窗户上看看叙荷，或是和嬷嬷说说话以外，开始四处蹦跶了，我在庭院里可算尝遍了光明正大的滋味儿，但偶尔也会被一旁做活儿的嬷嬷训话，限制我哪里不能去啦，哪里不能碰啦。

除了这使我有些不痛快，还有一件小事。

当日仲砚离去前，快走时，突然回过身来示意嬷嬷到他跟前儿去，嬷嬷像我走向她时一样，又听话又谦顺。

他光是回个身儿，她便停住了活儿；他让她过去，她便放下活儿立马过去；他请她身子低一点儿，她就低矮许多。嬷嬷只是见他的眼神表情即心领神会，像常年服侍过他的人。

简直使我羡慕张府人物天生的地位。

真不知仲砚靠到嬷嬷耳边去说了什么话，我一靠近些，他们便走远了不让我侧听。在仲砚面前，我仍不敢放肆，只好作罢。他们窸窸窣窣说话，说了好几句，嬷嬷听着还往我这里看了一眼。

等仲砚走了，嬷嬷也不告诉我到底说的是什么悄悄话。

就连我下一次来的时候的询问，嬷嬷也是那么敷衍。

只是我来了以后，不等我露出想进门儿的心思，嬷嬷一见我便自动开门了，还客客气气的。我心下揣测，难不成我是易嬷姨娘外甥女的身份就此生效了？

嬷嬷也不质疑我，将那天他们的悄悄话留了几分说，既然我是易嬷姨娘的外甥女，也是向龄的表妹，一家人串门子走亲戚，不妨事的。

来来回回她只重复这么几句，不肯多说。

等我忍不住出招，说既然我是易嬷姨娘的外甥女，那我就要出了这里的破别院，去正府里走动走动啦。

就把嬷嬷骇得直拉住了一动也没动的我，她甚至蹲下来握住我的双臂，忧心忡忡地吓唬人：好姑娘，你可千万别去那头的府里，小心你的皮儿，像那条洋狗一样的下场。

第四章 宅事秘闻

到底，嬷嬷还是不肯全告诉我他们的悄悄话，真使人心痒痒。

我肯定他们当时谈论的对象多半都是我，只凭嬷嬷听着小话看过来的那一眼，我就已认定了。

于是我只好再次期盼向龄的到来，虽然她不喜欢我进她家的别院儿，可是从她嘴里能轻易套话呀。

既然嬷嬷和仲砚都承认了我是易嬷姨娘外甥女之事，那么向龄也是有必要知道的。

为了使我们相认，我成了等得海枯石烂的有心人，要等向龄来可不容易，我听嬷嬷说了，她是有人管教着礼仪的，不能随意走动。

至于仲砚，是男儿家，约束得不那样紧。

所以真等到向龄来的那一天，我们什么话都竹筒倒豆子般互相说了，虽然现在只有她不给我开门，不让我进去，我只好爬到树上去和她说话。

她也退了一步，不把外面的梧桐树占为她家所有。

那日我首先告诉她，我认识她的母亲，是个慈悲为怀的大善人，总接济我们刘家，我们一家人都很感激。她这时沾了她母亲的光，洋洋得意。

但是当我认她做表姐，讲出我是她母亲的远房外甥女小荣子，那么她也就是我的远房表姐时，她的脸色顿时变了，和京剧变脸似的转瞬换了张截然相反的脸色。

与我想象中的一样，她一点儿也不肯承认，还把我上次说她的话还给了我，指我是坑蒙拐骗认亲戚来了。

当我反问她，我这样撒谎有什么好处呢？

她就一时语塞，过了会儿，憋出一句因为我也想骗她接济，骗她当冤大头的笑话。

虽然有那么点儿像话，不至于离奇。但我忍不住捧腹大笑时，把那棵本就在纷纷落叶的梧桐树，笑得更快变为秃树了。

我的涎眉邓眼，仿佛在证明她的话有多么可笑。

向龄差点儿又要被我气走了，我及时收住不严肃的脸，说其他的话转移拌嘴斗舌的氛围，她才停住了要走的脚，继续不嫌累地立在墙下与我唠嗑。委实也是好笑，端了身份，却累着了自己，哪有我在树上待惯了的舒适。

她作为小姐矜贵，虽然和我说说话，但骨子里的小姐架子仍然很大，常常使我也快被气走，可为了聊天里感兴趣的那些事，我屡屡忍辱负重。

向龄透露说，疯人原系张府正儿八经的姨太太，可是她追求自由恋爱，不，是偷了男人，相好就被枪打死了，她日夜伤心，终于疯了。还有她的孩子，有的人说在肚子里就死了，有的人说生出来才死的。以及她的母亲成日为她担惊受怕，身心衰弱得了疾病也辞世了，她不疯才怪呢。最后我们还猜测学申很可能就是她的情人。

向龄是怎么知道得这么清楚的？

她一挥帕子怡然自得地说，这有什么难的，她就是府里的人，路上啊犄角旮旯里啊遇见些婆子嬷嬷说闲话，她不出声躲着偷听，就听到啦。

有时候向龄还要亲口问问她母亲，虽然易嬷姨娘不大同她说这些，偶尔被问烦了，也会敷衍她一两句。

我等向龄的期间，只有仲砚来过，真真儿是没人再来这里了，不过也不排除有来过的人我没见着而已。

所以我又问：那其他少爷小姐的来看吗？

她不屑地夸大其词：他们？他们胆儿小，不敢来，看一眼都得哭；或是担心沾染晦气，或是……或是怕疯子吃人；府里奶娘怕我们淘气过来看，还有吓住闹着要过来看的人，瞎诌唬我们说，疯子要吃小孩，当初把自己的孩子就给吃了，于是就被大人隔离到这座院子里来了；他们很相信的，笨得跟你一样，我才不信呢。

为了继续听她说我想知道的事，我才不计较她贬低我的话。

比起疯人，我开始最怕的是做姨太太，这全是因为向龄毫无节制的说辞。

除了叙荷个人的不幸，我以前认为做姨太太起码还是有很多好处的。

可是向龄嗤之以鼻。姨太太有什么好？她将来一定是要嫁给人做堂堂正正的妻子，以她的条件也是应该的。

她开始讲些府里姨太太的惨事，或者听其他府里的小姐所说的，比叙荷还惨的也是有的。比如其他府邸的姨太太有直接被虐待死的，不管是其他女人虐待的，还是老爷虐待的。

向龄说给人做姨太太的不好时，讲起大姨太怎样虐待其他姨太，还这么骂过她妈：长了张枰子般的脸。她一边回忆，一边生气，最后补充道还真是不知道到底是谁长了那样一张脸，仗势欺人。

大姨太才简直长了张枰子脸，令人瞧见她便想出恭。说完粗话，向龄感到心虚还四下望了望，很快一脸兴奋，又继续握着帕子和我讲话了。

向龄嘴里的张府大姨太属实是个罗刹婆，相当厉害。叙荷刚进府的时候也被大姨太修理过，谁晓得向龄的父亲很喜欢叙荷，后来很长时间也一直喜欢，大姨太看人下菜碟，不仅不敢动她了，还同她亲亲热热起来。余下的姨太太们就没那么好运了，张老爷新鲜过后不大管她们。大姨太则时常拿她们出气。

至于易嬷姨娘，向龄那是一顿夸捧，夸她母亲聪明有脑，贤惠勤劳。总之是易嬷姨娘会管账会协理府内，会给张老爷分忧解难，得了老爷一份尊重，有家世的大姨太自然就不敢动她母亲了。

我便想起家里的父母说八卦时，说起谁家孩子被送去戏班子做优伶了，谁家姑娘和哥哥弟弟一样做苦工去了，谁家丫头又给卖了或者送人了，最好的是送去给人做姨太太享清福。

我有时担心他们也送我去做优伶苦工，使我早早被拘束起来。好些的话，是长大点儿送给一些老爷少爷做姨太太享清福，虽然也被拘束，但起码能享福。可担心的事一样都还没有出现，因为他们可能要靠我和弟弟去府里向易嬷姨娘讨生活费。

易嬷姨娘似乎是见不得小孩子吃苦的。

但当他们吵架时，母亲不太愿意说父亲挣不到多少钱，只长吁短叹又得上张府讨钱了。父亲尊严受到挑衅，便会愤懑数落张府吸无数人的血才这样富有，比如张府向很多农民收高额地租，还要以各种名义征税，又放"高利蛋儿"之类的事。我当时真不知道那是怎样的"蛋儿"，价值如此之高。

现在我也不认为做姨太太是能享清福的，比当初臆想中的疯人还要可怕，因为这很容易一不小心变成现实。

向龄每每讲得口干舌燥，便要回去吃茶了，不过走前总是一顿威逼利诱，不许我把我们的对话给别人知道，否则她以后就不和我说话了。其实她也还没有和其他人讲得这么多过，因为找不着能说的对象一吐而快。

我忽然觉得不是我想要知道那些家宅琐事，而是向龄将我当成了排放污泥粪便的臭水沟。我真怕她下次又说出怎样可怕的事实来。

向龄让叙荷的不幸深深刻入了我的内心里。我甚至会去想象她曾经如何被人虐待，她的情人、亲人和孩子一再谢世时，这样的悲痛是如何一次又一次地压垮她，使她在夜晚发出那样恸人绝望的哭声，却只能扰了不相干之人的心情。

我不清楚叙荷如今还是不是姨太太。

至于嬷嬷，从来也不称呼叙荷为夫人之类的，而是叫她"我们叙荷姑娘"。

就好像是她的女儿一样。

使得我一开始也以为叙荷是没有嫁过人的姑娘，且是嬷嬷的疯女儿，没有地方住了，府里的主人动了恻隐之心，便借了荒废的别院儿给她们暂住。

见到嬷嬷的时候，我就说我知道你们叙荷姑娘以前是姨太太。

她无奈笑道："又是向龄小姐告诉你的吧？"

我点点头，好奇地问："可是为什么你从来不称呼她的身份，而说是你们姑娘呢？"

嬷嬷说，叙荷姑娘光彩的时候，不管是对府里的少爷小姐，还是对他们仆人雇工都一样好，如今人落魄了，她就把叙荷当女儿一样疼。虽然她没念过书，也知道这叫报知遇之恩。

我念了念叙荷的名字。

嬷嬷却认为叙荷是我的长辈，我怎能直呼她的名字？

那我该叫她什么呢？

嬷嬷沉吟不多会儿说，你就叫她荷姨好啦，府里的晚辈们就是这么叫她的。

荷姨？我试着说出这样陌生的称呼。

嬷嬷这回终于不再否定我了，高高兴兴地拍手鼓励我：对，对，就这么叫。

我心里盘旋已久的另一个事说出来以后，又遭嬷嬷嗔骂了。

自从向龄说起叙荷是姨太太过后。我就疑心仲砚是叙荷的儿子，否则他为什么要来看她和帮她呢？

嬷嬷当即嗔我乱说话的毛病又来了，比叙荷姑娘还喜欢乱说话。

我细想了后也认为自己确实乱说话了，因为仲砚和叙荷的年龄差，既不像是母子，也不像是姐弟，卡了一种比较尴尬的阶段。

嬷嬷的嘴一向紧，否认了后，原本也是不肯多说的。但是我喜欢这样逗她老人家，只死咬着说仲砚就是叙荷的儿子，才总是来看叙荷。

嬷嬷不许我乱说话，才把他的身份谈了一谈。

仲砚可不是姨太太所出的儿子。

原来他的身份另有来头，他也并不是张家正儿八经的儿子，而系张老爷亲大妹子所出。

这位之前未曾听闻的姑奶奶，现在听来比大姨太还要厉害。但她的厉害是自强不息的，并非像大姨太一样利用身份来欺压人，而是利用自身拥有的地位资源，成为一个能在外面做事走动的女人。

姑奶奶替张家做生意不比张老爷差，为人刚柔并济，当年成婚虽招的是上门女婿，但孩子还是跟着姑爷姓的。

不过非常不幸的是，姑奶奶怀孕主内后，姑爷主外做商人出事了，紧跟着听到消息的姑奶奶大肚子发动后，没了命。也好像是肚子本来就发动了，没给撑住。

仲砚是稳婆和医生从阎王手里抢回来的孩子。倘若不是姑奶奶执意要请医生，兴许今天就没有仲砚的存在了。

他倒是从小被养在张老爷身边视如己出地栽培，虽然也取了个张氏仲字辈的名字叫着，到底是私下叫着亲的，周姑爷家也得留后不是！

那他的真名叫什么？

对于我的无数个问题，嬷嬷叫苦连天说，这个她是真的不清楚了。

不过唠起仲砚的身世，嬷嬷又絮叨几句，大概是说仲砚之所以没真正成为张家的人，也可能是姑奶奶从前想和自家亲上加亲，避免以后在咱家挑媳妇，同姓同宗的不好。

仲砚家人罹难，早失怙恃，难怪看起来如此沉稳寡言，和我看到的这个年纪的男孩儿都十分不同。

这不仅仅是从我原先所见的印象中得来的。

等我们谈论的正主下次来的时候，才知道原来叙荷以前在正府里清醒的时候，向他有所授业。

他从私塾回来，常会去叙荷那边请教学问。

所以现在也会来到她被关的这座别院儿里，在她附近做做功课，来的时候多是完成积累的功课，偶尔也弄个字画儿。

因为，一日为师，终身为父。

第五章　一颗泪痣

荷姑娘即使被打理整洁，像荷叶与荷花一样清爽美丽，没过多久整个人又会凌乱肮脏，人们见了她，不是怕，就是瞧不起。

但我从来不会瞧不起她，我甚至还要帮她梳头。天气好些的时候，一出了暖暖的太阳，嬷嬷便拎来一桶冒着氤氲的热水，要给她仔细擦洗整个身子。

否则后面天气彻底冷下来，不太有机会给叙荷痛痛快快地擦洗，她现在不知道讲究了，身上很容易变脏发臭。

嬷嬷给荷姑娘擦身的时候，我就拿篦子给她蓖头，她头上由于不经常洗，有一些头虱是在所难免的。即使是我们也避免不了头虱的存在，穷人家是这样的，不像他们张府里的主人能随时沐浴更衣。

我给叙荷蓖头期间，她可听话了，我不让她动她就不动了。过了一会儿，她竟还管我叫妈，她泪眼婆娑，唉声叹气。"姆妈，您不必再操劳了，也不要去揽活做了。爸爸带着我们背井离乡，他去了以后，您又带着我四处漂泊，一人把我拉扯大，为了我能念上书，做苦力做得浑身是毛病，晚上又做针线活儿眼睛也都快做瞎了，我不能再让您为我辛苦为我累，您一辈子没过好日子，我这就去接受张老爷的恩惠，完成爸爸的遗愿，继续念书去。"

我认真地告诉她："我不是你姆妈，我还是个小姑娘呢。"

嬷嬷撩起叙荷的贴身衣服，继续擦洗她的身子，叫我不要插话，听着就是了。

叙荷这时看我不像以前那样怜爱，她用年轻女孩子的眼神看了我一眼，才又转过去握住嬷嬷粗糙苍老的手，眼眶里溢着泪水唤道："姆妈，您到底听到了我说的没有？我决定了要接受张老爷的栽培，不跟学申一起了，您就不要再费神了。"

叙荷眼里的泪珠一颗接着一颗地掉在嬷嬷手上，滴答滴答微响。那些泪就在老人家皮肤的褶皱里流动，可是嬷嬷才不管自己被打湿的手，她就用那双被泪沾湿的手，不停地擦拭叙荷的眼睛和脸庞，嘴里说道知道了。

顿了顿，嬷嬷把叙荷搂进怀里拍背诓哄说："咱们还是等学申吧，老爷供的那批学生先去了大学了，下一批你也就去了。"

她啜泣念叨："嗯，学申去外国念书了，以前我们说好了要一起去的，现在我给耽搁下来了，好难等啊。"

唉，她总是哭。

一点儿都不像我。

我眼睑上有颗痣，大家都管这个叫作哭痣，可是我从来也不爱哭。

门外有人敲门，因为给叙荷洗过澡，门便反锁住了，嬷嬷也就着剩余的水洗了洗自己，门一响她不招呼我去，也不准我去，自己屣履而去开了门。

来人是仲砚，他今次倒是难得给人打了个招呼，他说他就知道我在这儿。

我总觉着他今日想要做什么。

果不其然，他找出存放在别院儿里的文房四宝，依次摊放在桌上摆好，先征求我的同意，能不能让他给我作上一幅丹青。

我感到荣幸的同时，不忘压住自己真实的欢快心情，矜持而平静地同意了。

他给我作画的时候，我们还闲聊了几句话，两人间显得不那么生疏了。

他的画工，与我在外面见过的以画谋生的老者的一样好。

我一时词穷，倒夸不出其余的话。

只得称叹他眼神儿真好，甚至画出了我眼睛上的那颗痣。他最后下笔时，毛笔尖儿点的那颗痣尤其慎重。

嬷嬷在一旁看了也说这颗痣点得真是传神，这颗是哭痣。我顺着嬷嬷打趣人的话回她，这颗痣长在我脸上真不合时宜，应该长到荷姨的脸上去，才能发挥它存在的意义，我又不爱哭鼻子。

仲砚倒不和其他人一样说这是颗哭痣。

他不置可否，让人摸不着头脑的形容，说明这颗痣已经发挥了它最有用的意义了。我问是什么最有用的意义，他却不告诉我了。我在他嘴里从来也问不出什么，所以问一次就会自动放弃。

不过他搪塞我那是一颗美人痣，虽然他没有认真告诉我，我依然很高兴从他嘴里说出来的好话。这仿佛证明了我起码是不丑的，因为我总觉得他是相当实诚的人：既不莽然告诉我内心真实的话，也不会去刻意撒谎。

我正欣赏着这幅传神的丹青，深受感动，院儿里忽然又来了一个人。

嗬，嬷嬷实实在在地调侃起来了，这座别院儿仿佛越来越热闹了。

仲砚也眼含笑意地说："什么风把你也吹来了？"

我则招呼她："向龄表姐，你来啦。"

大家都同时在，我就会想起一件令我内心煎熬的事，我总是想向仲砚再一次认证，我是易嬷姨娘外甥女的身份，可惜向龄从不配合。

哈，她一看见我进了院儿里，又一次听见我这样的话，操起了老本行开始京剧变脸了，她从面带微笑迅速换了张颦眉撇嘴的脸，有些恼怒地嗔人："刘荣子，你再胡说我再也不来了！不，不！我要赶你出去！"

仲砚只是一敛笑容，发话说是他让我进来的，向龄竟然不太敢继续唱反调了，她那气势顿时如饥饿的鸡到吃饱的鸡，蔫了，平静了，不再咯咯大叫。

至于我，讨了个没趣，只好继续去欣赏仲砚给我作的画了。

向龄见我们有什么事情这么热闹高兴，三两步也挤上来探了一探，尤其是把我往一边儿给挤撞开。

我没设防，险些跌到地上去的瞬间，仲砚从后头长手一伸，提住了我的后衣领将我给稳住。

我就说他的力气不像看起来那么小，经过他的又一次举手之劳，我不禁觉得他长衫之下的身体也许是结实的，只是长衫过于宽大，将他显得清瘦罢了。

向龄原本看了丹青也直叹好看，定睛一看又觉得分外眼熟，再经她的狐疑打量了一下人的眼神，她很快便不悦起来了，那种瞪我的眼神转移到新作的丹青上，像是要将其撕掉毁掉。

可惜面对仲砚，她是没有这个胆子的，只把自己气得不行。

直到仲砚答应她，这幅就不送给小荣子拿回去了，他自己带回去随便打发给一个仆从，向龄才不闹别扭了。

他从一开始也没说过这丹青要送给我，所以对我来说还算不痛不痒，顶多最后才知道时，遗憾一下罢了。

相比于我的不痛不痒，向龄显得可愉悦了，她还闹着要仲砚为她重新作一幅丹青，正好今天她从学校回来还没换衣服就偷跑过来玩儿了，这样的打扮画出来的是百看不厌的文静女学生。

她一说"文静"二字，我们都忍不住笑了。她双手叉腰，细眉倒竖，吩咐我们不许笑，哪里有文静姿态。不过她擅长京剧变脸，下一秒入戏是难不倒她的。

相比于比较不熟悉的我，向龄的模样神态仲砚早已熟知，闭着眼睛都能画，再说他以前是画过她的。

所以向龄并不用像我先前一样定神当模子。

她等待期间，在一旁和我又说起了话。当然也有我费很多口舌给她讲外面的事的时候。

她先问我家里养过牛没有，她放学的路上总是能见到慢吞吞的牛，一边走，一边吃，还一边排泄，真是吃了就拉，臭死啦。

我家虽然没有养牛，但是小禄子家养过。

我便说起小禄子家的顶梁柱之前病得严重，他的娘合计着想把牛卖了。

我和父亲那时去做什么倒记不太清了，就只记得在街上看见那头老牛被扯着走，眼泪大颗大颗地掉，看起来可怜巴巴的。小禄子死活都不同意卖牛，一边打滚一边哭天喊地抹泪，跟他的娘哭诉，说牛是他放大的就相当于他养大的，舍不得。

牛怎么哭了？

它知道自己命不久矣。

父亲叹气告诉我："牛呀有灵性，是预料到自己快死了所以哭——可能要被小禄子他老娘卖去宰杀的地方。那牛我前些天串门子见过的，说是也生病了，病牛又不能卖去做苦力，只好卖去宰杀的地方才能换点儿钱。"

父亲还提起我祖父以前总教导他们，有良心的人，是不吃耕地牛，不吃守家狗的……当时，他话未完我便追问那小禄子他娘是没良心吗。

父亲摇摇头说，迫不得已不算没良心，到时候家里的顶梁柱没了，孤儿寡妇日子难过，有的是人要吃良心了。

后面的话，我以为父亲又要开始讲聊斋里那样吃人的故事了。

向龄听了不解："小禄子怎么对牛比对亲爹还好？"

"因为牛都比他爹对他好呀。他爹把他当家里的畜生一样养，让他做很多活还要打他，我见过的，那打畜生的鞭子长长的。"我说着用两臂比画了一下，"有这么长，可疼坏了小禄子。"

"胡说，哪有用那么长的鞭子打小孩的，那样的话会打死人的，肯定是你想宽啦。"像向龄这样大户人家的女儿哪里肯定相信呢？

"牛卖了换钱，那……小禄子他爹好了吗？"她忧心忡忡的样子真是让人难得。

我想了想回忆起来："好是好了，后来还去拉些苦力活儿养家，可过了一段日子他爹不知怎的又病了，终于是死了。"

向龄这时才唉声叹气道："那一开始不如先救牛呢。"

最后小禄子还是被他娘送去做优伶了。

我说这些的时候，不只向龄听得全神贯注，旁边侍候的嬷嬷，作丹青的仲砚也蹙眉听上了，最后都是一脸惋惜的神情。

向龄后面又继续问我，养过活鸡、活鸭之类的吗。

我讲牛已经讲得口干舌燥了，又不像她回府上要茶吃还有人伺候着很方便，所以其他内容都一带而过。她老问我平时能见到的寻常物，我便忍不住提醒她，去你自家的庄子里看呀。

她闷闷地道："你不知道，现在外面正闹着呢，我爹不让我出府，怕女孩子家家有什么三长两短，在家好好待着，是闺阁小姐的本分。最多是跟着大姐向华，去别家府上的小姐楼里坐坐。"

她还故作姿态地摸下巴上的"空气胡子"，模仿张老爷的口气说，京城说不准儿啊什么时候就变天了。

我想起我父亲也提过外面不安全的事，早嘱咐过我没事别瞎跑到不能去的地方，别跟蛾子似的往枪口上撞去找麻烦，到时候打折我的小腿儿。

我和向龄多日来这样深入地聊天，仿佛已成为挚友。我终于忍不住摸了一下她的衣服，夸她身上长长的深蓝色的学生服夹袄真好看。

她极快躲开之前，先拍开了我的手斥责："不许摸，你脏死啦，这是上学念书的人才能穿的衣服，要是脏了，老师要骂，家里人也要骂。"

嬷嬷这时在旁边笑着说，要是脏了她帮小姐先洗就是了。又补充一句，什么时候脏了都可以拿过来洗的。

可是向龄还是不许我碰她一下，哇哇直叫。

仲砚不过抬头瞥了她一眼，她很快便噤了声。

真是一物降一物。

我们兴致勃勃地说起话来明明是那样和气，最变化多端的就是向龄了。

不过让我欢欣的是，下一次我来的时候，嬷嬷见我先前稀罕学生服，她特意给我捡了一件旧的来。

说是府里其他嬷嬷处理主人们穿旧了的和已不合身的学生服，是不会真的拿去丢掉的，其实她们都要捡回去给自己用，或是给自家孩子穿，或是拆开来当衣料重新做。

这次她凑热闹也捡了一件来，见我那天眼巴巴瞧着，她顺手捎来不费什么事。

这件学生服看起来分外崭新整洁，一点儿也不像旧的，不过按照人家小姐的习惯，就算丢了还是那么新，并不算意外。

我对着那件儿学生服又是搂又是看，碰它之前先拍干净身上的脏灰处，又特意去洗了一下手，最后还要把学生服贴在身前儿比画给叙荷看。嬷嬷看着我这么稀罕，也很高兴，在一旁情不自禁地哼起了小曲儿。

回去后父母问我哪里来的新衣裳，我称是捡来的，他们自然不信，哪里能捡这么好的衣服呢？总之我死咬着是捡的，也不算是撒谎，说话前又没有加上个"我"字。

到底是不是捡的？是不是哪里偷来的？

等向龄撞见我穿上学生服后，跟我父母一样，不同意啦，非要我脱下来，给还回去。

我们身材确实是最贴合的，我生怕这是向龄丢下来的衣服，没敢同她争辩。

嬷嬷态度端得可稳了，先是好声好气地问向龄，记不记得这季自己的学生服换下不穿了丢过。正在向龄去想的时候，她老人家又跟着说这是她自己花钱给我做的，绝对不是捡的。

嬷嬷撒谎撒得可真像样。

连我这知情人都差点被骗过去了。

向龄见嬷嬷说得那样真儿，挠着头没什么辙儿，气得跺脚走了。她虽然常被我气走，可隔一段时间还得过来受气。我有时候虽然气向龄，可是我真的很喜欢她。

向龄一被气走，我便又将身上的战利品转圈给叙荷看。叙荷不像上一次一样光明正大地夸人好看，她莫名其妙又开始悄悄地说话了。

我准备走开，她非得要我凑过去，不过答应我不让我再钻窗户了。

我谨慎地靠过去，她呼着有些臭的口气低声说："傻姑娘，这衣服就是姆妈新给你做的，我都看见了，不，是仲砚给你做的。"

我愣住了，叙荷又胡言乱语了，说不准儿是被嬷嬷刚才的样子骗过去了，真认为衣服是嬷嬷新做的。

不过认为是嬷嬷做的还有点儿像样，怎么能认为是仲砚做的呢？

他恐怕连针都不会拿，不，是没机会碰一下，他可是一位有地位的少爷和有知识的读书人啊。

第六章　各怀鬼胎

变化多端的向龄好久没来了。

一直到后来，仍是只有向龄不给我开门，那天她刚来的时候因为还生着冬日里抢衣服的气，老叫我下去不准探。

别说我们能有衣服抢了，才过去的那一场冬雪又冻死了好多可怜的人，而且我还目睹了，那些人被冻死之前迷迷糊糊的，还会把自己身上并不蔽体的破烂衣服脱了，因为人被冻死的时候身上会出现一种回暖的现象，而让人无意识地脱掉衣服。

向龄一听我说起外面的事来，她又每每在墙下和我渐渐地聊起天儿，真叫人哭笑不得。

我戳破她的这种行为，还问她怎么不去找自家姊妹说话呀，竟喜欢来这儿和我说话。

她虽然极力否认不是为了与我说话，只是为了来看疯子，但她继续兴致勃勃地和我说话的样子显然出卖了她。

自家的那些姊妹，她才不喜欢，装模作样得很，说个话这也不对那也不对，什么也不能说，憋屈死了。真以为自己是名媛呢，其实刻板得不得了。新式名媛哪里像她们这么古板？

"那……有你装模作样吗？"我啐一小口气，煞是天真好奇地歪头说。

她脸一红，赧然骂了我一顿。我习惯她骂我啦，也懒得反抗了，由着她骂，又少不了一块儿肉，还少了些是是非非。

后来我们又这样在墙边聊了几次天，她终于是过来给我开门招呼我进去了。我往自己脸上贴金，感慨我在树上真是精诚所至，金石为开了。但其实不过是她立得腰酸腿痛，嫌仰头累，以及眼睛发胀。想通了，方便她自己，才把我放进来了。

当提起我母亲上府里走动，她可曾看见过时，向龄想想好像是瞧见过我母亲上门走动，还绘声绘色地形容我母亲：是不是长着一双小小的吊眼，身材不高，浑身瘦瘦的，皮肤很黄，还穿着一身儿有补丁的衣服？

其实外面的女人多的是像她形容的样子。

不过见她这样说话，我立刻套了她的话，又开始认她做表姐了。

她忽然觉得自己多嘴了似的，闭口不再形容我母亲的长相，而是说起其他的话来转移认亲话题。

倘若我过去的那些伙伴看见，我和向龄这样说话来往，那么他们就会知道，我是和张府这样的大户人家沾亲带故的。我真希望他们看见，可是他们再也不来这儿了，我也真希望仲砚能听见，可惜他后来来得极不合时宜，总是在我颜面尽失的时候出现。

这会儿，向龄还把自己作的五言律诗分享给我看，虽然我一点儿也看不懂，更不识字，但是我懂得夸她厉害。这时候我们的氛围是那么乐陶陶。嬷嬷来的时候见我们相处融洽，感到欣慰，放心地去做自己的事了。

可是少顷，向龄的言语行为像朝我脸上打来大颗的雨点一样，我的心情也变成了阴天。

她上次不同意我碰学生服，怕摸脏了都是理由，我认为她更怕我这个人会摸脏她自己。

因为她挥着帕子手舞足蹈说话间，不小心把耳朵上的坠子勾落掉了，那颗翠绿的耳坠顺着帕子挥去的方向滚到了杂草丛内，似乎要逃离主人的粗鲁，再也不让人找见了。

我生怕她遗失这么贵重的坠子，即刻爬过去翻找，找到后，我捡起那颗绿得发着幽光的坠子，把上面沾带的泥灰仔细拍了个干净，再用双手捧起来送到她面前。

在看见我手掌上的坠子后，说话滔滔不绝的向龄这才发现，她的一颗翡翠耳坠不知什么时候已经飞掉了，下意识还摸了一下自己的耳垂。

我帮她捡回来捧在手心里，她既不谢谢我，也不感到高兴，竟然蹙起眉头叫我快放回原先掉的地方。

我不明所以，还以为她掉了东西再捡回来有什么仪式要做。

她却排斥着说："你脏死啦！快放回去，我自己捡！"

她竟宁愿让杂草丛和泥土脏了坠子的表面，且命令我放回去，也不愿意沾染了我的气味儿。

她一扭一扭地去捡的时候，还是用帕子隔着捡的，等坠子隔着帕子被擦得干干净净了，她才呼了一口气，就此把耳坠包在帕子里藏好，不再戴了。

既然你捡回来了，为什么不戴呀？我没料到这个疑问是自取其辱。

她清脆而响亮地说："你一定是很久不洗澡不洗头的，你头上的虱子我都看得见，真是太可怕了，这叫我怎么和你一起呀，我一直都忍着你，你就行行好，能不碰我的东西吗？"

原来她平时和我说话老用帕子掩鼻，是在隔离属于我的气味儿。

向龄嫌弃我的这一幕，正好被后来的仲砚默默看见了，当时他沉静地立在庭院格局的边沿部分不那么显眼，可是我就是一眼察觉到了他的存在。

他不出声，像是怕惊扰了谁似的。一双黑白分明的眼睛微低，不显目光所及的方向，仿佛给藏好了，不让人发现；却不显得躲闪与心虚，他的眼神是清明深邃的，随着一股内敛之气，漫不经心而移走。

我分明知道他看见了向龄斥我的那一幕，我分明也知道他不是那样瞧不起人的少年。可是我为自己的不洁净突然感到很自卑。

于是回家后，我开始穷折腾起来，横竖闹着要洗澡洗头换衣服，连一向比较好说话的母亲也骂了我，同时又挨了父亲的一顿毒打，可挨打挨骂也抵不过要干净的心。

等洗澡洗头换了干净衣裳，修过手脚的指甲，再用篦子篦过了头，我还是觉得不够。

我一再追问母亲什么时候再去张府走动呢。

她的躲闪和敷衍太明显了。

我知道她从来不愿意带小孩子上人家家里走动，特别是像张府这样的大户人家，她唯恐孩子犯下一丁半点儿的错误，打扰了别人，也伤了脸面。

我长时间守着母亲，只问她什么时候去张府，她被一向跑得不见踪影的我守得不自在，最终答应了下次带上我一起同去。前提是，要听她的话，不乱跑，不乱动，跟着她安安静静而去。

为了达成愿望，我一再苦心守候，并且老实了一段时间，在家里安分守己地干活儿。我好久未去别院儿，自然也就好久未见向龄了。

所以到了府上她跟我生疏，我认为是这样的理由。

刚从府邸后面的小偏门踏入张家，母亲便将我搂得紧紧的，生怕一松手，我便撒脚乱闯，路上也总是再三低声嘱咐，要守规矩礼仪。

她来了多回，自然不用再看稀奇了，我是管不住自己的眼睛不乱看的，总之我被母亲禁锢着走路，也只有一双眼睛能自由转动了。

我记得穿过一座春和景明的院子，走到了一处清净的长廊里，我便撞见了一位求之不得相见的熟人，他总算有一次在我运气好时出现了。

好不容易解决了我内心煎熬的事啊，随着母亲来到张府，好巧不巧竟真碰到了仲砚，这算是真正地向他证明了我所说的那一切。

我还故意和母亲说了几句话，来证明我们此行是亲戚间的走动。母亲却将食指竖在干燥的嘴上，嘘了一声儿，示意我不要大声多话。

这里不同于荒废的别院儿那样随意，我不大方便和仲砚打招呼，只能用笑眯眯的眼睛来招呼人。我们对视着擦身而过后，我又转过去看了看他，他驻足在长廊里，像别院儿墙外挺拔的梧桐树过了一次秋冬。

他看见我并不像我看见他那样高兴，神情里甚至有一种阴郁。他眼里平时残存的那点儿光彩消失无存，渗入初见时使我惴惴不安的那种古怪情绪，我们往日里悄然冒出来的微笑和日渐深厚的亲切，也好像要被张府这样的地方处死一样，即将永远消逝。

包括向龄、易嬷姨娘与后来的嬷嬷，他们都没有因我而高兴欣慰，脸色不一，仿佛各怀鬼胎。

进了一处内宅，总算到了向龄日夜居住的地方，我愈加控制不住乱瞟的眼睛，不住地打量这里，像要把她的家也放到我心里去一样。

一掀起门帘，进了屋，我却什么也不敢乱看了。

因为易嬷姨娘的说话声是严肃的，她低声问母亲，怎么把我也带进来了。

母亲脸上明明没有汗，却捏起袖角擦了擦脸，赔着笑脸说："这丫头闹得不行，我也是没辙儿，就是带进府里开开眼，看一眼也好，她从来都没见过，就见一眼，一眼。"

母亲在易嬷姨娘面前不如在家里平心静气，她不自信起来，说话是有些结巴的，为讨好，她堆笑又掇了掇我的肩膀催促我叫人："快……叫人……叫姑……姑……奶奶……奶奶。"

易嬷姨娘似乎有些不高兴，我不敢看她的脸，但是我听到了她严肃地训人："少给我惹祸，不能叫奶奶。"

母亲重新补充说："是……是……姑奶奶的奶奶。"

"也不行，就叫姨娘好了。"她这时的语气才随和了点儿。

她们说话间，我早怕得躲到母亲身后，并且抱着她瘦不拉几的腰不肯撒手。

易嬷姨娘似乎是见我怕她，脾气就渐渐没了，她稍微探过来看向我，打量了一会儿，语气缓和了不少。

她有着一张和向龄一样的申字形的脸，颧骨比一般的人突出许多，下巴虽尖瘦，但因平时养尊处优，养得圆润不少。因此她脸色一和气起来，看起来也是比较富态与温润的，不像不笑时那样因为颧骨而显得有些刻薄，瞧着怕人。

这会儿，易嬷姨娘不仅招呼我上前去，还让从外头回来的向龄与我握手。

只可惜向龄从进来看见我后，已沉着脸不乐意我了，叫握手的时候只是迫于易嬷姨娘的威严，她才草草地握了一下，收回去后用帕子漫不经心地拭手。

"她是你的妹妹，不得无礼，你念书念到狗肚子里去啦？"

易嬷姨娘训斥向龄几句，还把我拉到她身前儿去搂着安抚，她一面摸摸我的头和脸庞，一面称向龄年纪小不懂事，大了以后就知道了。

所以等大人叫我们到一边儿玩去的时候，我总算能扬眉吐气地对向龄说一句："你看吧，你妈都承认了我是你的表妹，你还扭捏什么？"

她理都不理我，也不好客，我只好又独自打量她们华而不奢的屋子，屋子里有一股说不上的香味儿，令人凝神静气。

易嬷姨娘真就在管账咧，我看见了，账本儿在案桌上摊着，和我替父亲去打酒时看到的柜台上的账本很像。易嬷姨娘不像母亲一样会斥责我乱看，只是收好桌上的账本儿，对我微笑。

向龄这时有点扬眉吐气地问我话，"会管账吗？"

我当然不会，连认识账本都是侥幸。

她便得意地说自己会管家，妈会教她，以后她嫁得好大约是要管家的，穷的家里自然是没什么好管的，有点资产的就不一定好管了，得从小耳濡目染地学。

……

那对我来说真是太遥远的生活了，我连听都不愿听，想也不愿想，也不想再来张府走动了。这里阴气沉沉的，没有谁拥有明显发自真心而高兴的脸，每个人都是恰到好处的规矩和有一张训练有素或者经氛围浸淫出来的脸。

我唯一见到的令我高兴一下的人，是一个完全陌生的人，唯独不陌生的是他身上的仲砚与向龄的影子，这人与他们的模样有一点儿说不上来的相像。他的穿着与雇工仆人显然不一样，穿得不说多金贵多华丽，起码很体面，是个少爷模样。

他后来虽然朝我笑了一笑，但也是这府里人中奇怪的一个。因为他不经意看见我后，莫名愣了一会儿，又赶忙看了我第二眼，接着打量了我的脸，再是整个人。

害得我母亲都不好意思起来。

可明明该不好意思的是这奇怪的人，哪有男孩子以这样的眼神盯着小姑娘看，活像一副从小便被宠坏了的登徒子。即使他长得养眼些，也实在被自己的行为败坏了容貌。

他的眼睛闪烁，冲我咧嘴笑那一下，叫人浑身起鸡皮疙瘩，好像我跟他认识一样，笑得真是怪里怪气。

我不理会只想快快走掉，只有母亲礼貌地回了他一个微笑，又向他请安问好。

出了府，我浑身才自在起来，但一想到先前在府里的人们，我的内心又有点儿不自在了，并且惶惶。

我最担忧的是仲砚，因为他从来都没有对谁真正地沉过脸，平时总不愠不火，平平淡淡。但当时在走廊里，他的情绪显然不好，不再保持适中。

隔几日一到了别院儿里见到他，我便迫不及待地同他示以友好，探一探他的态度。

我先是借向龄的诗来说话，仰慕她作诗真厉害，不过更应该是羡慕罢了。

仲砚却说她作诗作得不好，展现给外人看的，不过是拿了先辈大诗人的诗东拼西凑化用的。

"向龄最多会一点质量不佳的打油诗，连平平仄仄都不会，最基础的一三五不论，二四六分明都搞不清，她念书时常偷奸耍滑，只有骗……"他说到此处一停顿，改口道，"只有用人家的诗给不了解的人看来，撑'纸面子'。"

又道出实情，府里的向华、向佳二姊妹作诗还行，唯独向龄不行，所以她也从不爱跟其他兄弟姊妹谈诗。

我心里忽然跟明镜似的，难怪她分享诗的对象是我，是欺负我没念过书好骗罢了。

见仲砚兴致勃勃地和我说起诗来，我心里放心了些，原来他没有生气，那天也许恰好是他心情不佳而已。

但后来他又确实告诉我，让我不要再去张府了，他不喜欢。

我沮丧，以为他也嫌弃我，他却真诚加上一句"是为了我好"。

到底怎么为我好，他却不说。

我只能明白是自己不体面，人又不守规矩，不大会说话，去大户人家家里做客是要闹笑话的。

也许这就是他不爱我去的原因，但我仍然相信仲砚是真挚地为了我好。

他以后对待我的平等态度，令我一直是信任这份真心的。

第七章 雷声雨点

母亲近来眼皮子频频跳动，她还特意去了一趟道观，替家里替孩子算卦扶乩，算出来的似乎不太好。

于是她成日忧心忡忡、唉声叹气的，我真怕她操心操得多了，像叙荷的姆妈一样身心衰弱害病辞世。

也许算出来的是有那么一点儿准。

上回在府里见到的奇怪的人，不久，我真正认识他了。

向龄和仲砚并不像我那么有空，也不像我能撂下担子常去别院儿，他们来的日子比起我少之又少，一忙起学业来间隔的时间还挺长。我有时候想念他们，就会去张府他们出入的角门儿附近远望几眼。

因此我又认识了这么一个少年，长得比仲砚高，身体比仲砚壮，嘴巴比向龄还利索，也比他们好看一些，可是我一点儿也不喜欢他。

一次，我望见角门儿那处出来的，正是上次府里见过一面的大小子，我躲开后，孤单地躲墙边侧踢石头去了。

没想到他不仅同样看见了我，还从对面远远跟了过来。

他真是分外自来熟，一找见我，直接问道："你好啊，你是不是小荣子呀？"

我不置可否，反去问他："你是谁？"

"我是仲砚的兄弟，向龄的大哥，也是……"他卖了卖关子，意气风发地拖长声音，玩味儿声称，"是张府未来的爷，张仲许。"

看来他从仲砚或者向龄那处，对我有所耳闻。

见他自亮出尊贵的身份，我只好向他请安问了个好。吃惊的是他实际上并没有架子，向我也请安问了好。

也许这是他欺骗人的某种障眼法，目的是要接近人以骗取真心。

仲许还说初次真正的见面，身上没揣什么能赠予我，不过身上有点儿钱能给我表示一下。

他一面在身上东搜西寻，一面把掏出来的钱塞到我手里。

他似乎是瞧我可怜，硬塞钱给我。

我不想要这人的赏钱，推脱多了又不礼貌，只得接受了。

幸好他似乎有事要做，没在我这边逗留多久，很快携着立在外头等候的仆人，朝街上的方向去了。

我对着手里仿佛天上掉下来的馅饼，心里纳闷儿不已，有些担心，担心仲许从府邸相遇的那几眼看上了我，将来想让我上张府做姨太太去。

做姨太太一点儿也不好，起码从向龄嘴里听到的都不好。

以至于我回家后，在这样的大事上，还算懂事听话地叨扰父母几句：以后日子实在过不下去了，易嬷姨娘也没法接济我们家了，我除了不给人做姨太太，其他的都是可以的……如果要卖我，卖去做优伶也好，苦工也好。

这回轮到母亲笑话我的忧心忡忡，父亲则是不甘地嘲讽，张府如日中天，有易嬷姨娘在，他们哪里敢呢。

很快我也有新的不敢做的事啦。

仲许在张府角门儿进出的时候，他只要远远儿瞧见了我，总会兴致勃勃地过来和我搭话，不过他一定会挥退随侍的仆人一边儿待着去，似乎是怕影响他随意说话。

我摸不清他的架势，不清楚他的示好是哪一种，最惧怕的是以后有讨姨太太的意思，自然就躲开了，以后我除了在别院儿等向龄和仲砚，再不去张府角门儿附近了。

可是跑得了和尚，跑不了庙。

没想到仲许一认识了我，甚至都找到了别院儿来一起凑热闹。他一来就是百般对我好，叫人压力倍增，很不自在。

他的自来熟分毫不假，不管是第几次见了我都很热情，还总掏出各种稀奇古怪的宝贝玩意儿要赠送给我，着实把我吓了一跳。我可不敢要那些贵重的财产物件，只挑了他手编的蝈蝈、鸟儿之类，有时他还真带了花钱买来的将军蝈蝈，执意相送。

他又听嬷嬷说我喜欢吃糕点，下回来的时候就会带不少点心来，还是他自己从府里厨房偷出来的。

我被迫接受了他的一些礼物，玩弄过后情不自禁越来越喜欢；被迫吃了几块糕点，品尝过后一发不可收拾地多吃。

但总归，不大和他亲近。

我不待见他，他却越发想讨好我。我算是明白向龄觉得我讨人嫌，个中是什么滋味儿了。

不过仲许对人好得真是没有边际，不仅是对我，他对向龄更是有求必应，从来笑脸面对，温和地哄着，一点儿都舍不得冷一下脸。

有什么好东西，有什么要求，只要向龄看见了管他要，想到了向他提出，他都会毫无怨言地做到，一点儿都没有做大哥的威严姿态。反倒是较小些的仲砚更有长兄风范，从来不惯谁，也不过分对谁好，凡事拿捏有度，甚至连真正的大哥仲许都要听他的一些主意。

仲许对向龄宠溺，这我倒是知道理由的，因为她是他的亲妹妹呀，理所应当，即使他们同父异母，血缘关系是没法儿改变的。

但唯独有一点，仲许是不肯依向龄的。向龄不让他对我好，不让他送我东西，只要一沾上不利于我的要求，他就像抗旨一样硬给撅了回去，于是只能花费更多的心思试图讨好向龄与我。

向龄确实是吃醋了，生气了，于是口不择言。他怕向龄的话使我伤心，想方设法地希望我一起欢欣。

仲许对待我，如果不是因为未知的目的过于强烈，我是愿意和他做朋友的，但我很怕一失足成千古恨，所以从不敢和他亲近。

不过我又有点儿小得意，他对我的好，方便了我给人炫耀。

仲许承认，听他们说我常往破院儿跑，才找过来的。之前他老看见仲砚和向龄突然间比以前还爱往这儿跑，起了疑心寻过来偷看，那时候没发觉这里这么有意思，更不知道小荣子是什么人。

果然是有人出卖了我，仲许才对我上了心，不过我当初以为的这个出卖者是偷鸡不成蚀把米，又常争风吃醋闹别扭，使得自己生气的向龄。

我一想到向龄说起过姨太太不好做，便胡思乱想地以为她因为烦我，又知道我现在最怕做姨太太，为了给我添堵，故意和府里的另一个人物推荐了我这苗子。

但我后来探向龄口风的时候，她听了我试探的话，笑得花枝乱颤，哈哈拍地，就差没到地上去滚上一圈儿了。

她毫不留情地嘲笑完了，请我去照照镜子再说这样的话。

等到后来，从仲许嘴里才得知真正出卖我的人到底是谁。

仲许在磕唠间提起仲砚送他一幅人像画，画上正是我，所以他那天在府里见到我的时候，得亏了仲砚的画技，他一眼即认出了他们嘴里的小荣子。

那幅画仲砚原来没有打发给仆人，而是送给了他。

原来不是向龄出卖了我，而是仲砚不经意出卖的，多此一举送了我的画像给人家，我从此就又倒霉又幸运地被仲许盯上啦。

我也知道他们的感情是多么要好。

他们虽是表兄弟姊妹，却胜似亲兄妹。我从他们嘴里，从来都没听见谁称呼过仲砚是表的，在平日里的称呼上，他们只是自然把仲砚归为亲的一类，喊着二哥二弟的并未区分开来。

按理来说，他们都是金枝玉叶，原不该和我这种穷酸户走近，可他们偏偏常来和我一起玩。

但他们又不和其他我这样的孩子走得近，甚至话也不多说一句，还要赶其他来看疯人的野孩子。向龄架子端得很足，她认识我一个已经感到很麻烦啦；仲许面对其他人，也是会端起架子不让人亲近的，凭这点我也越发肯定他对我图谋不轨；仲砚则是不大会和不相干的人厮混，人本就清冷些，我和他能说上话，也是有叙荷和嬷嬷的缘。

不过张府里其他小主人，就像他们不和其他我这样的孩子接触一样，而不和我接触，甚至都不出现在这一带。只有我以前偷偷去张府角门儿附近张望时，能偶尔瞧见其他尊贵的小主人出府入府。

接触了我这样的底层贫民，他们仨渐渐就被我带得知些人间疾苦啦。

那天我答应向龄，要请她打打牙祭，尝点儿真资格的东西。事前，我请她从府上准备些调料过来，我又在外头捡了好多块圆润的小石头洗净揣好。

当我把小石头倒上调料搅和后，撒上偷摘来的葱花。

向龄瞠目结舌怀疑我：这能吃吗？

叫花子还嫌饭馊。我学着父亲批评我那样去批评她。我千真万确地说，吃不上饭的时候，为了打牙祭，就是这么吃的。只是没说出我还没这样吃过，所以有幸托了张氏的人脉资源替我捎带了好些上乘的调料来，准备认真尝它一回。

先见我哑着嘴吮得有滋有味儿，向龄才有所动作，用树枝筷子夹上一个尝尝鲜儿。

我没想到的是，仲许也肯和我们玩这个。他跳起来从树上折了新的树枝来，蹲下后酝酿了好久，才夹起一块小些的石头，缓缓放嘴里品尝，他动作虽然慢，嗦得却比我还仔细。而且他微垂着脸，一副黯然伤神的模样，黑如点漆的双眼里流露出一种悲悯，眼梢逐渐红润，目光泫然欲泣。

仲许的神情比我那调了料的石头还多了种滋味儿。

"你怎么要哭了？"

他的声音被自己的哽咽弄得有些沙哑："我在尝……小荣子的生活。"

他说出这么令人一时深受感动的话后，原先不参与这一场滑稽吃石的仲砚，莫名其妙地也蹲了过来和我们一起尝起了石头。

仲砚和仲许一样尝得心不在焉，并没有仔细去品味调过料的石头，而是很沉默地将石头放进嘴里，似乎在想着什么。

他们好像以为我已受过了这种生活虐待，我并不戳破，继续让他们以为真是这样也没有坏处，毕竟他们多同情我一些，相处时就会对我好一点儿。

特别是向龄，她只是脾气不好，心地还是很好的。她会可怜小禄子，会嘴上借看疯人的由头来看叙荷，也会同情我而尝尝石头。我相信她并不只是觉得有趣儿，因为她一向是很怕脏的，尝石之前还问了好几次石头洗干净没有的话。

至于仲许，就更离谱啦，他不仅会为了我说的吃不起饭吃石头而伤神，也会为了另一个与他不大相干的人流下眼泪。

在大家不注意的时候，我看见他立在门边儿看了好一会儿叙荷。其间他抬手以袖擦了擦眼睛，整个人背对着我们，我虽然看不清他的神态，但我听见了他以悲痛的语气说："荷姨娘，仲许长大了，可是我从没忘记过您对我的好。"

他以前几乎不来这儿，原来是不想看见叙荷与昔日的天差地别，而不是像向龄说的那样怕疯人。他说这里充斥着令人伤心的情景，为了自己的心情，自私地再没来探望过她。

叙荷确实对晚辈们极好，否则他们也不会有各自的情绪与坚持。

在我们三天两头在别院儿聚到一起的时候，被某个居心叵测的人瞧见了，从此他不安好心，尽折腾我们。

但是他的首次出现只有我看见了，也没有多心，不以为意地忽视掉了。日后竟是给我带来了小灾难。

有一回我们正乐呵的时候，我不经意间瞥见正门门口有一双极小的眼睛正偷窥我们，他的眼睛偶尔随着脸庞抽动而挤一下，显得只有一条缝。真不让人舒服，也说不上来那种不舒服是那阴郁的眼神，还是他的挤眼动作。

这人没有作声，悄无声息走了。我以为他是被我们的声音吸引过来探看的人，没有想过他和之前的仲许一样，行的是跟踪观察之事。

我料不准他那次是不是也看见了我，他却先找上了我一个人。那次我来得较早，他找来后先拿身份压了我一头，自称是府里正经的少爷仲瑞，乃张家真正的老二，而仲砚不过是冒认的劳什子老二，在他家不过是寄人篱下的存在。

由我不同意开始，他便有了光明正大欺辱我的理由。

先是逼我交出他们家的财产，也就是仲许送我的那些礼物。仲瑞说，他大哥脑子不好使，但我一个外面的小丫头怎么也拎不清，敢受嗟来之食般的财物。

他把我逼在墙角里，逼我交出那些财产宝物。

我摇摇头。

他嚣张地说都看见仲许给我那么多玩意儿了，不交出来，则向家里上报这里出了个小偷。

我恨人家说我是小偷。

于是我们发生了争执，我试图逃离却甩不掉他，到后来变成他单方面欺负我，他恶狠狠地揪起我稀疏的小辫子，拧我没肉的小脏脸，嘴里尽是粗言秽语。

在我拱让了部分宝物以后，仲瑞才消停了些，停止了强盗匪徒打劫的行为，不过走前必是一番威胁，若是我胆敢把他的言行透露给第二个人知道，他……就什么倒也没说出个一二三来。但显然，见我担惊受怕的眼神，已经明白了他的用意，他便不用多此一举把话说出来了。

常在河边走哪有不湿鞋。

老天有眼，仲瑞后头几次抢我的时候，还是被仲许亲眼撞见了。后头几次抢的宝物按仲瑞的开脱之词说，是收的看门费，他在帮我们看有没有大人过来发现我们胡混。

我在仲瑞的眼神下，附和着说正是如此。

仲许知道他亲弟弟的秉性，我的帮腔也不起作用，仍是狠狠地揍了他一顿。我则机灵地上去拉偏架只拖住仲瑞，假惺惺地让他们不要打了，不要再打了。

经此一事仲瑞气急败坏，扬言要去正府里头告状。仲许不以为意，认为仲瑞一向雷声大雨点小。但当时仲瑞因为不服我这种身份的人使他受了毒打，真的要去告状使心眼儿了。

不过被易嬷姨娘拦截了下来。他带着内伤在走廊上遇到了易嬷姨娘，易嬷姨娘见他走路不寻常，就随意关心一问才引出了后来该我倒霉的事。不过也庆幸是自己人出面平息此事，我才不用遭受更大的祸事，只是我当时没有立刻明白过来，平白受了委屈，心里怨了她不少。

易嬷姨娘不如初次见到时那样亲切了，从前她虽有威严，但总不失亲和，这一次她完全变了一个狠厉模样。她当着他们的面儿，甚至扇了我一个嘴巴子，还叫我别往这里来，尖酸地声称这不是我该来的地方。又夹枪带棒说了一番话给仲许听，指责他不该和我混在一处胡作非为。谁要是不听劝，这座院子就该彻底封了。

教训完我们，她又以亲戚身份，放下身段替我们向仲瑞道歉，道歉里又有一种不卑不亢的提醒，意为提醒他别不知好歹。

我们仨谁也没讨到好果子吃。

我表面的脸不是那么疼，只是被她的气势吓住了，而心里的脸被活活踩踏，又气又怕又伤心，却敢怒不敢言。

只有仲许身份属实不低，他敢于顶撞长辈与真实地位不如他的姨太太。易嬷姨娘虽是姨太太那时却不那么畏他，之前对他的尊敬和可亲忽就消失了。

她拿出了半个当家人的气势死死稳住两边。

倒是仲砚隔岸观火，在远处沉默着，一点儿也不参与我们快要闹大的混账事，并且事后劝我们要息事宁人，少与仲瑞起争执，闹大了对谁都没有好处，特别是我们，要我们好好想想我们的劣势。

我的劣势我自然是知道的，怕连累了易嬷姨娘不好过，到时候我在家里更得挨骂挨打，一时什么气焰也都没了。

只是仲许显得比我更忧心忡忡，我便不太理解了，这个中缘由在我长大以后才明白过来。

幸好经此一事仲瑞也消停下来，没敢再来讨打了。

第八章　小瘦后背

母亲替我们算到的是不太好的卦，到后来我才真正意识到什么才是不好，那也是我这一生最痛苦的事之一。

听说，只要姊妹们不和仲许怄气，仲许无论做什么，即使在外头讨了气回家后也还是舒心的。然这几日，家里的姊妹们都不大理会他了，向龄也因为吃醋频频生气而不理会他，仲许索性把心全放到我身上。

他掏心掏肺对待的这些人里，我是碍于他的身份，算是其中态度最好的了，我的躲避和推脱一向被他视为害羞与客气。

而仲砚，重视他自己，自然多过重视我这种无名之辈。

他不仅从不阻止仲许对我好，还劝我能受着就受着，否则仲许一天到晚不受姑娘们待见，会失心疯一般叫得他也不得安生，还要在他这里讨经念，所谓心经，则是使姑娘们欢欣的秘籍。因为仲砚这种不冷不热的态度，反倒使大家尊重，为人也比仲许更受到关注。

于是为了能使仲砚安生些，我勉为其难地受着仲许的好。

但是他越来越过分了，相处间吃个东西竟不由分说手把手地喂我，还掏出随身携带的帕子小心替我擦嘴。见我吃得好了，又得摸摸他的脑袋感到欢欣。他说我多吃些长好了身体，他就比什么都高兴。

他的司马昭之心，小荣子皆知。

我总疑心他要日渐败坏我的名声，方便以后讨我做姨太太时，让名声损坏的我无处可逃。

他也总是嫌我瘦小，我又疑心他要把我养胖，方便将来给他生个大胖小子。

到后来我受不了仲许这种展现单纯善良的多端诡计，遂放弃了要牺牲自我成全仲砚的安生之事，在某一次欣然接受仲许的贵重礼物后，我大胆卷起他送的一些财产跑路了。

而且易嬷姨娘那次的警告也在我心里日渐壮大，将我的心挤得缩在了角落，让我不能再安然待在此处。

但主要是为了回避仲许，我可好长时间没去别院儿，他都敢为我打人了，以后为了我还有什么事做不出来？我又撒谎骗他们，请嬷嬷替我转达：我在家里忙做活儿还要带弟弟，没空来串门子了。

倘若我想撂担子要自由，母亲一向是许可的，来去由我。大抵是她操心年纪最小的弟弟，懒得管多余的我。

我也不算撒谎，母亲长时间的默许与宽松，换来的不是我的变本加厉，而是我自觉地想去挑起担子，多帮助家里的浪子回头之心。

可是我做活儿总做不好，弄巧成拙一塌糊涂的时候倒有不少，我把败事归为我身板瘦小又经验不够，母亲同将我的失败归为女儿家力气不足，是不宜干这些粗活儿的。

父亲则不一样啦，不仅会用污言秽语吸吸不休啐骂我，还会做出一副要打人的凶狠模样，虽然他很多时候不会真正动手，只想吓唬我一顿。

"呸！蠢人！真是头猪，猪说它下辈子不做畜生了，但是它下辈子常常被骂蠢得跟猪一样。老子养条看门狗都知道听人使唤帮个好忙，你真的连条看门狗都不如，简直是个白吃饭的废物丫头，跟那些八旗子弟一样，只有吃喝玩乐你最精通，天底下也只有废物最精通这四样儿。"

他也会以幽默的口吻讥讽我，顺便影射他厌恶的八旗子弟。他会问我："要不老子给你做个鸟笼，抓只野鸟，你就滥竽充数地混入你那些八旗兄弟里面提笼架鸟去？再不济，老子回头给你抓上一只蛐蛐，你一样可以混进去。"

但是没等我回答同不同意的话，他便自顾自又啐我一口说："我呸！你就一贱民奴隶的女儿，连八旗废物都瞧不上你！"

我一搞砸了家务活儿，父亲总这么严厉地骂我，这都算是比较文明的唾骂了，我却依然很难过他喜欢将我比作畜生的事，以及用遗少们侮辱我。

我是他至亲的孩子，我身上一样流着他的血脉，他何以要这样骂我？

我有时候有些痛恨这位没有耐性又暴躁的粗人父亲，而觉得不善言辞却将事情藏在心里的母亲更为温暖。

做不好活儿还老挨打挨骂，我索性少去做粗活儿了，只凑到母亲身边儿去，替她打打下手，或者看顾日渐长大而会蹦会跳的弟弟。

弟弟能自主走路后也总爱撵着我跑，我是这一家人里面他最喜欢的人了。

我照顾他则要管他吃喝拉撒，以前也没少照顾。

他出恭后我得寻竹片与叶子替他刮擦屁股，又得用夹煤的钳子从他屁股后面夹出挣扎的蛟蚙。母亲说我小时候也是这么过来的，当时从我肚子里排出来的蛟蚙比弟弟体内的长，比他的大，比他的多，甚至连颜色都比这几条扭曲的长虫要白。

我的大姐刘福荣就是被蛟蚙害死的，它们数目多到不止从她屁股后面拉出来，还从喉咙里爬上来堵得她不得呼吸而亡。

所以面对从弟弟身体里出来的蛟蚙，我恨不得把它们夹进煤火里活活烧死，而生怕它们活过来爬入人体再一次害人。

弟弟被他秽物里的蛟蚙吸引住，好奇过一会儿，过一会儿他又不甘愿待在家里了。

因为他和我一样早把家徒四壁的房子看够了，他不仅总要闹着出去玩儿，一不留神儿他还继承了我的"精髓"，能悄无声息地瞎跑出去。

为了排解他的苦闷，为了看顾他的周全，我便被堂堂正正赋予了出去玩乐的资格。多亏了弟弟，才使我也沾上了一把光。

可是假使重来一次，我是决计不再同意粗心大意的自己去承担照顾弟弟的责任。也许父亲从前骂我的那些话是理所应当且分毫不差的，我不仅一事无成，连做个姐姐也做不好。

只能说我不经意间倒是做了冒牌长姐。

我已个把多月没去探望叙荷姑娘了，这全得归功于居心叵测的仲许，这导致我带着弟弟出去时，先按捺不住要去的地方，是那座凄凄的别院儿。

当然，我进去前先探过仲许有没有在里面，见他不在我才放心了。

遗憾的是不能见到向龄与仲砚。

不放心的是，我没法儿将无听话意识的弟弟单独放在门外，只好征得了嬷嬷的同意，才将弟弟一块儿带进去。

嬷嬷见了小男孩儿喜欢得不得了，弟弟认生不肯给她抱去，我只好继续履行自己的责任。我还算游刃有余地抱着弟弟走动，这些天我已练出了一点臂力来，不再像以前才抱一会儿就喊累要放下。

我还没走到窗户前去看叙荷，里头屋内忽然传来啊的一声惊呼，把弟弟也实在吓得一抖。

不知是不是见吓到了小孩子，窗户上的人影儿连忙捂住了嘴。

我猜测叙荷是许久不见我，乍一见到我，才欢欣地叫了出来；或者是见到了这么小的孩子感到欢喜。

我把弟弟放下来牵好，靠近窗户向叙荷请安，可叙荷的眼睛与注意力跟嬷嬷一样，先放到了弟弟身上去，那目不转睛的神态真是稀罕极了小弟弟，连我和她说话她都听不见了。

人们都是这样，稀罕弟弟比稀罕我多，也许因为他年龄太小瞧着可爱，也许是因为他首先是个男孩儿，已替家里完成了传宗接代的任务，所以别人都喜欢他。

里面被笼罩在铁窗阴影里的女人说话，请我行行好，把小孩子抱起来给她看一看。

我有所犹豫，她轻声诓哄我先抱起来给她看上一眼，说话间还小心翼翼注意着我的脸色。

嬷嬷也努努嘴指叙荷好长时间没见过这么小的孩子了，不妨给她们姑娘看看。

在这双重奏之下，我做了这一辈子里第一个最错误的决定，我从未料到白日里不至于太神经的叙荷会变成另一个让人大惊失色的人。

在嬷嬷的帮助下，我吃力地举抱起弟弟，叙荷终于能像以前摸我的脸那样去抚摸他，弟弟不太愿意，微微转脸躲闪。叙荷神神叨叨地不断重复称呼他是仲旻，不管我如何否认，她只沉浸在自己的臆想当中。

"仲旻，是仲旻！"

她越来越欣喜了。

"我的仲旻，我的孩子，我可怜的孩子，你总算回到姆妈身边来了，我绝对不会再放手让他们把你抱走了！"

我开始感到害怕，和嬷嬷不约而同地相视一眼，打算放下弟弟。

可是叙荷完全陷入自己的臆想里，她紧紧地抓住弟弟身上所能抓的地方，开始大叫大哭，不允许我们将他抱走。

弟弟早被她的架势骇得小脸一白，号啕大哭。窗外面是一老一小胆战心惊抢孩子和安抚疯人语无伦次的话，还有小孩子惊慌恐惧的哭声；窗里面则是疯人声泪俱下的哀求和尖叫诋毁的辱骂！

她这时将我们视作她记忆里过去的那些仇人，将弟弟视为沙漠里再不可错过、放弃的绿洲。她目眦欲裂，不惜将弟弟拉扯到受伤，使弟弟惊吓得险些哭昏厥过去。

等我们好不容易将弟弟从铁窗处抢回来以后，她又一再绝望地乞求着我们，比过去所有的请求都要卑微，甚至是卑微到变态。她开始在屋子里歇斯底里起来，又是以单薄的身体砸门砸窗，又是歪倒在门上窗上哭天喊地。

而我已被吓得浑身软绵地抱走弟弟，满头大汗逃出了被她召唤出来的恐怖所笼罩的院子。

我出去后抱不动弟弟了，放下来一起就地休憩，弟弟哭够了指着身上，抽噎着说疼，他身上发红破皮的地方确实不少，脖子不必说，连脑袋都被铁窗挤得似乎有点儿变了形。

我按摩过他身上发痛的地方后，站起来实在没力气抱他了，只好委屈他走一会儿路。

等走了一小段路，他蹲到地上再不肯走了，老说自己累，不是脚累头累就是肚子累。他大抵是把痛说成了累。

我只好掐一掐自己来提神，缓缓地蹲到他前面一些，让他爬到我背上来。

那是我最后一次背他。

他刚学会说话的时候，只叫过我两三次姐姐便不肯再叫了，而是喜欢学着父母那样，没大没小地，笑嘻嘻叫我小荣子。

今天他受过吓总算记得要叫我什么了，他伏在我背上有气无力地唤姐姐，使我感动不已，背起他来也更有劲儿了。

我还给弟弟念了几首化用的童谣。

小娇弟，四岁了，姐姐从小疼着你。怀里抱，背上背，小瘦后背支着你。弟弟身痛姐心焦，掏了宝贝去买药。人人都说可惜了，俺弟好了值多少？值就值在姐心间！

拉大锯，扯大锯。你长大，我高兴。拉一把，扯一把，小弟弟啊快长大。

小弟弟，乖乖睡。头朝南，腚朝北。拍打拍打，睡到黑。

……

我那慧黠的小弟弟难得听从姐姐的话，一觉睡到了天黑。

我将他背回家，他仍然没有醒，父母一见了他身上红肿破皮的印子，紧张警惕地盘问我。

我眼神躲闪，根本不敢与他们对视，更不敢说出实情了，只能先撒谎说去外面散了下步，弟弟突然甩开了我的手跑掉，于是不慎被石头绊得摔了一大跤，足足摔上一圈儿磕了手脚和脑袋。

母亲心有余悸地察看弟弟全身，最终发现不像是摔的，像是被人抓的。

他们一再追问，再加上意识不清的弟弟忽然哇一下呕了潲水般的秽物出来，我愈发心惊胆战，局促不安，再不肯透露一个字儿来。

我这样的态度，急得父亲在柴堆里四处找了一条能抽打我的荆棘，逼问我到底上哪儿去了，弟弟身上的伤又怎么来的，或者是不是我给抓的。我从没抓过弟弟，倒是被弟弟抓过不少次，他们从不紧张我，只紧张他。

我在严词厉色逼供之下，和盘托出。

头几天里弟弟还生龙活虎的，他们便作罢，过了几日天气忽冷忽热，弟弟受了凉后开始状况百出。

他昏昏沉沉中上吐下泻，母亲碰一碰他额头惊呼发了烧。他们便暂时遗忘了什么都往我身上怪的话，只忙着照顾弟弟去，也不肯再挪动折腾他，而是急急出去，花多些钱，请人上门看病了。

老大夫先说了一连串听不懂的术语，最后才朝我们叹惜着直呼一句明白话："唉，不中用了，您呐就准备准备吧。"

老大夫走了，屋内一时极度沉默，没谁有心情管其余乱七八糟的事了，全下意识看向炕上那发着高烧而神志不清又胡言乱语的弟弟，他在病梦中对上回受惊的事心有余悸起来，在呓语里提到了远近闻名的疯人。

父母这时才被惊醒了似的，他们赶忙去请乡下的一个医婆用偏方来治小弟弟的病，死马当活马医。

医婆来了，神神叨叨地烧了符纸灰给弟弟喝，弟弟吐了，却说吐的是霉气，接着又硬灌了一碗进去。

医婆前后真是办了一场奇怪莫名的救治之事。

她眉头紧锁，诊断弟弟是被什么冲撞到了，身心给吓住了，惊魂未定，吓破了胆儿，便丢了魂儿，人才不好了，须得在天黑之前尽快为他祈福，要家人喊一喊他的名字，安抚他的身心，让昏迷的他听见亲人的呼唤而醒来，也好让上天听见我们的心愿帮助我们。

听到这个确切的答案，他们擦着从红肿的眼睛里不断流落的泪，终于找到了宣泄口似的，用一通无情的话诟谇于我，还烦躁地问我愣着干啥，哪儿遭的晦气，哪儿去为弟弟祈福。他们同时带上我一起去先喊喊弟弟的名字。

到后来我已跟不上大人心急的脚步了，只得独自走走停停地为弟弟虔诚祈福。

我一边喊着一边还重复地念："小娇弟，四岁了，姐姐从小疼着你。怀里抱，背上背，小瘦后背支着你。弟弟生病姐心焦，掏了宝贝去买药。家人都说可惜了，不是我死值多少？"

不论我再念多少遍心系弟弟的童谣，他的身心再也没有好过。

那漫长的一夜，家里人无一个拾掇了自己入睡的。我更是将此全归咎于自己，惩罚着自己在炕头立了一夜，看顾着已经失去生命的在这几日里忽然大大消瘦的弟弟。

第九章　心间的薄暮

　　直到翌日天明时，绝望的母亲才分出一部分责怪人的心情，但她再流不出一点儿泪水，只能干号着说，我不是她家的孩子，不是刘福荣转世，不是小荣子，是个彻底的灾星，快走，快快远离刘家，她再也没法面对我，不想再看见我了！

　　平时粗暴的父亲却沉默寡言，连一句话也不肯给我说。他没了生气，不像先前那样气得发疯，打骂我带弟弟看疯人传染了晦气，暴怒质问我，你是不是来刘家索命的啊？！

　　他如今只是毫无力气地默认了母亲的驱赶。

　　我一直认为无论犯下什么样的过错，家人永远是家人，即使打骂虐待我，仍然不会放弃我。可在我被驱逐的那一刻，我觉得这里不是我的家，觉得小荣子也随着弟弟去了一趟阴曹地府，但阳寿未尽，归来后成了活死人。我甚至觉得以前至少还存有爱的父母在当时双双死去了。

　　那种长期被忽视而迸发出来的感觉，是天崩地裂的，家徒四壁的房子在我心里化为灰烬，只剩下唯一的门槛等我跨出去以后，摇摇欲坠残存在那儿。

　　日渐天明的回家巷路，竟颠倒过来成为我心间里薄暮。我唯恐自己的灵魂被锁困在那已死去的夜晚，只能支撑着尚存的意识，努力奔向黎明的微光，拼命追逐我穷极一生都无法捉住的阳光。

　　脚下泥泞摩擦着的刺痛、地上一直存在的路、过去所有冰冷的声音，忽然间都消失了，奔跑过后我迷失了所有的方向，只剩磨破的小鞋子与我相依为命。

　　我拼了命想要逃离这片废墟般的世界。

　　我才彻底看清我的家庭，在弟弟出生以后，像一把上天掷下来惩罚我的钝器，一直在内心上凌迟折磨着我，试图处死天生为女儿家的孩子。

　　我那苏醒的意识终于在弟弟过世以后，堂而皇之地出现了。

　　那时候我希望他们全都死掉消失，而我成为孤儿也比这来得幸运，至少不用承受他们并不爱我的事实。

可是我真傻，如果我真成了孤儿，那么我便会像街上的孤儿一样，食不果腹，衣不蔽体，瘦成皮包骨而终日游荡，待可怜地苟且偷生一阵子，很快便会在不知什么时候溘然而逝，不能再看到我想看到的一切。

我只是在那些深深不受重视的时刻，更希望不用接受他们不爱我的事实。

恍恍惚惚间，我来到了某个源头，一个开始使我分不清是喜欢还是厌倦的地方。

我蹲在那个地方的门外不知所措，后知后觉眼里蓄有一些泪水，但我仍然控制着不肯使它们掉落。

我以为我会等来像姆妈一样的嬷嬷，她会像诓哄叙荷那样来诓哄着我。

可是巷子里空无一人，什么也没有。

我只能听见一些会刺痛我内心的声音，随着天亮，那些晨起的人家，传来微微呓语般的说话声。

家和万事兴，连他们早起的嗔骂都是那么中听，也有笑着招呼家里人洗脸漱口的，或者大早上自顾自打拳唱诀的。

除了人们发出来的生活噪音，还有家养的猫儿狗儿那些牲畜们此起彼伏的叫唤。

我仿佛赏了一回京中口技，于是静静聆听了片时，随着那些声音，陷入他人的生活当中，短暂忘记当下的自己。其间，一股浪潮似的微风一再波动过来，拂得巷子里稀稀拉拉的草木沙沙摇曳。不远处的那些言语声和眼前草木的摇动都好像那么幸福。

我察觉到人们与草木的幸福，泪水又将溢出。

当东方浮出一束不大不小的淡黄色金光，日光紧跟着冉冉升起，万物在太阳的闪耀照射下，一起熠熠生辉，那股光芒也霎时照亮面前的一片屋宇。

泪眼蒙眬的我才逐渐看清，原本昏暗的门中央，不知何时出现了一个高大的人影。

当他从阴影里踱步出来，明亮当头，他整个人恢复了实际的清瘦，不那么高大了。但一见了这样一个有气度的读书人，又使人莫名觉得他的身体里蕴藏着更多的力量，叫人不可窥视。

我们在曙光之中对视，他满怀心事魔怔着，而我清醒地立着。

待他看清我的脸容，上前两步来探究。他弯了腰，缓缓抬手，以指试着触摸我的脸，他清凉的手一与我皮肤触碰，我才察觉自己的脸颊是肿胀发热的。

似乎察觉到了不妥，他很快收了手，迟缓地询问我，好姑娘，怎么挨打了？谁给打的？

我已忘了我脸上是何时挨的一巴掌，完全是被打蒙了，又是耳鸣又是失忆。我想了想，好像是母亲赶我出来的时候打的。

我不知道该怎么形容我目前的处境与经历。

他也不催我，只是流露出一种自然的关心而看顾着我，那绝不是怜悯的。

我理了理思绪，把家事道出一部分。

"他们说我是天煞孤星，不安好心。"在我说出最后这一句的同时，心酸到了喉咙，也像脸一样发肿，那吐露出来的话更像父亲抽打我的带刺荆棘，在心间与喉咙里活生生再穿梭了一次，使我哽咽得声音沙哑，话语不清。

仲砚脸上第一次有气愤的波澜。

他早已皱紧了眉头，眉头之间越蹙越深，仿佛湿帕子滤水要给拧上一样。他的额头和眼睛都变得难看起来，额头充满褶皱不光滑了，眼睛也不再像睁开的样子。他这种阴郁，可怕得如充满煞气的灵魂要冲撞出躯体，散尽戾气才能平静。

那整张脸阴沉得真像他才是事件中的人，而我这一时仿若旁人要被波及，这自然是我的错觉与多虑。他收敛了一下情绪，微一张嘴却有些沙哑，顿了片时，他压声说道："真是昏聩！子不语怪力乱神，又岂能信这些偏方？有这愚昧做偏法子的时间，有这打人赶人的功夫不如去请一个好医生。"

接着他又宽慰人似的补充："真正的父母是不会把责任都推到小孩子身上的。"

我不清楚他是不是不偏不倚，但我能感受到他这几句话带给我的力量。

寥寥几语谈论了不如意之事后，是长时间的沉默，却不觉得拘束。

等平静下来，我们话了几句家常，我问他怎么起得那么早还来到这里走动。

他说上次听嬷嬷讲了我这一些事，嬷嬷听到那天我为弟弟祈福的哭声，她一时不敢见我，转头不安地告诉了他，他这几天睡不着，心里不安，担心我。

未料今早一出来走动，竟见一向跟憨货似的小丫头伤心成这样。

那一句担心我，忽然使我眼泪溢出眼眶，我在挨打挨骂甚至被赶出家门时都没有大哭，偏偏这一下止不住眼泪，感到越来越心酸。

他见我满脸的泪，产生了一种不知如何是好的情绪，于是有所犹疑地替我擦上了眼泪。他的手甚至在我那颗有点衰的哭痣上轻微抚了抚。

我想起这颗痣，顿时觉得它现在起了作用，还预言着我以后的某种命运，因而越发觉得这颗痣丑陋，并且充满了厄运，而厌恶它。

但仲砚抚我眼睛的微妙动作，使我渐渐止住了哭泣，也不敢再多动了。

很快出现一个意想不到的人打开了仲砚的手，父亲将我拉过去，一面撩起自己的衣服给我粗鲁地擦脸，一面用一种看流氓崽子的眼神瞥仲砚，就差没啐上一口了。

我连忙介绍了仲砚的身份，父亲稍微一顿，眼神变化莫测，倒没怎么吭声儿。他不像母亲那样主动要给这样的人家请安问好，只是忽视而过。

仲砚见到父亲那样自然地给我擦脸，怔怔看了看我们，又微一低头，仿佛被一种孤独弥漫。

我以为仲砚即使向我父亲说话，大约是要利用身份来施压。可是并没有，他稍微往后退一步，竟然向我父亲这样的贫民微微鞠躬，作揖请求道："请您好好对待她吧。"

父亲一惊，惊得踉跄后退了一步，连疲惫的精神也给刺激活了。他平日里即使如何瞧不起张府，也不敢光明正大给张府人物没脸，他同样行了个礼，忙作揖回应：是。

我在一旁，被他们忽然的礼仪相待，弄得摸不着头脑，仲砚的行为实在是惊悚骇然的，我后知后觉被他震惊了。

那天清早，我也说不上来我们三人的氛围，就是那么奇奇怪怪的。

等仲砚进了沉寂的门内关上门，父亲情绪不明携着我走了。

我观察他的脸色，小心翼翼地问："您不怪我了吗？"

他不置可否，反问我："知道那个疯女人吗？"

我点点头，没敢言语。

粗人父亲难得措辞婉转地说话："虽然在大家眼里，那是个晦气的女人，不过比起我现在，她至少有那么一点幸运，她……"

他停住了，叹了一口气没再言语。

也许他是在说她不清醒而不用难过，我真想告诉他，错了！她也一样会难过，已经难过到疯了！并且即使疯了还不停难过！

可是我还是不敢多说什么，我的头不由自主地低得深了些，脚下忽然失去了行走的能力，一时立在原地不知如何是好。我一想到已经发了疯的叙荷，也想起了家里伤心欲绝的母亲，才没法儿继续在回家的路上行走了，因为我也不知道该怎么面对她。

她还是会怪我的。

父亲听到我的嘟哝，他过来牵上我的手，给我走动的力量，拉着我往前走，往回家的路上走。

"苦啊，有些人活着就是苦，这是我们的命，嗲嗲不怪你啦。"父亲用上了在我更小的时候叫他的那种称呼，高调地说。

"小荣子，我就相信你是我们的小荣子，跟嗲嗲回家，还是就这么过吧，得过且过。"

他说了这么两句稍稍使我安心的话，我才有勇气面对母亲了。

我打赌她一定是会继续怪我的，可是我没料到弟弟夭折以后，她会对我完全视而不见，那已不是责怪的程度了，她好像已经完全放弃了她的另一个孩子——目前唯一的女儿。

我只好期盼时间能冲刷掉她内心的伤痛与怨恨。

我也只能去期盼自己能够蜕变，变成天底下最懂事的女儿。我竭力去改变自己，抹杀孩子的天性，小心翼翼地在自己家里生活。

我甚至逼了自己一把，终日像大人一样操持家务，像奴隶一样察言观色地服侍双亲。

我渴望母亲的回头，渴望她能重新拾起对我的期望，哪怕再温和地看我一眼，我也能拾起信心坦然面对家庭。

第十章　行尸走肉

我不能像幡然悔悟的父亲一样，在大是大非上轻易原谅别人，他倒是只痛恨作为一家之主的自己，并且此后引以为戒。我不幸继承了母亲的性格，依然痛苦地责怪自己，也默默地怪上了别人，并且在心中长期与他人冷战。

我不再去张家别院儿了，那里暂时被我视为禁地，我长时间背负着沉重的愧疚，只认为那里是我害死弟弟的罪恶之地。

后来我也不大去远些的地方，大多是在我家的老房子附近走走，即使这样老天爷仿佛也要惩罚我一样，叫我看见了更让人害怕的一幕，使我在弟弟夭折前一样，受了一次大惊。

我原先听人家说过，有些家里不要女婴，会用各种残忍的方法制造她们的死亡。我听闻过亲自捂死的，或者丢进粪坑淹死的，还有弃之野外冻死饿死或被野物吃掉的，最后一种说法是将女婴扔进猪圈被猪给活活啃食掉。

我总以为那是吓唬女孩子的。

我从来不相信会有这样愚昧而心狠手辣的家人，竟如此随意抹杀一条至亲的脆弱的小生命，以为再不济也要利用女儿家为自己获得一些利益。

我那次在老房子附近独自转悠，看见一个老太婆鬼鬼祟祟的，她把一坨东西朝向猪圈内，剥了布以后将那坨东西扔了进去。因被栅栏泥巴墙挡着，我没太看清那是什么。

我还以为她藏了什么宝贝，等几只猪因为抢食而发出刺耳嘶鸣后，我才认为她是在喂猪。我知道猪是吃杂食的，什么都吃，可那天它们啃东西的声音分外不同。不像啃叶子和红薯的声音，也不像吃潲水的声音。

吧唧中混合着咔嚓脆，像是吃的肉里带有软骨一般，开头还伴随着婴儿的哭声。别说是软骨肉，随便什么肉都那么珍贵，怎么可能会有人用来喂猪呢？

当时我感到紧张恐惧，都不知道那婴儿的哭声是从周围房子里传来的，还是从猪圈里传来的，侧听着更像是从猪圈里传来的，到后来哭声微弱，再是戛然而止。

我心里七上八下慢慢挨过去一瞧，只瞧了一眼，里面晃眼都是红血白肉的残余，我便毛发倒顺立即逃离。

不清楚是我看错了，还是真的，甚至不知道是太想出门而做了梦，还是真在家附近走动时我看到的景象。

不管是在梦里还是现实里，我浑浑噩噩地回去躺在了床上，从此一蹶不振。在那之前我已长期萎靡不振，睡眠衰弱，食欲不振，整个人越来越消瘦，只是行尸走肉般度日。

父亲焦急地问我到底怎么了，母亲在旁边也终于注意到我了。

我直直地瞪着一双眼睛，透过房屋仿佛能看见天上有小孩子在飘动，它有时候还坐在房梁上荡着短节藕般的小腿儿，再搓搓脚丫子。我指着上面，痴呆地说，我看见老婆婆给猪吃女娃娃，小孩儿升天了在叫我，叫我一起走，一起上去玩儿。

父亲直言我是看错了，自己吓自己。

是真的！我真的听见小孩子哭了！真的看见了！我急得冷热交替。

为此，父亲特意出去查看一趟，他回来就告诉我，确实是我看错了，那不是小孩子的哭声。是一种鱼名叫大鲵，因为能发出娃娃的哭声也叫娃娃鱼。还讲一位说书老先生曾经向他念过书上的形容：鲵鱼，在山溪中，似鲇有四脚，长尾，能上树，声如小儿啼。

因为那个老太婆和家人发生龃龉，便偷了此贵重大鲵投于猪圈。

无论他们如何天花乱坠地哄我，我也只相信自己所见到的血淋淋的那一幕。

父母在当时担心我也被吓破胆儿，等魂儿彻底丢了，最终病死。

对此，我释然一笑，想起什么我的微笑又僵住了。毕竟我已是他们唯一的孩子了。如果弟弟还在，他们不见得那么紧张我，不见得会给我看病抓药，多半是希望我熬过去。在弟弟去世前后，花费了不少钱财，已没有余钱看大夫了，他们只是给我抓药看我能不能熬过去。

我清醒些的时候，并没有忘记仲许曾经送给我的财产宝物，只是我当时不愿意告诉父母，也不愿意启用那被我藏起来的财产。

我在那段时间毫无求生的意志，挣扎在病床中。

我成日昏昏沉沉，有一日听见父母窃窃私语。

原来他们更多是怕易嬷姨娘责怪他们，上次弟弟没了以后，易嬷姨娘体恤他们，已拿来一笔钱让他们好好给弟弟办一场风光的丧事。

如今要是再去讨钱，不只说不出口，更怕被斥责没有照顾孩子的能力，使他们大人家脸面都没了。

他们又担心我也在大病中消殒，犹犹豫豫地说是再看看我能不能熬过去。

我不想再让父母为我忧愁了，精神渐渐来了。我才好了些，一个叫我五味杂陈的人又上我家来叫我不得安生。

我刚听到他的声音出现在家里时，只以为那是我做梦了，有时候太讨厌一个人，这个人是会进入自己梦里的。

可是我又觉得不像是梦，因为仲许的脸已清晰地放大在我眼前。其实他离我不近，白净的脸也不大，可我见了这人就是觉得他开始变得巨大，忽然充满了整个屋子，他的头甚至被挤到了房梁上，在冲我诡异微笑。

我本已被吓破胆儿，一看见仲许上门来，即惊愕失色地直呼，他是要把我带去做姨太太的！

我又开始浑浑噩噩，甚至心胆俱裂地痛哭了起来。我浑身充满一股气却使不上来，两手同时拍打坚硬的床板，两脚极力蹬踢沉重的棉被，死命挣扎得像案板上将要被人宰杀的小畜生。

我失心疯般破了音大喊大叫道，我不要看见仲许！我不要做姨太太！爹啊！娘啊！救命啊！我求求你们了！把他赶出去吧！赶出去吧！我马上就好了，不要把我送到张府去啊！

母亲赶忙来按住我，父亲和仲许都不见了，我久久才平静下来，感到眼睛肿胀得发痛，眼尾、耳朵和枕头凉飕飕的。

可是我清醒后，父亲和母亲并没有提仲许来探望过我的事。他们说今天是请了医生来给我看病，我又看错人以后，被自己瞎想的什么人给吓坏了。

他们原先以为我说的不做姨太太是儿戏，却没想到向龄表姐早已在我心里埋下一颗种子，将我纠缠住了。

哪里来的钱请医生又抓药？

噢，是张府给的。

我吃药的时候，竟然还有蜜饯备着。是抠门的父亲这回怜惜我，亲自为我买的。以前我喝药苦得要呕出来，他们也没舍得给我买过，只给弟弟买。

当父母一对我好，我的病也好得快了。

对于之前那些吓人的场面，我后来只当是梦魇不再去细想了。

我病愈后，依然憔悴很多。

他们不再将我拘束在家里，也不把繁重的活儿压在我身上，只拣些轻活给我做，叫我没事出去散散心，但切记不可贪玩，譬如又去了什么不该去的地方，自己吓着自己。父亲还叫我要知足，要感恩，生来便遇到他们这样的好人家，不要再仗着我是家里的独女而骄横。

我怎么可能得意现在的地位？我这些痛苦的心事一直到几年以后才有所淡去。

时隔许久，我再次见到叙荷的时候，看着她愈发凄凉与沧桑的模样，没法儿再把长期压抑的想指责她的话一吐而快了。

我只是痛切地低声告诉了她，小弟弟几年前的死讯。

她却牛头不对马嘴，答非所问，郁闷地嘀咕："姆妈，我想起来了，仲旻早就死了，您不用再告诉我了，往我心尖儿上撒盐，我心痛啊。"

叙荷已不省人事又那么孤苦，我怎么忍心再去责怪她呢？

嬷嬷同是孤苦的人，又是个辛苦操劳的老人家。她还向我道了歉，负气扇着自己的嘴巴，责怪自己当时不该多嘴。她只想到叙荷姑娘是她的姑娘，只想到她的姑娘想孩子心切，怎么没想过弟弟是人家的心肝儿宝贝呢？如果是她，她也不愿意把小孩子抱给疯子看。

如此，我又怎么能继续怪嬷嬷呢？她那么诚恳地道歉，甚至老抹眼泪，抱上我一起哀痛。

那我该怪谁呢？

啊，我想起来了，我要怪衣食无忧、生活美满的仲许。

要不是他那时候烦扰了我，使我个把月没来，我是不会带着弟弟冒险涉足此处的。

从那一天开始，我依然怪着自己，并且真正恨上了仲许。但是我却不告诉他，我只在内心单方面恨他，以此来减轻我自己的愧疚，却又跌入另一种别扭情绪的深渊。

我真是别扭。

我这几年没去不该去的地方，自然没再同向龄与仲砚见面，不知道我们的感情在不知不觉中淡化了没有。他们可曾长高了？模样更好了？学业更加精进了？可曾挂念过我，甚至问候过我？

我内心那一连串问却是没法追问出口，只向嬷嬷问了另一句不大相干的：他们还来这儿走动吗？

定是来的，只是没你在的时候来得多。

话毕，嬷嬷顿住了，顿时像记起什么事情一样，马上停下手里打扫的活儿，连忙撺掇我明早去正府大门儿附近见见仲砚和仲许。

说是他们兄弟俩要从京杭运河乘船下一趟江南，加上还得在江南小住，起码得个把多月，这样我们又是很久不能见面了。

嬷嬷知道我们几个要好，感情在，仍心系彼此，劝我早起了就去见见吧，不要因为消失的感情，去疏远还在的感情，人与人之间的缘分都是来之不易的，要懂得珍惜。

怎么突然要去江南了？

仲砚的同辈堂兄弟过世了，江南那边儿家底单薄的周氏寄了丧帖来，他为表尊重得马上回去吊唁。

仲砚是代表自己家去的。

仲许则是代表张家，陪同着仲砚一道去吊唁的。老爷太尊贵不适宜去给周氏小辈吊唁，家中又无人主持不好走开，所以特派了他们兄弟俩前去，再加上张家的孙英管事从旁照料着，是没什么差错的。

等到了那一天，我是早早地起来了，但是我没能上去与他们道别，我甚至不让自己被他们看见。

我在斜面巷口藏着，来回看了他们好几眼，看得比以往任何时候都要偷偷摸摸、悄无声息。

因为连张家的人都出门送了送他们。

一个面孔淡黄透红的中年男人为首，他被围在一家人中间。其身着一袭黑色长袍马褂，头上戴着黑缎瓜皮帽，帽沿边露出来的头发是黑白混杂的，他微大的嘴巴上的髭须也是如此黑白。主人抚一抚髭须，正精神抖擞又严肃地说话。

兄弟俩规矩地听着话，一副谦虚的神态。

不出远门的两位尊贵小姐也仔细听着，有时同样点个头，这两位是晚辈女孩子里最大的向华与最小的向佳，所以我能认出她们。其余姨太太们都微笑着，娇声软语附和几句听不太清的话。

只有向龄和仲瑞藏在人堆里东张西望，机灵过了头，被各自的亲妈悄悄拍打了几下。

女人们在后面拥有各异而微妙的神态动作，最后都能自然统一，也和老爷相敬如宾。我瞧着觉得烦琐，觉得累，但他们这一大家子在明面上，确实得赞一句：好不体面啊。

第十一章　杨某人

　　我那时即使想和他们光明正大见地相见和说话，但碍于送他们出行的一大家子，没能见上这最后一面，到后来也是有些遗憾的。

　　并且遗憾我此后没在张家别院儿多多逗留，因此和向龄愣是没碰上一面。其时也可能是我日渐长大后内心作祟的缘故。

　　我们这几年没能相互见上一面，但我知道他们在离我不远处，我也是心安的。

　　可是有一天，一道消息好像一记惊雷，直劈在我内心，我整个人才从对张府的别扭情绪中抽离出来。

　　嬷嬷欲言又止地告诉我，她也是才知道的，府里有三位小主人要出洋留学，偏偏这三位正是向龄、仲砚和仲许。

　　他们都记挂着我，各自写了一封信，不约而同地支使他们的亲信仆人递交了三封信过来，请嬷嬷最终转交到我手上，不管是等我来也好，还是嬷嬷上门送信也好。

　　幸好父亲和仲砚在后来总算教过我识字，我不用去请别人帮我念信，自己勉强能读信，个别生字则半猜半读。父亲识字，是因为祖父幼时家景尚可，念过几年私塾，后来自己教育孩子。这识字的能力也算是祖传的了。

　　那三封信我当成一封看了。

　　向龄要随着仲许去英国，他们可以相互照料。

　　只有仲砚独自一人前去日本学医，费用也是最低的，他不愿意过多花费张家出资的学费，但学医是真心的，他自小便有悬壶济世的理想。

　　其实他们从小接受中式和西式混杂的教育，如今出国留学都是早有计划的。

　　向龄要跟着去，一是她能主动表达自己的心思，二是易嬷姨娘能在老爷面前说一说话，三是老爷并不反对女子出洋留学。当然，向龄在信里的口气与她往日一样嘟瑟。

老爷顺便还问了问大小姐向华的意见，向华认为父母在不远游，且她要跟着大姨太替张家交际，留在家里也能见多识广。最小的向佳性子木讷胆小，不得宠爱，又一向以大姐为尊，没敢提出留学出走的话。

向龄在信中痛骂她们愚昧。却在信的最后这样叮嘱我：表妹，我走了，你要保重。

……信读到此处，我热泪盈眶。她临别前真是赠予了我一份天大的礼物！

同时我忽又在她的语气中感受到她对她们恨铁不成钢的情绪。

至于仲瑞，他自小混账、没名堂，老爷对他没那么上心。留学也没指望他能有什么名堂，只是要他这种草包去镀一层金回来好看些，免得只有他一个人不成器太难看，丢了张家的脸。

他去前执意要带奶娘去，他离不了奶娘，并且在晚上睡觉时还有小时候的习惯，习惯了含奶入睡。老爷不惯他，早厌恶他这被惯出来的习惯，彻底把溺爱他的奶娘打发走了。

于是仲瑞赌气，不肯去留学。他在家里显得畏缩，这次为了奶娘竟大为忤逆，不只是顶嘴，嘴里大闹着摔了满屋子的东西，还说怕一回来连亲妈也被送走，再不肯挪动半步。虽然他当时的担忧在日后也成了事实。

老爷索性亲自管教起他来。仲瑞在斗气中失去如此好的机会，反倒被日日拘束起来。他大概也不能再出来欺负我了。

不提其余大同小异的琐事，最重要的是他们此后一直记挂我，如有来信，会寄回来遣人送到嬷嬷处，最后转交到我这里。

我用行动回报了他们的记挂。

每个月我照例去替他们看了看叙荷以后，也会在张家各门附近走动走动，等待他们归乡。可是我没等到他们回来，倒是等来了另一个身份不明的新朋友，可惜的是此人停留的时间很短暂。

我发现这人的时候，他藏匿在犄角旮旯的杂草丛里，我路过被他的躯体绊了一脚，简直吓了一大跳。我当时真不应该去瞧他，自己一向心软，只见他不同于其他流浪汉，受了伤，浑身血淋淋的，都看不清原本面目，十分可怕。

稍微探了下他的气息，还活着咧！

我在原地踟蹰，不知道该不该帮助他。

他伤得这么重，如果我不帮他，他很快就会死掉的，他看起来还很年轻，有二十来岁，以后的日子还长着。况且他能长大至此，说明在青年以前他是有自力更生能力的，我救了他也不会是一时的白救。

救急不救穷，我大大不如易嬷姨娘有地位且财大气粗，没法儿去帮助那么多流浪的穷人，但是我能暂时处理他的伤势，等他好了我是不会再管的。

想清楚以后，我四处张望了下，先用杂草杂物将他掩实了藏好。等我向邻居借来一辆充满泥灰的板车，费力将他拖了上去，又用不少杂物盖住他，才敢把他拉到附近荒废多年的残破房屋里去。

那是我以前探险来过的地方之一。

我把当初藏起来的财物卖掉了一部分换钱，用来给青年抓外敷内服的药。

东奔西走，忙活一通，当我从家中偷偷捎来熬药的锅和盛药的碗，天色已然昏暗下来。幸而我有先见之明，带来了一盏煤油灯。

我在给青年敷药前又愣住了，他浑身都是血污，哪里还看得清伤口？我只好就地取材，寻找能装水的废旧之物，还从他身上撕了一块布料下来，以便给他擦掉血污泥垢。

我提起煤油灯凑到他身旁观察，夜里的风忽然变得急促了些，煤油灯的缝隙里被灌了不少风进去，使那簇孤单的小火苗时明时暗。

而映照到他脸上去的淡淡灯光，只照亮了他血迹斑斑的地方，余下沉沉的阴影与火光来回交替，闪动在男人毫无血色的瘦削的脸上，他仿佛快要惨死在这一刻了。这使人不由得紧张他是否还活着。

我再一次去探他的气息，未死亡，但比之前微弱许多。从我见到他起，我仿佛成了专门检验死人的仵作，目前开始钻研他的伤口是如何来的。

他伤势严重，伤口虽不大，却血流不止，那道猩红的口子已经裂开，连带旁边的皮肉都高高肿胀。

我最后只能完成部分琐事，替他在外露的伤口上敷好止血且消肿的药，并熬夜灌了他一碗汤药。时下天气不冷不热，用些稻草给他暖身后才放心地走了。

次日我没来由地怕他带伤跑了，早早即来查看。

照例验气息、脉搏，人未死。

不知他醒过没，眼下是未醒的，我只好蹲到一旁熬上今日的中药。熬药乏味之时，我不经意间转过去瞥他一眼，却被他微睁的无神的眼睛骇得心头发慌，差点以为他是翻了眼睛不瞑目地死去了。

幸而他渐渐聚拢眼神，忽然额眉紧蹙，神态有了生气，变得凌厉与锐利。顿时，我们互相像见到敌人一样保持警惕，一动不动。他这般眼神，使我脑筋里仿佛绷起一根弦。

他盯了我一会儿后，又看看周围，眼神缓和多了，像是醉酒之人恍然清醒如今身在何处，而向我说些谢谢的话。

等待他吃药期间，总不好一句话也不说，因此互相生硬地唠了几句。

他说他姓杨，没有名，只身流浪，无牵无挂。

怎么可能没有名呢？既然他不愿意说，我也不像以前一样去追问人家。

他吃药期间，神情动作频繁凝固，有时微张苍白的嘴又缓缓闭上，我已看出他欲言又止，静静地等待着他开口。

在他脸色越来越苍白，汗水不停渗出时，他一咬牙，神情痛苦地问我，还有没有余钱，能不能替他买一些工具回来，他好了以后再还钱给我。

我点点头，还没问要买什么。

他已紧紧阖上眼睛，嘴上一气呵成地报了一连串工具：酒精、纱布、刀、针线……

我以为他只是要剔掉坏死的脓肉，但他的行为大大超出了我的想象。

我从没有见过对自己这么狠的人，连我这个旁观者都不忍心在现场看他"自残"，可惜我已经答应了他，要在一旁帮他擦血。

事前他往嘴里塞上一根木头，开始将我昨日替他包扎好的地方拆掉，伤口已经化脓了，流出黄的白的液体。然后，他用小刀毫不迟疑地划开伤口，这时他还脸色如常，等他将指头伸进血肉里掏来掏去，面色变得一红一白的，额上青筋凸起，整个人身上冒着密密麻麻的冷汗。

他的汗甚至多得流到了我的手上。

他继续在血肉里摸索着，真像是在剔骨治疗，看得我身上同样的地方也阵阵发痛。我不忍心再看了，不由得将头偏到一边去，摸瞎胡乱帮他擦流出来的血。

不管阵痛到什么程度，杨某都死咬着木头，即使已痛到脸孔变形，也没发出一声响亮的叫声，顶多是低声哼哼两下。

他倒是被我的行为气得发出了声，口齿不清地求我正眼看着他再擦，指出我擦的不是血，擦的是他的衣服。他又以一种被痛苦折磨到不可控制的语气说着好话，求求我这姑娘再忍忍吧。

这话说得好像我才是被刀剖了的伤者，而他只是辛苦操劳的医生一样。

我不好意思极了，只好睁一下眼闭一下眼，视线交替着为他擦血。

在我听到他轻松呼了一口气，不再那么竭力扼制痛吟时，我睁了两眼，便见他居然从伤口里挖出一枚子弹。

我想来想去竟没想到那是枪伤，因为我从没见过枪伤。

我直盯向那枚子弹，语气警惕地质问他："你是什么人？"

他怒目切齿，朝地上恨恨啐了一口，一面用针线缝合伤口，一面解释，他身上的枪伤是在城外被土匪欺负打的，逃亡的路上摔了不少次，但总算逃掉了。

我已没有小时候那么天真，半信半疑中也不去过多地问他什么，既然我已经救了他，索性单纯地救到底。

杨某这伤定是要休养几天的，我安抚他不要着急走，我这儿的钱还够为他买食物，等他养好了再走也不迟，到时候身体好了，身手跟着利索了，还愁什么？我相信他是能够自力更生、好好活着的人。

我先前那警惕一问，转变为推心置腹，使他怔愣了片时，他想通后，微微颔首地坦然接受了。

"姑娘，您叫什么名字？"

"你都不告诉我，我为什么要告诉你？"

"行吧，那我最后请您再帮我个忙。"

"什么忙？"

"以后不要再随随便便捡人来救了，会很危险，特别是像我这样伤势不一般的，也许会给您一家人带来麻烦，您听过农夫与蛇的故事没有？"

"有点儿道理，得亏我救了您，您才能跟我说这些话，我才能知道好歹，这也许就是好人得到的一个好报。"

"您想得开，不一般啊，将来确实是有福报的人。"

"谢谢您啦。"

这是我最后一次送饭时，我们的对话，并且那也是我们第一次发自内心的对话。

　　此后，他不留一丝痕迹地消失了，我是说，他把破房子住过的痕迹都消除掉了，好像他这人从来也没在这住过一样。

　　习惯了连日送饭后，我有些失落，但并不奢望他还钱给我。

　　我救他的时候，这钱已当作小慈善了。

　　我失落于他就像向龄他们那样走得悄无声息。我只是希望他能像我过去的那些朋友一样，多存在一段时间，多与我说说话。

　　可惜这人大多时候沉默寡言，脸上也没什么表情，总是一副思深忧远的模样，似乎因逃亡经历，难以笑口常开。

　　但我这些天已经把他当成新朋友了，即使我对他一无所知。

　　他那还算孔武有力的身体，以及硬朗的五官，与大部分北方硬汉的体格与普通的脸一样，我没能清晰地记住，但也不至于毫无印象。

第十二章　梧桐落叶

在一九三几年不知几月几日的时候，仲许从英国回来了，但确切在 1935 年末的冬季，我们才见上一面。

那时他身穿浅蓝灰色的军服，头戴缀有精致梅花的大檐帽。军装两肩之上的领章底色为黄色，上面缀有三道蓝线，一边是几颗三角形的军衔，一边是交叉的竹节。那一袭与他融为一体的军装，使他越发显得英姿勃勃。整个人看上去好像旁边那棵岁数不计的梧桐树一样，苍劲魁梧，永不折腰。

可惜的是梧桐树在当时已快落光叶子，近乎光秃秃的，一派死气沉沉。但梧桐树的枯黄落叶在我们之间旋转纷飞，依然散发一种凋谢的美丽与悲伤。

我相信他是来见我的。

仲许伸手轻轻拂掉我头上的枯黄落叶，转而摸了摸我的头顶与发丝。很抱歉地说："亲爱的小荣子，我知道你大约不想见我，但有些事以后你就会知道了，等我从战场上回来，我将会告诉你实情，请你再等上一段时间。"

我一句话也没有和他说，沉默地走了。

那短暂的一面，如梦境一样使人记不太清晰，却又像是梦魇，此后在我的后半生里不断重复地回放，开始修复我对他的印象与记忆，带着很多情绪的透支。

在同一年内，父母又生出了一个弟弟，他们喜极而泣。

母亲长时间对我的冷淡，直到诞生了小四弟而有所缓解，甚至得以告终。在四弟出生以后，我内心对某个人的态度也和缓了些。但我仍然吝啬给予他一份友情，即使他远渡重洋背井离乡后，是他们几个当中，最先踏上回归故乡之路报效祖国。

父母陷入四弟平安降生的惊喜中不久，回过神来，也许是见我长成姑娘了，不再那么容易忽视，态度有所改变。

不知什么时候开始，他们突然真正意识到我是他们的女儿了，而同样对我嘘寒问暖。那一阵子北平的学生经常抗日游行，从他们对抗日游行的态度上看，有不祥的预料，怕是担心一家人此后难再有安生之日，故对我珍爱有加。

可是一向敏感的我，似乎也预见到了某种未来。近来在饭桌上他们总是乐不可言的，这种和气与笑容，在人心惶惶的时代薄得像一层纸糊。

前些天在饭桌上，母亲还突如其来地问我，这些年来怪不怪她？

我半是违心半真心地说："不怪，我知道您之前没能原谅您自己，因为我是您的女儿，您自然怪到我身上来，这才证明我们是一家人，一家人哪有隔夜仇呢？"

母亲听了我的话后，不知是感动还是惭愧，大抵情绪交杂，她背过身去抽动着肩膀啜泣，哭得和叙荷有那么点儿相像。

而在这一天吃完饭，父亲又和我促膝长谈起来。他推心置腹地对我说，姑娘家能早些嫁人有口饭吃就好，不管以后过得是好是坏，生下来的孩子都得跟着人家姓，你要早早想好了。

我抵触这话，但脑子里却想到一个人，很快觉得脸热起来，在此谈话上，选择低头不语。

我们还谈起了张府。

他这些年来终于能正视张老爷士绅的地位。大谈张氏祖上在清朝时也有亲戚在朝中为官，加上财产、人脉的积累，直到如今在周围影响大是自然的。

"那……对抗得了日本人吗？"

"在日本人面前，他张老爷算个屁。"

母亲这时咳嗽一下，父亲意识到什么似的收住了声儿，过会儿又讲，张家现在还在军阀往来上攀了关系，散了不少财，儿子参军参政一争气，又似乎要光耀门楣了。日本人就是秋后的蚂蚱，蹦跶不了几日。

母亲一向维护张府不必说，但我不明白父亲前后说话的微妙矛盾，以及他的某种刻意。

不久后，我明白过来了。

我从没想过要等仲许，他无情抛弃了我们的友谊，就好像父母在真正时刻没想过我一样，彻底抛弃了我。

在日本人快要攻入北平，时局开始大为动荡的时候，有一天不知是凌晨还是黎明，父母带着四弟在收拾了一些家当后，踏上了逃亡之路，却将我这累赘扔下了，把我一人留在老房子里生死随天。

家当没了，家人跑了，我一下子没了家庭。

所幸他们没有为了几斤白面就把我卖掉。

他们这样走了，留了一封信叫我去张府投奔易嬷姨娘，我也觉得他们这样算有良心。但我暂时不打算去投靠易嬷姨娘，一来我脸皮薄，二来我认为在这样的时刻她也是泥菩萨过河，三来想着我又不是她的孩子，她为什么要在自身难保的情况下带上我这累赘？

我当时预备了两条路，第一条先在家里挖地窖储备粮食藏身，第二条等实在走投无路了再厚着脸皮去投靠易嬷姨娘。

我日夜不停地挖地窖，选了地质干燥的一个位置忙活，在我进行到一半的时候，某个傍晚我听到空无一人的老房子里传来了轻微的响动，直吓得我以为是日本鬼子来了！

我连忙将地窖口遮掩住，并且躲起来不出声。可是我发觉又不像日本鬼子来了的响动，因为我透过缝隙只看见一道人影在房子里游荡。

那人影像猎犬一样，敏锐地嗅着屋内的情况，又如猫一般轻手轻脚。

随着黑影的逼近，能感受到空气的凝重，却无半分煞气。在这紧张的时刻，突然看清一张一闪而过的脸，接下来我没有躲藏。

"杨……杨兄弟……您怎么找来我家了？！"

不是我暴露了地窖的藏身之处，而是杨某已勘察到了我的位置。

"报恩来的，您藏在这下头……嗯……该不是躲倭寇吧？"他似乎都替我这简单的安全屋感到担忧。

我抓住重点，针对他报恩的话，深入谈论。

原来，他上次走的时候跟踪我到家，以便日后能找到我报恩。他这次来是想安排我一家人去安全之地暂住，或者护送一场我们也成。

但是当他得知我被抛弃以后，沉默了一会儿没什么情绪表示。他继续谈到当下的局势哪儿也不太安全了，不如我随他一起走，我在他眼皮底下，他容易保护我。

眼下这是最好的出路了。

我随他出门前，先换上父母走前送给我的学生服，也不知是他们捡来的，还是自己偷偷做的，这一件与我以前那件的质量比起来差了很多，但总归是他们的心意，我仍然很满意。

杨某问我以前在哪里上学，我大方地告诉他，我从没上过学，就是喜欢穿学生的衣服。

他摸头笑了笑，顺口夸了一句好看。

但另一个人可不这么觉得，她看到成为少女的我再度穿上学生服，却脸色一变，惶惶不安。

同杨某出走后，我又折回去最后看了一次叙荷。

因为我穿的是裙子，不便爬墙爬树。杨某扎了马步，请我慢慢踩到他肩膀上去。他怕冒犯到我，闭上眼睛不乱看，且双手撑向墙，一点儿没碰到我，请我自个儿给稳好了。

我不大习惯踩着人家，被如此高地顶上去，且觉得他体温很高，使我有一点分心，我都没看清里面的情况。

当院内来了一个中老年男人，我才谨慎低下身去，开始专心观察里面。没一个仆人跟随他，嬷嬷更是不知道去哪儿了。

他依旧是那身长袍马褂的着装，在院儿里的走廊上心神不宁地踱步，不知道在思虑什么、焦虑什么，来来回回走得使人不安。

这么多年我从没见过这位老爷来看望叙荷，今天不知是幸还是不幸，撞见他们待在一起的画面，并且一探他们说不清道不明的情况。

当老爷开始注视叙荷，他的情绪也千变万化，先是质问这个被他关到越发神志不清的女人，后又在她害怕时，进屋与她温存，甚至亲自替她梳妆打扮。

最后老爷将他的姨太太搂在了怀里，嘴里自个儿吟唱起一首诗：折花枝，恨花枝，准拟花开人共卮，开时人去时；怕相思，已相思，轮到相思没处辞，眉间露一丝。

唱完了情诗，房门还是被老爷亲手锁上了。

等他走了，我按捺不住翻墙进去了。墙外的杨某并不催我，他揉肩膀都来不及，我上墙头时冲他抱歉一笑，他也向我抱歉一笑，他莫名的抱歉里带着一点儿腼腆。

没料到那位老爷，几下将叙荷打扮得光彩照人。当凝视失魂的叙荷，这淡妆与整洁的衣裳又好似死人妆和丧服。

她恍惚看见我的时候，目光扫了一下我全身上下，然后倏然色变，连忙慌张地问我，你是女学生吧？快逃啊，千万不要留在这里，老爷他会抓住你，把你关在府里，不让你去上学的！

于是这个心有余悸的女人开始哭泣，并且断断续续地讲述自己被老爷欺骗，而与学申情断的痛事。

生是张家人，死是张家鬼。

叙荷已被张老虎家的地下皇陵困住了，变为死尸般的睡美人，终生被封锁在与世隔绝的冰冷的棺板下头，美丽被永远冻结，眼神如此痴呆而空洞地梦游着，也许只能等待死亡来的那一刻，灵魂才能得到真正的解脱。

她美丽的形象逐渐被泪水改变，露出了真实的样子。

那脏黑的眼线，从她的眼角与泪中顺流而下，如混乱交杂的荆棘野蛮生长在脸上，深入血肉里，散发出使人战栗的黑气。

那是我最后一次见到她背过身去哭。哭了会儿她又臆想到什么轻笑起来。

她好像永远坐在那破败的房子里，面对着空洞的房间，孤独地幻想她那早已被扼杀的快乐与未来。

多年间经历了数次相见道别，这一次我忙着逃亡，为了苟且之生，违背了曾向她做出的承诺，带着一种与过去记忆的背叛，我彻底地要与叙荷姑娘道别了。

墙外等着我的人问我，那是谁啊？

我只是自顾自地说，叙荷真可怜啊，真苦啊。

第十三章　战事日记

一九三七年六月中旬，天气炎热。我们入住了一所出租公寓，在当时的情况下，公寓里早已塞满了人，所以公共区域总是那么拥挤、逼仄、潮热。一间屋子里甚至住了一家人与仆人。住户大多将房间窗帘拉上，包括廊内，四处无光，黑暗沉闷。

那是杨某最近抢租到的房子，也不知能不能躲乱，静观其变吧。

他甚至先给了我一笔生活费，将还款包含在内，我不肯接受多余的钱。他说，咱们总要生活吧？这是两个人的生活费，都在里面了。

"那我就当自己是您请的佣人好啦。"

他倒也不扭捏，让我怎么舒心怎么来。

可是哪有佣人总是独占房子，一个人住得那么自在的？他时常不在租房里，行踪飘忽不定。

六月十六日。我终于忍不住问他去做什么了，他一本正经地说去打探日本鬼子的情况了，免得打进来了，他都不能提前护住我这位救命恩人。

我觉得他的话半真半假。

既然他能侦查与打探，我便请他空了帮我看看张府的情况，以及向龄和仲砚留学归来没。那天我喋喋不休地说了好多关于他们的事，我只能尽量形容他们的外貌与习惯，供他认出。

六月二十日的早上，我惶惶不安。

杨某身上有一种匪气，而且神秘，神秘到令我不安，因为有时候他回来身上带着伤，这一次我还看见他在街上搂着一个妓女，以此打掩护回来。

直到现在他也不肯告诉我名字，只是说，他不想欺骗我而去编一个名字，也不能在这个非常时期告诉我他的真名，这对于我、对于他来说都不太好。

在某个瞬间，我觉得他很像仲砚。

他也会看老舍的书。

六月二十三日。他到底是什么人？我甚至怀疑过他是汉奸。

所以我告诉他，如果他是汉奸，我就不能再跟他待在一起，接受他的庇护，我宁愿被日本人打死。

他坚定地摇头否认。

我也有我的固执，在我等到我要等的人以后，我会选择投奔亲戚，我十分想念向龄他们。

六月二十五日。我做好了佣人的本分，准时做饭，打扫卫生。在我忙碌期间，他有时候会安安静静地观察我。今天他终于提起关于自己的话题：不怕您笑话，我是个孤儿，从小没家，说句感恩的话，谢谢您让我尝到了家的滋味儿。

我冲他笑笑，晚上加餐。

六月二十八日。他从外面喝过酒回来，很自然地叫了我一声荣儿，并请我帮他泡一杯茶醒醒酒。

我一愣，心口有点儿发热，从来没有人这样叫过我。

他看看我，那时我想必是红了脸，他正经地好奇地问：您这是……太热了？

对于他的调侃，我老实承认，第一次有人叫我荣儿，这忒亲近了，大家都是叫我小荣子的。其实我更想说是肉麻。

七月初。我在沙发上假寐，他又喝了酒，在一旁自言自语，说起那天在墙头上，第一次看见一个好人家的姑娘裙子翻起来了，真是惭愧，没忍住多看了一眼。总觉得要对姑娘负责的，可惜自己肩负重要的任务，负不起这责。

七月下旬。在他离去的前一晚，他悄无声息地来到床边注视我，我感到紧张，但我装睡不吭声，他在我附近不卑不亢地说："你现在可听清了，我只说一次，我叫……杨可铮，可汗的可，铁骨铮铮的铮。"

"我那天叫你荣儿其实心里也是紧张得很，姑娘脸红，对我来说已经胜过一切了。"他最后说。

二十八日。我从公寓楼上看见外面的车辆来来往往开进开出，日本兵的身影越来越多，他们步履匆匆，像是在部署什么事情一样。

对面楼下的几个日本兵微笑着撒糖给小孩吃，嘴里似乎在问什么话。其中一个小孩不肯接受，不回答，遂有日本兵扇其面，又以拳脚相加。

街上熙熙攘攘，人头攒动。

那种直觉是突然出现的，透过窗户，在那么多混杂的人群之间，我一眼看见一个人，他头戴草帽，身穿布衣，脚踩草鞋，与几个同样农民打扮的人走在一起。他们目光隐忍地盯了几眼打小孩的日本兵，一面转开视线，一面说说笑笑。

他原本的面孔不算好看，乔装后又跟干瘪的老头子的脸一样粗糙，但他笑起来并不丑，有时含蓄，有时爽朗，我多喜欢他的笑啊。

我一定是认识这个已乔装打扮的男人，于是死死地盯住眼熟的他。

他们在附近打转，等到从一辆日军车里下来一个西装革履的中年人时，他们晃晃悠悠地走得更近些，突然从菜篮子里摸出枪来。他先就近枪杀了那个西装革履的中年人，跟他一路的人补枪，他们再一起打死了旁边的几个日本兵，打小孩的日本兵也被打死了。他们边打边退，但仍难以逃离，马上遭遇了其他日本兵的反杀。

乱哄哄的场面里，他最先倒在血泊里，他微微睁着眼睛，翕动渗血的嘴说着什么。

我在公寓里跳起来拼命朝他挥手，又紧紧地贴在窗户上，用唇语叫了他的名字。

他未能看见，被路人挡住了视线。

我发疯一样撕扯下所有的窗帘，踮起脚在玻璃窗上四处哈热气，最终在窗户上大大写了他的名字——可铮。

他见了微微一笑，永远闭上了眼睛。

我多喜欢他的笑啊。

这一次，我没能救他。

那几位烈士的尸体惨遭凌辱，被日本兵戳了一刀又一刀，直到血肉模糊，面目全非。

从日军的这位人物遭遇伏击暗杀以后，声声刺耳的吼叫在公寓以外此起彼伏，枪声四起，人们尖叫逃亡。日寇从寥寥几人，陆陆续续汇集到上百，如乌云蔽日一般占据街道，又如蝗虫过境寸草不生。

他们是丑陋、恐怖的蝗虫，百姓是弱不禁风的草。

仅从眼前，已能窥见此后的水深火热。

但从被乌泱泱人影淹没的尸首里，我看见，那是一种绝处逢生，当整体濒临绝境，个人毫不犹疑地赴死竟成了某种微茫的希望。

二十九日。北平沦陷，战事触发，日军之暴行罄竹难书，人们在枪炮声中四处逃窜，终日惶惶。

三十日。我随波逐流，同公寓里的人们一起躲入医院。我在医院廊内就地休息，偶遇久等的熟人，激动不已。

仲砚当时与一位白褂医生谈着话，忽慢忽快地走过，但在拥挤的人群中，我们忽然都看见对方，一个喜极而泣，一个喜出望外。

他与医生暂别后，携我而去。

到了一处安全些的茶馆，因目前刻不容缓的局势，仲砚与我直接相谈关于我的重要事情。

那是一个万里无云的晌午，街上一阵阵的汽车鸣笛声催得人坐立难安。窗外的光明照在我身上，这光突然之间成为刺入趋暗动物身体的一种利器，我不禁将窗户紧紧关闭，力求镇定，坐在昏暗中消化事实。

他是一个诚实的人，我是了解的：从前宁愿不提我身世，也绝不撒谎一个字。

谈起别院往事，仲砚对我说，你眼睛上的痣，是一颗好看的痣，一颗能让我找到你的痣。在你襁褓中的时候，我就深深地记住了它。

那一刻我对这颗痣的态度发生了翻天覆地的变化。

他在我襁褓中时就抱过我，在我被送出张府以前深深地抱了抱我。

我是叙荷的最后一个孩子向容，但我不被他们视为张府正统的女儿，而是叙荷与学申的私生女。学申早年已被老爷动以私刑，绑入张家的地牢里处死。至于我的出生，以及被抱走的时候，叙荷根本不知情，因为她精神被打击，生我时又太痛苦，导致昏迷不醒。等她醒来以后，人已经疯掉了。

大姨太那时煽风点火，想让老爷一并处死我，但易嬷姨娘的劝谏让老爷饶我一条命，并且在老爷心烦意乱下接手处理了我，最终将我安全送出府去。

易嬷姨娘把我送给了她那痛失女儿不久的亲戚夫妇，却矢口否认我还活着的事。她曾对府里人宣称，把我这孽种送给一户人家收养不久，我已夭折了。

后来我就被他们遗忘了。

得知这些简略的事实，我脑子里一片空白，就那样在座位上呆滞了很久，显得很平静，什么也没有去想。

我像盘古开天地后的第一条会动的生命，苏醒后没有任何记忆，无论如何也找不到那种充斥着罪恶羞愧、悲伤痛苦、迷茫痴呆的情绪来源，于是在内心挣扎着想要逃离人世间。

后知后觉，我惊惶地发现我脚下不是美妙的大地，我所处的失了一切的地方，是逐渐像梦境一样坍塌的虚幻、苦楚之地，即人间炼狱。身在人间，心却在燃烧着熊熊业火的地狱。

我不是一下子相信，也不是完全不信。这是我从过去的种种经历见闻里，所形成的凡事抱疑的态度。

我总觉得在当时，一切事物开始变得离奇、颠倒。眼前所有的事一层叠一层，都不像是真的，和梦一样有一种无厘头的古怪曲折而变得虚幻。逃乱以后，我就以一种身体和脑子被隔离的方式，木讷存活。

仲砚去我原来的家里找过我，未果，失望离去。后来，正感到此生再无希望见到我时，竟是柳暗花明又一村，有要事在医院找同学时，意外和我相见。

他留学回来后，在外地的医院实习。此次回来一趟的目的是，回张府请老爷子去安全的地方住下。

张府遭遇变故，已不复昔日，但老爷子守在祖宅里，始终不肯离去。

他认为目前得带我一起先回张府，但目前战事混乱，人心惶惶，什么事情都不重要了，最后认祖归宗也不迟，正好老爷子还在祖宅里。

认祖归宗？我还没有想过，但是我确实要随他去一趟府里，那里还有我在乎的人。

仲砚特地表示，这次我回来了，得从正大门进去。我更认为这是沾了他回家的光。

我有一种担心，讲起了从前我们在走廊里相视的情况，他那耐人寻味的阴翳神情，我到现在都还清楚记得。

仲砚凝重地说，老爷年轻时将我视为耻辱，见到我也许会将我置于死地，更因为大姨太对叙荷的妒忌成了一种恨。我若出现在她眼里，她会将这种恨意转移到我身上来，即使老爷遗忘了当时的愤怒，大姨太也会让老爷想起这种屈辱来，但老爷绝不会想起自己对于他人的凌驾。

所以仲砚那时很担心我的安危，怕我来到府里后被人认出。

"但现在不同了，他老人家已经……只是老人家了。"仲砚平静地说。

第十四章　不动的雕像

张府已不复昔日辉煌，屋子里的金银财宝、古玩等物皆被洗劫而空。并且在我们走过的地方，连个人影也见不到，此处没了人气，这么快就破败了。

我们去的时候，远远已见到老爷子坐在大厅里的首位岿然不动，好像他一个人要面对千军万马似的。但他在垂暮之年，恍然之间与衰败的祖宅似乎完全融为一体，带着一模一样的凄凉，他仿佛已是尘封在旧宅里多年不动的雕像，那惨淡的模样，叫人五味杂陈。

张府里心高气傲的女眷无一人出现。

目前只有寥寥几位老仆役走动在府里，当我们来临，他们颤颤巍巍地传声禀报，最后是我以前见过的孙英管事静静地去了老爷子身边弯下腰，轻声提醒一句：二爷回来了。

那生硬的老人雕像才微微动了动，被一句"二爷回来了"，赋予了一点儿生命气息。

他虽老矣，衰矣，可那当家人威严的气势从未被时间与遭受的变故剥夺，那是浑然天成的，是由家世背景熏陶出来的，拥有一股与生俱来的底气与尊贵。我在他面前不由自主地做出恭敬的态度，还有一种害怕和痛恨，于是想尽量隐去自己的存在。

当老爷子与仲砚说了几句话以后，在他第一次正眼注意到我时，仲砚正好张口想介绍我，我却紧张地抢先一步自称是护士……也是先生的助理。

仲砚哑然，沉默下来后他尊重了我的决定。

老爷子倒是很和气，不因我是个女流之辈而露出不尊重，他谢谢了我对仲砚的跟随协助，又唤孙英管事招呼好来客。

等涉及敏感要事后，这种和气便化为乌有。

仲砚和孙英管事态度一致，但他们的态度不算强硬，只是劝老爷子迁居法租界，先保重自己。

老爷子这时又变回一个愚昧古板的雕像，一动不动，倒是还能说上一段不痛不痒却能急死他们的话："日本人拿够了抢完了就会撤兵的，短则以月，长则以年，咱北平城还是北平城，依旧过得去，我就等着他们撤兵，不会离开家乡祖宅的。"

不等仲砚启口，多年来侍奉张家上下的孙英管事，一面唉声叹气来回着急地走，一面劝谏："老爷啊，您就别再骗自己了，我们在此已经是穷途末路了！日本人的司马昭之心，您岂会不知呢？！您就先迁居租界，保养一下身体吧，再不济老奴一人留在祖宅里替您守着也行，我一生都奉献在这里头，也不差这最后了，但您千万要保住自己啊！您可是咱家如今活生生的老祖宗哟！"

"谁也甭劝我！要走的自己赶紧走，省得在我面前碍手碍脚！哟，这日本人东西拿完了，人也都抢完了，还想霸占我的宅子？门儿都没有！老子就亲自守在这里，等他们再度上门儿来！我这把硬骨头，还能拉走一个去见阎王爷嘞！"老爷子一面咳嗽着冷笑，一面理了理身上的长袍马褂，最后咳得气喘如牛。

"算了，不必强求舅舅了，我们才是苟且偷生的。"仲砚有些动气，自知劝不了老爷子，劝不了一个老来不通透，又铁了心要跟自己过不去的老人。

仲砚走到一边去，我自然相跟，不肯单独与老爷子共处。

等孙英管事也一脸焦头烂额过来了，仲砚语气缓和了些说："舅舅一生的希望已经淹没在了张宅里，就让舅舅随着张宅的没落继续缅怀而存吧。他老人家嘴上总说自己是洋务派、维新派，其实仍是旧社会的旧把式，旧人跟着心里的旧俗走，才是顺其自然的，我们勉强他，也许才是无意义的。"

忠心耿耿的孙英管事沉默片刻后，请我们先走一步，他要留下来陪着老爷，生死相随。

府里剩余的老仆役也是没法再折腾了，才继续留在府里，被老爷收留着给口养老饭吃的。其余不管是仆役还是主人，逃的逃，死的死，下落不明的至今也杳无音信。

仲许我是知道的，他参军抗日去了。向龄似乎还在国外。

那么叙荷与嬷嬷呢？正是在下落不明的行列中。

没有见到她们，我是不肯走的。仲砚一看天色已晚，也不准备赶路离去，于是我们在府里暂时住下了。我在客房里无心整顿行李，看着窗外阴森暗淡的暮色，呆坐了许久，直到仲砚来才打破我苦苦维持的平静。

他立在门边儿，外面的红灯笼和屋里的煤油灯交相映照着他，使得他的身体忽明忽暗，如魑魅魍魉一样的存在，随后传来那道欲盖弥彰的低声问话："你不想认祖归宗吗？"

"如果我就是不肯认祖归宗呢？我凭什么要认这样一个……抛弃了我的老贼作父？！他囚禁了我妈，杀掉她最爱的人！还抢走她的孩子！把她逼疯！……他太可怕了！你休想用他现在的可怜模样欺骗我！"

"比起他来，我的养父母到底是心疼我的，即使在最后的书信中也不肯亲口告诉我，我不是他们亲生的，只叫我上张府来……我表面伪装得大度，竟然默默恨上他们，嗲嗲说得没错，我真是个白眼狼！比起姓张的来，我真应该去寻找我的养父母，死也得报多年来的养育之恩！我白眼狼啊……"见到那位老爷以后，我始终不如先前那样平静，心里仿佛经历了一场惊涛骇浪。

踏足张府，我没被老爷子看起来年老可怜的外表完全欺骗住，反而开始接受过去的那些事情，承认它是真实存在的，我的自欺欺人对于那些受害的人来说是不公平的，情绪则终于爆发。随着仲砚那一问，我独自坐在房间里一通控诉以后，感到呼吸困难，身体剧烈地发抖，并且悲哀流泪。

"向容，我……只是……唉……是我的错，单方面考虑到大体的事，做了一回极其愚蠢粗笨的人，独独疏忽了你的心情……"仲砚纠结过后，见我仍旧哭，还是进来了。

我伏在罗汉榻上，无言以对，只剩泪如雨下。

他一撩长衫坐到旁边来，温热的手心贴在我背上抚过，一遍又一遍地跟我说，他错了。

我早已不顾形象，涕泗横流着，回他一句不阴不阳的话："您是堂堂正正的二爷，我是私生女，岂敢呢？！"

他微微张嘴欲言又止，一个时常出口成章的读书人，在此刻什么辩解的话也说不出来。

"向容……"他呼唤着我那从未闻过的名字，到后面才以一种央求的语气唤我小荣子，似乎在以旧情博得原谅。

最后，他的手伸向小茶桌，拿掉煤油灯的玻璃罩，吹熄了里面的灯芯，只剩屋外廊里幽暗昏昏的红灯笼照一点儿明进来。

当我们处于黑暗中，他手指抚过我的一缕头发，整个人慢慢挨近，镇定自若地将我搂在怀里，继续轻拍我的后背给予宽慰，安安静静地陪着我这个糟糕的女人。

这个怀抱太久了，仿若不存在时间。

那么多年来，他第一次在我面前露出这样无助的一面，他沉痛声称，自己在哪处都不是什么辈，无论是周家还是张家，到底都是人家的家。在张家，他才是名不正言不顺的老二。

他求我不要挖苦他了，不该与他生疏，称呼他二爷，我的挖苦让他仅存的一点儿颜面都没有了。

我不吭声，生怕惊动了我们，只是躺在他怀里渐渐哭睡过去，也不知道他是何时走的，醒来时我已衣衫规整地睡在床榻上，感到头痛。

渐渐才想起，昨晚好像做了一个漫长的既痛苦又幸福的梦。

我在背后那么义正词严，嘴上振聋发聩地指责老爷子，但当他病情加重的时候，我却真像我自称的护士，同他们一起照料他。

府里目前除了老人，除了我们，已没有细心的年轻女眷了。

以我来时的身份照顾一二，似乎也是名正言顺的。

仲砚想方设法地给老爷子治病，延长其寿命，孙英管事忙里忙外地打下手。

我在老爷子身边的时间倒是多了起来，服侍了他一段时间，我渐渐地心软了些。他沉疴难起后，神志不清，奄奄一息。

我有时候看着他这副苍老浑噩的模样，恻隐之心也会微动，这种怜悯他的情绪，总是使我犹豫、烦闷。

有一天他浑浑噩噩地说些病话，呻吟着，喊叫他的子女们的名字，他叫过那个对我来说还比较陌生的名字——向容。

他又喊着其他我不知道的人的名字时，我终于握住了他的手，只要喊他一声爹，即刻可以完成仲砚的期望，以及消除自己日后不确定的后悔。

他感受到手上传来的温度和我喉咙里苦涩的微小力量，人慢慢有了点儿意识。他缓缓转过那张耷拉的老脸，睁开混浊的双眼，翼状胬肉已蔓延上他的瞳仁，使他难以看清什么。

但这样丑陋昏花的老眼里却充满了期待，这也忽然牵扯住我一直作痛的复杂内心，使之更为难过。

他问："咱张家人，谁回来啦？"

我哽咽说："我是向容。"

他眯起眼睛瞧了瞧我，喘着粗气，慢慢地回话："向容，你来接我走了……是要收走我的命啦……"

我摇摇头，抚向他满是皱纹的瘦手，告诉他："忘啦？是向龄的妈打发人把我送出府过活的，我命好还没死呢。"

他这时张着眼睛和嘴巴，费力认了我半晌，也沉默了半晌，眼睛一虚一睁了许久，才恍然看清我似的，说了句："哦哦，是你啊。"

这点对话仿佛已透支了他的力气，接着他便昏睡过去。

我没想到他还会有好起来的时候。过了两三天他精神到能下床了，那天他招呼了孙英管事和仲砚进屋里，好像在密谋什么重要的事。

等老爷子被两人搀扶着颤颤巍巍出来了，我才知道是怎么一回事。

我更没想到的是，他还记得病中我们的对话。

他这天坚持起来，原是准备我认祖归宗的大事。

当天他跪在祠堂里悲切悔过，向列祖列宗悔过自己昔日的一切错事：年轻时目空一切，胡作非为，从不把人当人；中年时未能保住家人，仍以自我为主，甚至视身外物大过亲人；老来不能保住祖业，亲手拱让部分给日寇，竟痴心梦想以为能保住家底基业；最重要的是当年昏头，听信小人，擅作主张抛弃了张家血脉，特此向列祖列宗以及张氏晚辈向容告罪。

老爷子在他们的帮助下，实实在在地磕下了几个响头，遂迷途知返般放声痛哭。

他在祠堂里长跪，也不管那副老态龙钟的躯体支不支撑得住。他佝偻的背硬往直了挺，到后来整个人僵硬得像是已死之人。

我还以为他要死在这场认祖归宗的仪式里。两位劝他起来歇息，他也没吭一声儿。

直到大半个时辰以后，他才出声叫我们把他扶回床上休息，他太累了。

回房休息一会儿，他又有了精神说话，把我们三个都招呼到床前来听他训话，交代祖业。他求仲砚先答应他，彻底过继到张家来。

仲砚答应了这一宗事，老爷子对他们舅甥之间就没什么遗憾。仲砚过继到张家，从此姓张，仲字辈也彻底生效了，老爷子正式给他更名儿，以后便叫张仲耆，耆字意为寿考，上得了族谱的。但我后来一直只习惯叫他仲砚，那个时候我们也没有时间多想什么，只为了满足老人家的凤愿。

这一宗事了了，老爷子挥退他们两个，只想与我独处说说话。

等他们走了，他问我，恨不恨他啊？

我低头不语，久久才想好一句适宜的话："算了，你是我的爸爸嘛。"

"是啊，算了，一个快死的人，求什么？"他懊悔叹息，自言自语，"我早应该相信你是我的女儿，唉。"

"您告诉我，我生母偷人了吗？我要听您亲口告诉我。"我盯着他，语气压低，掩住又恨又悲伤的心情。

他微微摇头，顿时猛地咳嗽了起来，竟咳出一大口淤血。淡然侧头吐在了痰盂里，他伏在床头喘了一会儿，才躺回去，阖上眼帘说："没有……她以前自由恋爱，被我哄骗到了府里来，最后也是我妒忌了。"

那么，到底是不是亲生的，也不再重要了，在彼此相认那一刻早已互相让步。他年老后膝下凄凉，亲生子女无一人在身边，很可能是有需要而认的我。我在其时还抱着这种想法。

但是随着他最后的絮絮叨叨，这种本该理直气壮的不孝想法淡去了许多。

他道自己人生大起大落，什么没经历过呢。最后家败，祖财散去，膝下无子孙环绕确是事实，冷清的……只有以德报怨的向容能回来，真是奇迹。

他虽亏欠我，一时嘴里又庆幸我没待在府里被人早晚残害，还道塞翁失马，焉知非福。

他最后残喘着道："向容啊，如果你早些认了我，我便同你去了，保养身子，活得久些，倒不是想享受颐养天年的滋味，而是做好一个父亲，那该……该多好啊，可惜了，我已走到了生命尽头，才悔悟想通，我……我……实在是……对不住……"

我贴过去，听见他为自己的一生做了一个圆满的总结。

我在等他说完想说的话，再去问生母的下落，可他到最后也只是让别人做了他释放内心的听众——撒手人寰了。

第十五章　路途的梦

孙英管事说，我和老爷子是一样的倔脾气。

老爷子僵着不走又逝去的事才告一段落，这下轮到了我不肯走。

孙英管事声称叙荷与嬷嬷已经丧生了，仲砚默认。

开始不肯告诉我，只是为了给我留个念想，不想让我太过绝望。但见我执意要寻找她们、等待她们，又无奈告知我她们的死讯。

哪里知道我悲伤过头，同老爷子一样折磨人。

横竖都是难题，于是他们相视无语，一波三折，最后还是让我见了她最后一面。

离开张府以前，孙英管事和仲砚在正大门门口回首过后，上了台阶，分别撩开长衫跪下去，拜了几拜。我见了也随着一拜，与他们一起做道别。

之后我们上了即将奔赴租界的私家车，孙英管事做司机，我和仲砚坐在后面。我其时已不抱希望，只当是他们哄我走的招数，我也没力气再折腾了，认了孤儿的命同他们随波逐流罢了。

可是他们并未急急出城，而是在城里毫无目的地打转，我又以为他们还要办什么要紧事，譬如打理一些人际关系，处理张家仅剩的遗产，以便日后在租界过活。我则撑着下巴百无聊赖地看向外面，有时出现日寇肆无忌惮欺人伤人的画面，又不忍再乱看了。

我们的私车缓缓停在一条街边，附近是有日本兵站岗的，他们真是冒险啊！

仲砚一边透过车窗在寻找什么，一边问我："得在这儿耽搁一下，怕吗？"

"怕，那些日本兵会不怀好意的，我真怕。"我说着甚至不敢让自己出现在车窗处显眼的地方。

"那……你想不想最后见一面荷姨？"他继续问。

"当然想了！可是……"我没勇气说出后面的话。在我得知她是我的生母以后，我一直责怪自己，我是多么自私自利的一个人。

仲砚沉默间，一时嘴唇紧闭，一时又微微张嘴，似乎有什么难言之隐。过了少顷，他终于才又开口了，他告诉我，嬷嬷是真死了，她当时不让叙荷被日本人带走，护主心切，不幸牺牲了。但叙荷目前还活得好好的，被一个名叫高桥的日军领头带在身边，以礼相待。

形容以礼相待也是说给人安心用的。

他们日寇都人模狗样，甚至很多底层日兵连人样都懒得伪装。

但至少能宽慰一下自己，以及认为叙荷能过得好，我愿意离经叛道地去相信那位高桥是个彬彬有礼的君子。

当一个日本军官携着一位旗袍女人在对面街上走过，我们都目不转睛地盯了过去。这个日本军官真是把她打扮得光彩夺目，风韵犹存，还使她看起来年纪轻轻，不像是已生儿育女过的人，倒像是个没嫁过人的摩登姑娘。

他还温柔抚了抚她乌黑亮丽的头发，替她理理旗袍。

他们互相之间是多么和气与亲热，叙荷如今是笑靥如花的，高桥面对她也一直保持着淡淡微笑。我知道，她一定是把他当成了心爱的学申。面对热情迎合的女疯子，高桥君怜香惜玉，哪还舍得黑脸呢！

"二爷……"孙英管事注意着那些日兵，感到不安。

"你再瞧瞧她，我们就走了。"仲砚向我下达了最后的催促。

我只能这样贪婪地远远注视她，明明知道不能下车去，我们仨也毫无缚鸡之力拯救她，但我的手还是不知不觉摸上了车门把手。

仲砚及时将我的手腕抓住，他铁青的脸孔一样含着隐忍、痛苦，眼里隐约还有晶亮的泪水，使得瞳孔盈盈闪动，一个大男人家竟比我还显得幽怨可怜。他的喉咙吞咽一下，急红了双眼，惨笑道："向容，你再这样，我连你都快保不住了。"

他捏红了我的手，我手腕上已露出发红的印子。

我感到万分惭愧，在其时却掉不出眼泪，那种已干涸的悲痛，早已生生掐住我的喉咙，令我不得大口喘息，只得努力吸取微薄的空气。

我们在车里一番默默的"斗争"，早已引起了日兵的注意，他们携着长长的步枪过来，敲了敲车窗玻璃后，孙英管事不得不堆起笑脸开窗相迎。

等一开窗，他们将步枪举起，分别抵着孙英管事和仲砚的脑袋，叽里呱啦中掺着蹩脚的中国话。

孙英管事是见过世面的人，并且老来不惧死，还算自若地看向他如今的主心骨。

仲砚更是泰山崩于前而色不变，他先前的那些情绪早掩去得无影无踪，换上了一副风轻云淡的态度与他们微笑沟通。

仲砚用日语同他们交流几句后，他们不再那么紧张警惕了，只是霸道地叫我们不要待在这里，吆喝着加上肢体动作赶我们走。

经此一吓，我同意马上就走，因为，我不能再失去……

我只能在车行驶时，脸贴在车窗上，透过去，望向后面快不见的姆妈，真真心如刀割。

事实上，仲砚已找过在日本时帮助过的一个浪人阿久津，冒着风险请求这位浪人把他以医生的身份引荐给高桥。在他和高桥见面时，并未表露与叙荷的家庭关系，而是给出了一个建议，带她去一个高明的医生那里，有很大的希望治愈精神疾病。但高桥不同意。

仲砚在未果之际，险些暴露他与叙荷的家庭关系，但他仍冲动地试图以此达成目的，好在被敏锐的阿久津阻拦了下来，向他表达了事情的危险性与自身没能帮上忙的抱歉。

他那一趟，与此时我们这一趟都是有惊无险，我们顺利过关。

离开北平城的当日，还总是能看见城里生灵涂炭的景象，那里已经饿殍遍野，十室九空，叫人好不心痛。

日本兵的军车在街上无所顾忌地行驶，简直是横行霸道，它们从不顾路人的死活，要是撞到了谁，连下意识刹一下车的工夫也没有。它们为非作歹地碾过活生生的人，导致其伤势惨烈或直接暴毙，但在一闪而过的军车上，那些日本兵不是说说笑笑，就是面无表情。

大抵是近来见多了这样悲愤的景象，加上心病缠身、舟车劳顿和坐不惯汽车，在路途中我便支撑不住，大病了一场。

为了照顾我的身心，他们不再着急上路，而是寻了一处旅馆，安顿我歇息两日。

没个多余的女人能照顾我，还得仲砚衣不解带地在床前又是给我治病，又是悉心照料。

至于孙英管事，一把老骨头了，更没能养身休息，仍是给他的二爷打下手，却一点儿都不轻松。他也甘愿为了张家失而复得的三小姐操心劳神，上下楼跑来跑去，不是买药，就是为我们张罗一日三餐。

面对两个男人的这种照顾，我戚戚之色终于淡去了些，但夜晚发了高烧，一番糊涂、折腾还是不由人的。

发高烧的时候，我在那昏暗幽静的旅馆房间里，看见一个好像是从梦里走出来的人，但我当时没有睡觉。

我分明看见一位淡雅的穿着和服的女人，从微弱的光亮中，一步一步地走进这间屋子，随后身后的光亮消失，她处于一种清幽冷冽的黑暗中。

她的人是亮色的，和服却是灰白的，连她打的樱花油纸伞也毫无亮色，灰暗得很。我不认得她这副陌生的穿着，以及头上贵气的发髻，活像一个漂亮的木偶人。

但我认得她美丽的面孔、优雅的体态。她面对我再也不疯不痴了，一直得体地朝我微笑，如最后一面所见到的那样自然。

她还转了一圈把身上带山茶花纹路的和服展示给我看，并羞涩地说："这是高桥赠送给我的名贵礼物，可是花了上万元钱的。"

"是吗？他真对你这么好吗？"

"那可不，这是真丝的。"她掩嘴，莞尔一笑。

"给我摸摸好吗？"

她连忙退后一步，说："你从小调皮，要是摸滑丝了，高桥会不高兴的。"

我告诉她："我都生大病发烧了，你都还不关心我，竟然只关心一条日本鬼子送的裙子！"

她听了有些担忧，逐渐走近床前，等她俯身过来，那种冷气直散发到我身上穿梭，冷得我抖如筛糠。趁她摸我额头的时候，我费力抬手也摸了摸她的真丝和服裙，却没什么触感，也许真丝滑若无物，才感受不到它的存在。

我冷啊，她便帮我把被子提起来披了披，顺便坐在床边慈爱地注视着我，我也目不转睛地看着她，彼此幸福地微笑着，真好啊。

我亲生的母亲千真万确忘记了我。

我真不知道她现在是如何以一副清醒的模样，悄无声息地出现在我面前的。

母女互相静看了一会儿，我随她家乡的语言终于沙哑叫了她一声姆妈。

我酸楚地问她："姆妈啊，你为什么唯独忘记了我呢？"

她叹息，低声细语地说："我要好好地活在有学申的过去呀……"她后面的话模糊不清，窸窸窣窣的，飘荡在整个屋子里魇住了我。

我情不自禁地哭喊："姆妈啊，你要记得我啊！"

仲砚闯进来的时候，她在床前的身影顿时烟消云散了。其实仲砚是敲了门才开门进来的，但是他这一举动对我来说实在是闯入，使我好不容易见到的姆妈无论从哪儿找也找不见了。

我哭啊，闹啊，怪啊。

仲砚看见我在床上挣扎着伸手乱抓，又听了我那些胡言乱语的话，说我都烧糊涂了。

我极力否认自己烧糊涂的事，只肯定了叙荷来过一趟的事，并且一直提起我清清楚楚地看见叙荷穿和服打伞的样子。

于是他去找药的同时，把白日里给我看过的相册找了出来，这是他留学时期在日本拍的一些黑白照。

他指了指照片上面的艺伎，问我见到的是不是这种和服。

我说，很像，可是我记性不算好，白天看一眼没怎么记住，但是刚刚我见得可清楚了。

他再度叹息，不与病中失魂落魄的人争辩了。他摸一摸我烫得不得了的额头，无奈地说："我真怕你啊。"

我也怕他啊，他只要严肃起来，我跟向龄对他是一样的，如老鼠见了猫。

他说我烧成这样，得把高烧退了，否则眼下医疗不方便，周围环境不如城里，拖成大病了人是会垮掉的。

他作为医生是不忌讳什么的，眼下没有其余人，他须得用酒精给我擦一下身子。他再三强调我不要害羞，只当他是医生，没有别的，并且在医生眼里，我只是病人。

我哪里有力气反抗他呢？

整个人虚得像睡在乌云上面，冷热交替，一会儿热得出汗，一会儿冷得发抖。

酒精度数很高，他倒在盆里加入水中和，将帕子浸泡过后，先把我的脸、脖子、手……能擦的地方先擦了，等到要擦身上的时候，我盖在被子里不肯了。

　　我们无声争夺了一会儿铺盖，又被他斥责我儿戏，不为自己着想，尽想些子虚乌有的糟粕。

　　不知是我本来已无力气，还是被他斥得不敢争夺，到底是听天由命了。

　　仲砚微微掀起我衣服的时候，我抖得更厉害了。他一面将帕子塞到我身上反复擦，一面打趣地说，幸好这不是做手术，要是手术没麻药了，正儿八经遇上我这么个病人，他的手和心大约比我现在还抖得厉害，会成为庸医治死人的。

　　他又嘱咐我，现在反复给我擦拭的这几个地方是在散热，要我记住了，免得以后什么都不知道，越烧越糊涂，真烧成了憨货。

　　等他擦我胳肢窝的时候，我痒痒，又别扭地闹了一顿，可把他累坏了。这么简单的一件事，愣是把他累得筋疲力尽，等我最后吃完了退烧药，他也为自己找了几颗养神、安眠的药来吃。

第十六章　如鲠在喉

仲砚一早写了一封家书寄到英国向龄处，交代了家里那些不幸的境况，又称国内如今虽很不安生，但有一个人需要她照顾，请她回来陪伴张家曾流落在外的遗珠，也就是目前我这位最小的姊妹了。

她在国外毕业以后，原是留在了中国驻英大使馆，希望通过大使馆的工作帮助那些背井离乡的留学生或者华侨。更何况国内动荡不安，所有人都写信勒令她一介女流不许回来多事，她只好去做力所能及的事了。

她向来算是听家里人的话，如今确定了稳定的暂住地以及新的任务，才被召回，她则即刻启程在百感交集中踏上了回国之路。

只是她此次回来，仍是没能赶上老爷子在的时候，最后只能来到租界的公寓里与我相见。

向龄如今与昔日很是不同，刚开始具体哪不同也说不上来，大约是不那么浮躁肤浅了，以及不像过去那样注重外表。

她的穿着朴素了很多，整洁得体为主，一身儿素净的棉麻衣裳，右袖上也戴了自己准备的白色孝布。

她见了我亲和多了，没有我想象里的生疏与傲气。她放下行李，见了我们几个，竟是先迎上来亲切握住我的手，闪动着那双满含希冀的眼睛，莞尔试问我："你是……向容吗？"

孙英管事忙替我回答："是，是三小姐。"

我反倒与她生疏，不那么自然，怯怯嗯一声，只敢按旧例礼貌地称呼她一声表姐。

我这样称呼她，马上遭她打手小训："你……嘴笨……该打，咱们可是亲生的姊妹，叫什么表姐呀！"

我扭捏着盯向自己互蹭的两脚尖，低声说："我以为……你还是不喜欢我认你做姐姐的。"

"什么叫认？！"她惊叫后，以好像是从洋人身上学来的那种油腔滑调说："我们是亲生的，哪里还需要认，家里人中，我相信二哥是从来不骗人的，虽然我一前一后独自消化了很久。我也可算知道为什么不喜欢做你表姐了，想来我小时候是有造化的，老早知道做你表姐不对，老早知道认识你和你好，老早知道去留学开阔眼界正一正思想，更爱祖国与家庭……"她的声音从高亢到低声萎靡了下去，渐渐地情不自禁地啜泣，声泪俱下地道："是啊，老早知道去留学，又听话没回来，竟就此逃过了一劫，只是……只是家破人亡，没能回来帮助家里，做了不肖子孙。幸的是塞翁失马焉知非福，又领回了亲姊妹来。"

我们都手忙脚乱地宽慰这个远渡重洋归来的孤女，仲砚话虽不多，但他在身旁，总是能给予人一种安稳感。

向龄止住哭泣后，甚至向我真挚表白了一句："你知道……我是珍惜你的啊，也不要让我继续做不孝女，所以万万不可和我生疏了。"

"我知道……我知道……"时隔多年，我不能像她自然地说出那么多好听的话，以及勇敢地表达真心，只是又着急又嘴笨地说知道。

见面一阵推心置腹的叙旧以后，向龄又拉起我上下打量一圈，甜嘴蜜舌地道："咱们向容，果然是女大十八变，真俊了。"

仲砚首肯，加一句："长开了，是俊了。"

孙英管事也肯定了我的样貌好，是随了如夫人的。

可是比起他们，我还是自卑了，我甚至觉得自己连孙英管事这样的老仆人都是大为比不上的。他们不懂这种自卑，我错过了很多教育，错过了一切资源，我没有他们身上由内自发而向外的，一种对我来说遥不可及的品质。

向龄朴素多了，褪去了稚嫩以后，更稳重了些。腹有诗书气自华，她举手投足之间，也不只是尔雅，更有一种融合了自身真实活泼的光彩。

我们姊妹熟络些后，叽里呱啦地又有些吵闹。

仲砚那种秉节持重、沉重寡言的人也忍不住劝我们一句，就不要再悲啊喜啊的了，要保持一种宠辱不惊，悄悄稳住我们来之不易的安稳与幸福，免得太显眼给阴晴不定的老天爷知道后，又无情没收回去。

于是向龄壮着胆子给他起了个外号——张家的新老爷子。

仲砚倒是淡淡一笑，默默看着我们调皮，不阻止我们左一句又一句叫他新老爷子。

孙英管事久待于真正古板的老爷子身边，平时比较注重规矩教养，有时不免不卑不亢地提醒一下我们。他资格老，人又是高风亮节的，老来还继续做了少主人的管家，管上仅剩的财产和我们的生活。

所以我们是绝对不敢拿他开涮的，甚至尊重他过于尊重真正的当家。

孙英管事不管提醒什么，我们总是安静下来听训的，但他并不是自持老练而自负摆资格，而是真心为我们好。

他是一位介于旧时代和新时代之间的复杂、老成之人，缺乏一种朝气、迎新。

可是他又深谙人与人之间的变化，譬如对于我和向龄，他有些看菜下碟，但这不是贬义的。有时候他会顾及我个人的自尊心，很容易原谅我未经大家教育的性格与行为。

他在提醒我的时候，常常会先将向龄提出来，唠叨上一两句。不是讲她以前犯过同样的错，便是提醒她在国外待得太久，潜移默化中过于自由，不该忘了家规祖训。借此念一念家规祖训，专门儿念给我听。

向龄私下吐露以前被管得密不透风，她受够了嬷嬷和妈妈的管教，终于逃出去浪荡一番。在外时久没有人管束，又分外想念，等一回来了感受到被管教的味道，又开始想念在外的自由，人啊真是左右犯浑儿。

她虽叫苦连连，却不明说常背了我那黑锅的事，她其实是很顺从地进行配合，配合孙英管事的苦心，也照顾我的自尊心。她会让我也仔细陪她听一听，记下来引以为戒，免得他老人家又念上第二遍。

孙英管事白天念叨，晚上我总能清净些。

因为他是自有住处的，住得还算近，因为要跟我们避嫌，以及讲究主仆关系，他自己掏了养老积蓄租了住处。他上门来的时候，都是要教我们管账啦、打理啦，还有令人头痛的家规祖训。

可是他却从不操心他的二爷，只是又当老师又当婆子妈管教我们。他的二爷是不管这些的，因为主心骨毕竟是主心骨，还有其余的事要做。

正如仲砚所说的宠辱不惊，凡事安静些去做，我于是不能察觉他的决定和未来。

他从南方的医院请假的时间够久了，得继续回去工作学习，他一直还担心走时转交给同事的病患们如何了。

是啊，他的生活里不只是有我们，他还有一片更广阔的天地，是我遥不可及的，不能与之并肩前行。

倒是向龄被我累赘一样的人拖住了，尽管她告诉我，她一直想回国回家，是她需要我，不是我需要她。

可我那自尊心三天两头出来作祟，面对他们，我满是愧疚与自卑。

仲砚走的时候，我们吃的那一顿饭如鲠在喉，我既希望他留下来像向龄一样与我培养感情，又希望他能展翅高飞实现理想，最不希望他在乱世中有个三长两短。

我只能在他走之前拉着他的手，说上一句我等他回来的话。他也摸摸我们两姊妹的头，叫我们好好相处，已经成为大人了，万不可如小时候那样任性，凡事要在心里有一把秤要留有退路，日后才好长久相处。并且不要成为懒惰之人，坐吃山空，一定要互相学习，更要听从孙英管事的管教，老管家能教给我们的东西，是在学校里多年也学不到的。

他最后只是拥抱了我一个人，就上了车离开我们。我释然而笑，放心让他走了。

等仲砚回南京以后，我和向龄单独相处的时间多了起来，不免聊起家中各类旧事。

我虽然知道张府被抢掠时，除了在外的几位，晚辈们与女眷无一人幸免于难，但我不清楚他们最后的结果，想到向龄常和家里有书信来往，应当是比我清楚的。

"仲许……什么时候能回来？"

在我后知后觉想起他来，拾起我们情谊的时候，向龄沉默一会后红了眼，竟告诉我，他不会回来了。

一九三七年七月二十八日，身为守军一员的仲许在抵抗日军攻入北平时惨烈牺牲。南苑守军在遭到日军凶猛的攻击时，有五千多人殉国，其中有不少在军训的北平学生。

老爷子当初为仲许争取了入国军从政的机会，又召身为长子的仲许先回来在一派军阀手下占一席之地，试图分一杯羹，不料最后仲许彻底投身于抗日事业。

老爷子空有野心，却葬送了自己唯一的正统血脉传承，难怪要仲砚彻底过继到张家来当家作主。他以前总想光宗耀祖，撒了不少钱想进宫见宣统皇帝，然后再捐个更大的官儿做，以便死后在坟墓上更显光荣。后来他的钱撒了起码有张家资产的三分之一，还是再没捞到任何大官儿做，便放弃了。

向龄还向我透露了许多叫我心痛的话。

仲许根本不是将才，而只想当一名安稳普通的教师。他为了给我争取回家的机会，迎合老爷子的期望，想着以后等自己凯旋，便能光明正大做主带我回张家。

他放弃理想，参军入伍，最后却牺牲在了行动中。同时，他又带着一份对祖国的赤诚之心，甘愿成为一名军人，即使对于自身来说他是分外吃不消的。

仲许从来不是我眼里的纨绔子弟与登徒子，那只是我单方面误会所造成的天大笑话，他的存在只能证明我是个让人啼笑皆非的宵小之徒！

他明明是一位英雄，无论是从想带我回家来讲，还是从想保住家国而言。

他的呕心沥血，换来的是我冷漠无情的忽视。在一次又一次失去家人以后，我实在极度痛恨自己，痛恨到只能好好活下来回报他们的那份以诚相待。

向龄为了减轻我的负担，说起仲许自小在张家是最像女儿家的哥哥，与所有姊妹都好，哪个一时不喜欢他，不待见他，他就非常伤心。

可是说多了又让人心疼。

仲许的生母徐氏早年病逝，他记事以来其实并未得到多少家庭的宠爱与温暖。他虽是正经出身的长子，地位显贵，却不见得就比谁好过。毕竟大太太徐氏过世后，他个人年纪小而势单力薄，府里姨太太们都希望他不好过甚至死去，因为等她们生了儿子，儿子又成器的话，她们就有机会荣升为正经的主子夫人了。

老爷子因为在仲许身上放了一份更大的期望，所以总是对他严厉，不大惯他，更不会宠他，生怕宠坏了不成才，最后竟是将明面上的宠爱与宽容尽数给了仲砚。但实际上，他们舅甥两个又保持着礼爱，氛围是相敬如宾。

虽然仲许会苦恼父爱和姊妹们的爱被仲砚瓜分，但是他依旧关心大家，并与仲砚惺惺相惜。

至于与我从未相处过的向华和向佳，她们跟别家的小姐在外面交际聚会时，被日寇侮辱后自尽了。

而一向畏缩、不成器的仲瑞，为护自己的母亲也遇害了。他们当时私自出逃，却没能逃掉。

府里几位姨太太有逃亡时被日兵撞见打死的，有老爷子拉关系保家业而送人的，只有易嬷姨娘一人能置之度外。因为她料到祸事不久降临，难以自保，于是保持了自己无比贵重的颜面，寄了最后一封信给向龄以后，体面干净地自我了结，先走了一步。

易嬷姨娘的那封信里，也对向龄告知了我的身世，并叫向龄将来如若见到我，作为姐姐，要保护并照顾我，她认为我是张家最受冤枉最可怜的孩子。但在当时的信里，易嬷姨娘也不许向龄回国——在英国念书的女儿是她毕生的希望与延续的命，是一条不逊于男儿的新生命。

那么，家里的大人与兄弟姊妹，死的死，没的没，当真只剩下我们仨苟延残喘了。向龄对我表白时的那句"珍惜"，我现在才彻底体会到其背后的悲痛。

过后我们不再提这些令人伤心的事，并且不约而同地将此尘封，谁也没有再提、再说一句。那好像是一种微微结痂的重伤，伤口长久不能愈合，只能在这一次剔除脓肉过后，小心翼翼地放在内心深处呵护着。

我唯一能提的，是我尚在人间却依旧得不到自由的母亲。

孙英管事与仲砚在离去的时候已经承诺，他们拜托了还在北平的朋友，替我们远远地照看叙荷，如有变化，则以电话联系。

第十七章　战中书信

此后，我和向龄在租界都算是开心安稳的，并且很忙碌。

因为她主要学习打理财产，其自小又由易嬷姨娘教导过，算是耳濡目染，能很快上手。她也督促我学习理财，我不肯学，她以为我是对小时候的事耿耿于怀。

我只是单纯地不爱管那些，只爱学习他们在学校里学习的那种文化。

我一边学还要一边给仲砚寄信，有时候甚至故意写一两篇我以为深奥的文章给他看，但其实不少内容是我东拼西凑抄录来的，以显示我在学习中。但大多时候，我都是讲一些家里的琐事。

有一次被向龄撞见我给他写信，她不怀好意地"哟"了一声，明知故问："给咱二哥写信呢？"

我害臊得连忙将信藏起来，后知后觉地咀嚼起那名副其实的二哥称呼，有些失魂落魄，她见了知趣儿地改口说是咱表哥啦。

但我仍然失去了写信的兴趣，直到向龄与我说起一件旧闻。

以前老爷子有过把大姨太的女儿向华许给仲砚的意思，但仲砚不喜欢旧时的包办婚姻，委婉地向老爷子表达了想法，此事才未进行下去。

等到仲砚去日本的时候，老爷子念他自小的生活是富裕贵养的，心疼他独自一人在异国他乡，不像仲许和向龄能互相做伴照顾，因此恐他无人照顾而生活不便。

老爷子便又操心着为他安排了一个贤惠的女人过去，但这女人不是什么富贵家庭娇养出来的，而是一个没落贵族的女儿，因家景不好，其从小在劳动中成长，务实，很会做家务。

这个没落贵族的女儿是叫惠兰。老爷子知道事前仲砚大约不会同意，所以在仲砚去日本以后才把惠兰送过去，但摸不清外甥的心意，又怕这种突然使人有负担，所以惠兰的地位名分是没有落实的，名分是大是小打算让仲砚做主。

向龄笑着说了一句，别说大小了，连个女朋友都做不了。

仲砚确实不喜旧时婚姻，并且在行动中拒绝到底，不仅不碰她一根汗毛，甚至把积蓄几乎都给了惠兰，以表达歉意，请她去念书，过自己的人生。

打发惠兰离开后，仲砚经济窘迫，日子困难，不好启口问张家要生活费，只能寄信给仲许他们来借生活费。

向龄还把他们的书信翻给我看，抚掌大笑，称仲砚是真正的柳下惠！并且从小很有主见，任何人都是不能强迫他的。

我忽然重新燃起了某种希望，向龄也退出去不打扰我写信了。

我记得最清楚的就是我们这几封信，因为这是最后几封信。

"仲砚，你好。

"你的回信我已收到，我接受你的批评，对于文章的见解。不该有与向龄一样的毛病，总是抄录化用，尽管去试着写，即使堆砌词藻总归是自己的，但试过后需得掌握平衡感，不可一味堆积辞藻，又不可一味地平淡、忽略抒情。

"但你也实在是偷懒了，一边这样教育我，一边又把苏轼的话照搬不误。

"凡文字，少时须令气象峥嵘，彩色绚烂，渐老渐熟，乃造平淡，其实不是平淡，绚烂之极也。汝只见爷伯而今平淡，一向只学此样，何不取旧日应举时文字看，高下抑扬，如龙蛇捉不住，当且学此。

"以及论语中的质胜文则野，文胜质则史，文质彬彬，然后君子。

"……

"虽然这也是你抄录来的，但你抄录总是费了心思，我依然背下来谨记了，并且成功默写。"

我不卑不亢回了他，哪知他的回信又将我一噎。

"向容，你好。

"上一次回信并未费什么心思，此不是我抄录的，是我早已念熟记下了，第一时间想到后落笔即写的。

"因我目前忙碌，只能将记住的最形象的话偷懒写给你，实在抱歉。我应该以身作则，接受你的批评。但这已是我融合进脑里的，不是一页一页翻出抄下的，如果你积累进步如此，我也很高兴。

"读过的书，念过的文大略会忘，但它们融入你身心后，领悟是永远不会变的。即使表达不出来，感受永远同在。

"最后我要告诉你一句，有学历不代表有文化，没文化不代表没学历。你要继续充实自己。"

"仲砚，你好。

"最近我背了很多文章正在积累，暂时没有感悟。我在家中的感悟倒是颇多，姐姐果然稳重了，她主外又主内，依然将我照顾得很好，有姐姐的照顾真幸福，如果你也在家，那我更幸福了。

"你好吗？外面好吗？我很挂念。"

"向容，你好。我在这边尽我所能之事，勿要挂念。"

他写给我的最后一封信是最简短的，并且字迹潦草，只字不提他在外地的状况。

从这里开始，我们断了来信，长时间无消息。

他忽然冷淡的反差，只能使我联想到他的状况不佳。

后来我整日坐立不安，难以静心学习。

向龄为了转移我的注意力，也休息下来陪我说说话，她所讲之事确实很吸引我，是她在英国的种种经历见闻，对于我来说，皆无比新奇。

但是她说着又把话题转到了我们之间来。

她觉得回国初见面时，看到我跟她这样生疏，似乎还怕她，就后悔自己以前对我做过的那些糊涂事。

自英国留学以来，她因为思念我，常回忆起一幕幕往事，甚至于细节。于是总觉着对不起我，她感叹自己脾气虽有些坏，却是做不得亏心事的。后来思及我几年未去别院儿走动，大抵也有她的原因。

又提起我那次害大病，她也是知道的，他们那时长时间不见我踪影，担心有什么情况，合谋着想见一见我，不过仲许是第一个找上门的。

原来仲许确实探望过我，甚至见到我养父母家景困难没钱给我看病，当时即刻派人回去把他的私房钱拿来，都给了我的养父母，让他们给我请医生，只是我昏沉不记得了。

仲许回去以后，严肃地叫仲砚和向龄不要再来探望打扰我了，说起我在病中胡言，原来很怕张府的人，叫张府的人都走开。

他这样夸大其词啊！还是我糊涂，不记得了？

我与向龄解释：我明明说的是他一个，没有说你们啦，我发誓。

但向龄依然没觉得是夸大其词，她也认为我在病中把心里话说出来了。

因此她后来在英国给我买了不少礼物寄回来补偿，还期待着问我喜欢吗。

我真没有收到过一样从英国寄来的礼物。

她首先跟我想的一样，嬷嬷不是那种会吞人家礼物的人。

到底哪里出错了？向龄想到可能是她那不知好歹的女仆人私吞了。她在张府的时候，私物被这女仆人摸走过，但她只觉得仆人家穷困可怜，没有吭声戳破，睁一只眼闭一只眼，还帮其打过掩护。竟不料那仆人如此大胆，连从英国寄来的礼物都敢私吞。

大约是我当时不过一介贫民，地位卑贱，被他们的家贼忽悠了，谁能知道？

贫民永远是贫民，底层经历的回忆总能将人打回地狱，那种赤贫的气息深入骨髓，即使被后来的物质包围，与真正贵气过的人对比起来，我依然相形见绌。

当时外面战事虽然惨烈，但仲砚仍在外滞留很久，每天协助外科医生医治无数伤患。

他后来从其他医院转入战地医院，日夜不停地工作。当最后全城都沦陷待不了的时候，他们不得不离开，在几个士兵的帮助下，才得以逃离。

仲砚这一次回来还带着一个女人，是一位女护士，名叫林知英。

他们从战区逃亡回来的时候面容枯槁，眼眶深陷，眼圈乌黑，失魂落魄，一副不人不鬼的样子。

知英那时久久操神下来的精神面貌虽不如我，但她的气质同仲砚一样是上乘的，一看便觉得她出自书香门第，浑身充满了知识分子气息。比起她来，我倒更像是个样貌好些的仆人。

我其时还没来得及察觉我们三人的状况。

外面战事发生过什么，从他们身上我似乎能嗅见，尽管仲砚向来报喜不报忧，一开始只字不提那些噩梦。

即使张家经历过变故，仲砚也总能带着一份希望走下去。但从战地医院回来之后，他与知英成日暮气沉沉的，就连平时面对我们稍微提起的那点儿笑容，都好像承载了千斤之重。

他们平时的模样里，含有经历战场上见闻的沉痛，也含有侥幸存活以及逃走而生的各种情绪。他们不为自己的劫后余生感到庆幸，而是愧疚和绝望最为明显，是的，那是一种无时无刻不在愧疚和绝望的情绪。

两人仿佛从阿鼻地狱走过一遭。

林知英在一次晚饭过后，和我们看着窗外的月色，喃喃说起外面的惨况。

他们如今一睁眼一闭眼之间，全是战场上成千上万的尸体，断肢残骸，堆积如山。密密麻麻的老鼠肆无忌惮啃食着尸体，苍蝇嗡嗡飞绕停留产卵。即使是还活着的伤兵，在他们失去知觉的伤口上也被苍蝇趁机产卵，蛆虫在他们的血肉中蠕动，试图喝血吃肉。当医疗资源紧张，伤患们只能忍痛进行手术……

那些妇孺儿童的状况同样不比伤亡者好多少，当饥饿充斥时还有什么是不能吃的……战争、饥荒、瘟疫并发，目光所及之处皆是地狱……

知英渐渐哽咽到无法再进行回忆。

我和向龄沉默下来，在默哀中也祭奠了仲砚和知英在战场上被洗劫了的生命活力，两人在精神上与那些伤亡的士兵、百姓是同样悲惨的。

他们仿佛只剩下一丝游魂来苟延残喘地活着，只能等待时间来修复灵魂，只为了等到最后完整地被这样的世界送走。

第十八章　无关风月

知英也是遭遇家破人亡的孤女，但她不像我们还有兄弟姊妹和老仆人做伴，她一家人全死于空袭，老家房屋尽数摧毁，再无容身之处。

她当时因为工作才幸免于难。

念她只身一人，又在战场志愿奉献过，我们尊敬她照顾她一些是自然的。

仲砚对她也总是嘘寒问暖的，天冷时亲手为她披衣，天热时调制保养的药为她解火，生怕她哪里不舒服了，就此影响整个身体。就连家里做饭都很迁就她，须得有营养，大多清淡，仲砚吃饭时甚至专门备一份公筷为她夹很多菜，叫她不要客气不要怕生。

他们肢体之间互相似乎已很熟络习惯，我见了在大体上忽略而过，只当仲砚是同情她孤苦伶仃，以及他们拥有深厚的战友之谊。

有一天仲砚明确告诉我们，知英是他的女朋友，不，是未婚妻，也就是我们未来既定的嫂嫂。他郑重宣布，等工作安稳了，他们就结婚。

我一时愕然，这突如其来的消息让我如坠冰窟，全程强颜欢笑。在饭饱茶余，只有我一个人早早回房休息，并翻出我们之前口吻还有些亲昵的书信摩挲着，一面重温，一面掉泪。

这次他却不能像以前那样出现，拥抱着我为我拭泪，并解开我的心扉。

从战场回来，他整个人仿佛变了，变得陌生，连神貌都不再如以前至少存有一些犹豫，他如今身体虽骨瘦形销，精神上却坚硬如铁，变成了似乎只认同知英——生死与共过的人，而我已被他忽略、遗忘。

我以为强撑得好好的，向龄仍察觉到了我的情绪，只有她一人打开门看见了我的满面泪痕，她忙关门，进来便抱住我的头，不知如何是好地说："我就知道，二哥一向是要自己做主做决定的，这是他的长处，也是短处。我以为他只是在其余事上这样，哪料到这方面想清楚了，也是这样决绝……唉……"

向龄说过他的秉性，任何人都不能强迫他，这愈发使我灰心，连问他一句也不敢。我甚至觉得我们往日残存的那点儿温暖，皆是我个人臆想出来的。

我到底是和姆妈一样的命运，因为种种原因，不得与相爱的人在一起。

向龄已不像小时候那样口无遮拦，排挤人，她碍于情面，会礼数周到地叫知英嫂嫂，但其实内心只与我亲近，也只心疼我。

而我待谁都和气，就是不待知英和气。我和谁都不争不抢，就是要和知英一争到底。

但是我的争永远是不卑不亢的，我不称呼她一声嫂嫂，从来直呼其名，我不大理会她，总是摆出一副冷淡的样子。但是我对她的丈夫很好，对她生下来的孩子也很好，企图在他们心里长久占据位置，分走完全属于她的那杯羹。

可是她将我这种气性完全不放在心上，我连她敌人的位置都不曾占据。我不肯叫知英嫂嫂，是我正大光明的卑鄙，却没人说我不尊重。她也对我的妒恨没放在心上，只是调侃我是张家的小姑子里最难过关的一个。

在得知知英早已怀孕的时候，我已知道我连一丝一毫的机会都没有了。因为她太过枯瘦，我都不曾察觉她有了身孕。知英肚里的这个孩子是分外特殊的存在，是葬送了我和仲砚整个青春的小孩，但是我只是在开始恨过这个孩子，以后却被她可爱的样子、善良的性格完全征服了。

我说过她是特殊的，她是一个永远善良的小孩，是我这一生中永远的疼痛之一。

在她出生的时候，她也让知英分外疼痛，不只是身体上，还有心理上。知英甚至不愿意为这个在战争里出生的孩子起名儿，似乎对此无多大兴致，即使仲砚很尊重她，把取名的权利全交给她。

最后还是仲砚为这个女孩儿取名为国安。

知英在床上很抑郁，她泪光盈盈，讽刺地笑了笑，喃喃念着："国安……国安……可怜你姥姥、姥爷和舅舅在国并不安宁时早早去了……才有了你，你却叫国安。"

这时，知英想起原来家里的几口人，又想起她如废墟般的老家，低声哭了起来。

知英不知是不喜欢女儿，还是抑郁了嫌小孩累赘，她总不愿意抱她管她，常常放心全权交给我，一点儿都不怕我这种擅长向她冷脸的人可能虐待她的孩子。我那时还以为她试图用孩子软化我，或者想补偿我。

仲砚见她产后这副模样，有一次还对她说，既然都生下来了，这又是何苦呢？

是啊，她这是何苦呢？要是我，我该多高兴多幸福啊。我在心里整天怨怼她身在福中不知福，有时也忍不住表达出来。面对我，她总是那么温和，不言不语地受着小姑子的气。

因为我忙于照顾这个孩子，露出的那些不满，连仲砚也是不好意思还嘴的，毕竟他和向龄在外居多，我在家里成了佣人、保姆，还要照顾知英坐月子，谁能说我一句不是呢？

我日日与他们生活在一起，他们好像成了我身上的旧疾，常常没由来地突然发作，使得我痛不欲生，我却十年如一日地隐忍着，从不告诉任何人我内心的痛苦。

毕竟那是我自作自受得来的。

即使和他们生活在一起，我也总是患得患失。

有这样一个家算是稳定了，但我仍是时常半夜梦醒，醒后惴惴不安，在看不见家人的房间辗转反侧。我梦到再次逃难时，现在的家人都收拾好包袱丢下我一个人走了，或是我被他们强行送出去给人当姨太太，免得我变成老姑娘丢了他们的脸面。

每当惊醒后我便难以入睡，只好在整个屋子里如孤魂一般走来走去，一会儿看看家当还在不在，一会儿在他们各自的房门外捕捉声音，听听有没有呼吸声。

我能听见卧室里传来的呼吸声，是因为仲砚与向龄的房间总是关得不那么紧，就那样轻轻掩着，多少有点儿缝隙。

有时晚上他们起夜解手，见我在摇摇椅上小憩，会不厌其烦地叫我不许在外面睡，担心我着凉。

有一晚仲砚失眠了也出门来走走，他又看见我在外面睡，搭了一件外套给我，不禁唉声叹气起来，催我快回屋里去睡。

我还没有醒神，睡眼惺忪、迷迷糊糊地向他请求，如果哪天又需要逃走，一定要叫醒我一起走啊。

他铿锵有力地说，他是知道我的，不然他和向龄何以在晚上为我留一道门缝呢？

我渐渐清醒了过来，慌忙从长椅上站起，不知如何是好地看着神清目明的仲砚。

"向容，我知道从童年起丧失的，以后你也难以再得到。"他坐在我面前，怜爱地注视着我，缓缓说出这么一句话。

我一下完完全全凝固在原地，是那么张皇与迷茫。

但随后，我毫无阻碍地明白了仲砚的意思，而他也非常明白我这些年的感受，他所说的并非指不会再有别人给予我爱，而是指我在内心深处难以得到与拥有。

我为自己的残缺而痛苦，为仲砚从小与我的相知而感动。我默默低下了头，开始抽抽搭搭地啜泣起来，也不知哭了有多久，更不知自己怎么伏到了他温暖的腿上哭泣，那仿佛是在父亲与兄长的膝下委屈痛哭。

时隔几年，他再一次紧紧拥抱住我，给予我某种力量。

那一刻，他面向我，无关任何风月，而是单纯的庇护与疼爱。

第二天我又向仲砚问起养父母的下落。

我早已托他帮我寻找养父母，每隔一段时间则会问问，这次向龄听见后问我，有没有怪过他们？虽然是养父母，感情毕竟是真的。

我对向龄说，一到灾年祸年，抛弃女儿的人多得不得了，在路途中带不上了才抛弃女儿的有，为点粮食卖女儿的更有。他们从一开始已考虑好让我回张家，没有在半路上嫌累赘丢弃我，没有为些吃的把我送人，这不算抛弃吧。

随着自己这一番话，当晚我做了一个梦，梦见父亲那时带上了我一起逃亡，我和母亲轮流照顾四弟，大家都饿得没有力气的时候，我又生了病，父亲好几次犹犹豫豫想把我扔在路上，但最后还是寻来一个破板车拖上了我……

梦里是那样真实，身上还有数不清的虱子在爬，咬得我们一家人肌肤溃烂。

我才记起自己头上真实的头虱还没被消灭完，于是那天麻烦了一向爱干净的向龄——想着她儿时伤了我的自尊心，找她来替我篦头赎罪。

当仲砚见向龄肯替我抓虱子篦头时，吃了一惊，也凑热闹请她帮忙给他抓虱子篦篦头。

向龄早侍候人腻了，我头发多且长，她篦得手酸眼胀。在仲砚凑热闹的时候，她叫苦连天，丢了篦子让我帮他篦。

我面对他有些不自在，推脱着让他找知英来篦。

他自顾自地坐到凳子上说："知英小憩睡着了，就你来吧，我付点劳务费给你。"

我接话，一家人付什么劳务费。

他便大方地说，这不就对了，一家人，帮帮忙抓虱子也不愿意吗？

看来他也是受不了虱子的存在了。

仲砚的确不如以前体面干净，他这样短的头发上居然也长起了头虱。这是从战争以后开始长起来的。

他这人向来站时如松，坐时如钟，所以帮他篦头，一点不辛苦，我请他把头怎样偏，他也很配合，角度总是适度的。

我想起曾经也给姆妈抓过头虱，连连叹气。

他听见我老这样叹气，转过身来关心地问我是累了吗，如果累了，下次再篦。

等我一提起久无消息的叙荷，一时两人都怅然若失，沉默了下来。

记挂着尚在的亲人，我心里总是不安稳的。

但自从仲砚那晚安抚过我，以及做过那个梦以后，我再也没有在晚上起来，惶惶不安而游荡于家中了。

第十九章　我的叔叔

我在家里较轻松的一段时间，是常常去照顾我一位失而复得的叔叔。

因为那减少了我面对仲砚和知英的时间。

在战争过去以后，我们回到了家乡，并且搬进了国家分配的寓所。老爷子从前资助一些条件不佳的学生去国外念书，目光放远为了扩张势力，也想师夷长技以制夷。仲砚一直得了不少人脉帮助，正是老爷子遗留下来的一笔无价财富。因此他回北平做事的时候才那么容易重新安定下来。

但是他始终没能帮我找到养父母，却找到了我在刘家的太监叔叔——刘山根。

他老人家待在我养父以前的房子里，不肯去好些的住处养老，执意要在破房子里度过所剩的时间，所以我常来给他送饭。

我把养父母的养育之恩，回报到了对我来说比较陌生的老太监身上。他告诉我，辛亥以后太监逃了很多，他也想过逃，可一时无法面对多年未见的兄弟，感到无处可去，还是留在了宫里。

遇到宣统皇帝一次大遣散太监，他险些也被遣走，不过最后靠了人脉关系才保住了长期的栖身之地，他最终在仅剩的大约两百名奴才里，继续服侍主子们。

后来冯玉祥把宣统皇帝赶出紫禁城，他们这些太监宫女也不得不离开了。

等躲过了战乱，他才开始打听他兄弟的下落，打听到了兄弟以前住的房子这里，线索才彻底断了，于是打算在兄弟曾经的家里长久住下。

他这生还牵挂的也就剩亲兄弟了，以及兄弟的后代分支。

我只能遗憾地告诉他，没能打听到他们的下落，但我故意不讲明自己不是刘家亲生的，这样叔叔才会安然些接受我的照顾。

他把养老钱都拿出来给我看，明说都是给我瑞祥爸爸存的，他在宫里受苦受难，想着我爸爸，都挨过来了。

现在他要把这笔财产分给我。

他说给他养老的人必须得收，否则阎王爷不会收他，只当他是忘恩负义的阴阳人。我和他短暂接触过后，已知道他是个很迷信的人，所以不敢过多地推辞。

我惭愧地收下他分给我的那部分钱，至于其他的大部分财产，他托我找到他的兄弟以后再留给整个刘家，倘若没能找到，不管我是不是儿子，也是刘家目前唯一的传承了，他认为我收下是理所应当的。至于还有一份，是他积攒的棺材本儿。

我对财产处理不那样有兴致，因为自小欲望过低，对物质的获得竟有些索然无味，如今生活已不缺吃住了。平时也不知道钱该怎么花，只是给大家存着，以备不时之需。

而我总记挂的，是叔叔说的受苦受难。

他讲道，他在主子跟前儿值班服侍，因为说话有乡音，便被打过几十大板，奴才若是杖毙也不是什么事儿，那次他身体不好险些死了。

还有太监自己打嘴也是常事，有一次他把自己打得满嘴是血，主子才放过他。但宫女则不同，是不能打脸的，她们的脸是得受保护的，宫女基本是旗人出生，地位也比他们这种汉人太监高。

其实他不太愿意讲宫里的事，大多是说一两句敷衍我，满足我的好奇心，至多只讲自己遭受过的事，而不讲其余的秘闻。

因为常年被压迫在规矩严苛的地方，他直到现在，也守着不谈别人私事的规矩。

即使日日为他送饭，我也不觉得奔波，我甚至喜欢听他讲话，我仿佛回到了小时候，总期待着去听人家讲些秘闻怪事。

叔叔属实是清宫里遗留下来的老古董。

我同他也差不了多少，不过还是有区别的，他主要是担忧自己，我主要是不想亏心。

那天仲砚的朋友送来了外国牛肉。

我见饭桌上的肉有些不寻常，幸而留心问了一句，知道是牛肉后一筷子也不动。

他们问我怎么不吃，我扒拉两口饭，淳朴地说，牛是耕地的，我不吃。

知英帮仲砚解释，这不是耕地的牛，是他朋友送的外国食用牛。

桌上只有仲砚动了几筷子，知英吃不惯那味儿，向龄要留肚子去约会，便剩了许多牛肉。

知英怕浪费，给叔叔那盒饭里添了很多牛肉进去。他们知道我在给刘家的叔叔养老，也同情底层太监这一生都在受苦。家里的食材比往常丰富了许多，每餐都有肉食，又怕叔叔牙口不好，所以肉都做得很容易咀嚼。

我那次送去牛肉后，叔叔也察觉不对劲儿，谨慎地问我，这是什么肉？

我回答是食用牛肉以后，他老脸一沉，竟有些动气地叫我端开，莫要害了他。他还庆幸地说，幸好他是见过牛肉的。

我以为他跟我一样，因为不吃耕地牛的肉，而不吃所有的牛肉。

其实他是做了太监才不吃牛肉，说是吃牛肉犯了大五荤。他认为即使出宫了，殿神说不准还看着他，吃牛肉会罚他蹭嘴，蹭得他嘴稀巴烂为止，比自己打巴掌还要可怕。

我纳罕，殿神是什么？

他闭目养着神儿说，殿神是宫殿里的二品仙家，是神仙儿。我给他送饭来的期间，他是生着病的，我以为他病了在胡言乱语。

他见我不当真，有些动气，又郑重说上一遍，并且相信，他几次险些没命又活回来是殿神在保佑他，所以为了给殿神报恩，他一辈子都得守规矩。

我为了缓和气氛，连忙以十分好奇的态度问叔叔："那您见过吗？"

他摇摇头说，倒是没见过，但一定是有的，他的同僚就有几个见过。而且后来有一个刚入宫的小太监年轻气盛不相信，偷吃了牛肉，因此在台阶上被仙家施的法狠狠摔了嘴，嘴上的肉都缺了一小块。这么小摔一下后来竟没命了——饭吃不好日渐消瘦，嘴伤反反复复不好，年纪轻轻竟这么死了。

我心想，这可能是仲砚讲过的破伤风。

叔叔以前还怕扰了各路鬼神仙家，不管到哪儿，总是要虔诚地打个招呼，才敢进屋去。包括他来刘家已衰败的房子里寻人，起先不知道已没人住了，寻兄弟心切贸然进去，后来又退出来在门口给里面的鬼神认错，诚恳道出自己可怜的身世以及寻亲心切才如此冒昧。

他最后说的，贴近了我们外面的生活，我多少才体会到他对仙家鬼神的惧怕，如我小时候一样深信不疑。母亲以前说过，他们刚搬来的时候，没有想到提醒屋里的东西，就这么住进去了，于是我的大姐福荣很快就生病了，之后胡言乱语，噩梦连连，直到他们烧香烧纸钱后才好。

我如今只是半信半疑，在接触了新时代的文化后，更多是相信仲砚所讲的医学。

叔叔精神好些时便会像父母以前一样，坐在门槛上看着车水马龙的街路，看着来来往往的人，并且一坐便是大半天。等我服侍叔叔吃好躺好，自己也静坐在门槛上看着人烟稀少的附近，发呆回忆从前。

我给叔叔养老并不久，他很快与世长辞了。

但我记得很清楚的是，他辞世前的一番哭诉，他讲起把自己的命根子赎回来以后，在自己爸爸坟前哭跪打滚过了。两兄弟因为他做太监而不往来，现在他把命赎回来了，请我见到自己的爸爸瑞祥后，一定要郑重告诉一声儿，就不要再瞧不起他了。

他直到死前也一直念着兄弟瑞祥的名字，还有他的爹和娘，希望下辈子继续跟他们做亲人，完成这辈子因为穷苦而造成的种种遗憾。

我看见一位垂死的颤颤巍巍的老人家，在最后以这样童真的语气，苦苦呼唤着哥哥、爸爸和妈妈。

我的心揪得发痛，和他一起哭了，为他哭，也为自己哭。

人这一生完了不见得还有下辈子，轮回也许是用来宽慰人的，我想每个生命只有一次诞生的机会，遭受完了也就完了。

而我的苦比上不足，比下有余。

为叔叔办了一个体面的后事，不缺人办理，也不用请人吃丧酒。我给叔叔养老送终，其实不大操心什么，只是累和忙。

这是我亲自送走的第二位老人家，同样是我接触得非常短暂的一位亲人。

而我的姆妈，是在凄惨之中独自去世的。

多年过去了，我总是在等，等战后日本人从中国撤走，我以为终于等到了可以接姆妈回来的时候。

仲砚却告诉我，她被高桥带去日本了。

我信了，并且执意要去日本相见。

不擅长撒谎的仲砚才告诉我，姆妈早已在几年前没有逃过被日寇残害的事实。

几年前，他在北平的朋友已给他打来一个电话，通知了她的死讯。一次，她被高桥赏给手下时，因为发疯闹得不愉快而惨死了。

至于她死时是怎样的惨状，我从不忍心去深想，那只会使我良心无比煎熬，备受谴责。我只要一想到她的某种遭遇，那铺天盖地的画面就会冲击入脑，像寄生虫的躯体开始无限繁衍，侵略我的血肉以及每一根细管，最终啃噬我、吞并我，榨干我的精神。

而高桥始终是一位伪君子，可怕的事从来都是手下做，即使后来日军退出中国的领地，他临走前，仍对不幸过世的疯子以礼相待，来到她坟前送了最后一束她喜爱的山茶花。

听说他在日本有过一个妻子，曾经疯过，死于自杀。

比起仲砚多年来独自承担愧疚与自责，我一直认为自己无能无用，我这个亲生女儿撇下她就这么走了，才是最自私无情的。

仲砚安抚我：并非如此，你只是被一股大浪潮推着往前走，无法回头，否则只能迎来窒息。

第二十章　亲爱的嫂嫂

"小侄女，四岁了，姑姑从小疼着你。怀里抱，背上背，大瘦后背支着你。侄女身痛姑心焦，掏了宝贝去买药。人人都说可惜了，俺侄好了值多少？值就值在姑心间！

"拉大锯，扯大锯。你长大，我高兴。拉一把，扯一把，小侄女啊快长大。

"小侄女，乖乖睡。头朝南，腚朝北。拍打拍打，睡到黑。"

当我念起以前的童谣来哄我的侄女国安，不免触景伤情，回忆起历历往事，会情不自禁地簌簌落泪。

这个时候国安就会爬到我身上来摇摇我，一边给我擦眼泪，一边认真地说，姑姑，别哭了，侄女儿乖乖听您的话，我这就去吃药，这就去睡觉。

我才拭去面上的泪，只在心里偷哭。我小时不爱哭，大时却总哭，那颗哭痣的存在终于是有了理由啊。

我发现自己始终沉浸在失去的上面：没有比原来过得好，这并不是安稳的生活。我开始审视自己，我还拥有什么呢？很快我发现，我拥有国安，生活总是有失有得的。即使她是知英的小孩，但她也是我的侄女。知英从不和孩子亲近，我和国安的关系反倒一直很好。

一直到现在，我将侄女视如己出，她像是上天送给我的礼物，渐渐抚淡我内心的自责与伤痛。

她有一双圆不溜秋的眼睛，不像仲砚的那么细长，也不像知英的那样斜翘，我们一家人的眼睛都不大，她的眼睛却意外长得大而有神，虽然有时候面对冷淡的知英，她灵动的眼睛会暂时迟钝下来。

我见了她的可爱与美丽，总忍不住逗弄她、宠溺她。

我疼爱国安，而向龄疼爱我。

向龄说过，知英有仲砚疼爱，那么小妹便由她来宠爱，她要把我失去的爱都补偿给我。可是她到底还是嫁了人，不能与我一直相伴，成了别人家的女主人。

向龄多年来也谈了不少男朋友，她的男朋友品质都算不错，不是背景、工作好，就是人品、外貌好。但她依然比较挑剔，兜兜转转，最后还是和当初谈过的男朋友结婚了。

她嫁给了一位在银行工作的高层，两人志趣相投，一心钻研理财，成绩不错，包括我的钱财都是放心交给他们打理的。

她出嫁那日，语重心长地向知英嘱咐过：嫂嫂啊，我从来没有求过你什么，只有一件事儿，那就是要好好对待我们家向容，凡事宽容她一些。她小时候性子其实很好，大了却不太好，也是被世事逼出来的，她受过很多苦，并且过得从来不如意……只有家人才是她活着的最重要的力量。

我也被安排过相亲，但都拒绝了，是啊，我只需要原来的家人。

向龄嫁出去以后，是我一生中最不要脸的时候。我年龄大了，自知还待在闺阁中更显得扎眼，于是我早起做饭，白日绝不无所事事，不是做针线活儿，便是帮着带国安。这样，我虽然不要脸，但也会减轻些不要脸的负担。

我在家里和知英相处，没了向龄，我忽然少了点底气，只能用家务来充实底气。

知英见我这样勤快，什么话也说不出口了。

她好几次欲言又止，似乎想说我什么，可是到底没好意思说出来，我越发殷勤了，用殷勤去堵住她的嘴。

可是有一天，大腹便便的她在床上睡着，我进去给她掖被角时，她被扰醒了，坐起来便握住我的手，坚定地说："向容，你不必如此。"

"被遗弃的流浪狗，有人喂，它就会紧紧跟着。"我终于妥协了，低声道："我在家里好好帮衬你们，你又怀孕了，国安也离不开我，二哥多花钱请的佣人还是不如我料理得好，这些我都做得来。"

"你误会我了，我知道你的顾虑，我不会催你结婚的，也不会瞎把你打发出去的，我没有这个权利，这是你自己做主的事。"她叹气伤心地道，"我在你们眼里到底才是外人，平时总膈应我，我在意的只是这个，从不曾埋怨你待在家里，你在自己家里，这是天经地义的，我若是埋怨这个，倒白跟你们经历苦难，重组家庭了。"

她言谈温和，又情真意切地道："我虽是二嫂，与长嫂也没有差别，长嫂如母，你就算一辈子不嫁人，我们也是你的家人，这里是你的家。"

在这样的温情之下，我仍然没有叫她一声嫂嫂，她虽期盼着有一天能得到我的承认，也并未再用软言温情强迫我。

她更多的温情给予了她的肚子。

知英怀第二胎的时候，对头一胎是截然相反的态度，她不仅充满了期待，还自觉精心保养，不像怀着国安那阵儿那么心灰意冷，随心所欲。

平时备受知英冷落的国安见了很是落寞。

她问我，妈妈生她的时候，也这样高兴幸福吗？她从来没有见过妈妈面对她高兴又幸福。

我撒起谎来得心应手，当然圆满地回答了她的问题。还好仲砚平时忙于工作，国安是不太有机会在有问题时马上问他的。

"那为什么生了我，她都不那么喜欢我呢？是因为我只是个姑娘吗？"国安很苦恼，挠散了我给她编的辫子。

我只好告诉她："才不是呢，你长得这么可爱，谁不喜欢呢？是因为我和你妈妈关系不太好，你妈妈想让我跟你好，这样大家的关系才能缓和。"

于是国安聪明地求我："姑姑啊，你千万要跟我妈妈好啊，我看你们两个好了，才知道她对我好不好。"

为了瞒住知英确实不喜欢她的事实，我只好继续不跟知英缓解关系，并且我在玩笑中坦诚地告诉国安："你妈妈抢走了我最重要的东西，所以我是不可能和她好的，除非她还给我。"

国安从我嘴里问不出更多，于是她成日把各种各样的东西塞给我，不厌其烦地问我："姑姑，还回来了吗？要是还没有，我继续帮你找，我总有一天要把妈妈抢走的替她还给你！"

这是我们的秘密，逐渐变成了游戏与关心，后来天真的国安把自己认为的这世上的好东西，都给了我，但不再是为知英而还的，她单纯地心疼我，想补偿我。

她说，从现在起，她要反过来疼爱我，姑姑才是最招人疼爱的人。

看吧，她是多么善良的小孩啊！善良得我忍不住去回报国安，想缓和与所有人的关系。可是知英在面对国安的问题上总是不由自主地冷淡，由于她这位亲生母亲不喜欢自己的女儿，我更没法与她缓和关系了，她这种不重视女儿的行为，刺痛了我的内心——重现我那曾经的经历。

我早厌弃知英了，从头到尾都厌弃她。

但是我平时却任劳任怨照顾她，在她肚子发动的时候又比谁都紧张而恐惧。

知英羊水破了快生的那天，很倒霉，也不知是她倒霉还是我倒霉，总之我们是又怕又急。当时家里没个人做主，我一向又是协助人的位置，以听从为主，一出了事是稳不住心的。所幸知英还有神智指挥我出去求助，我打了电话通知家里人，又出门挨家挨户求助。

我还抱了一线希望去了孙英管事的住处敲门，却并无响应。

最后是一个做过稳婆的老太太先过来帮忙，附近也没车能把知英送去医院。等仲砚赶回来的时候，已经来不及送医院了，他在家毅然同老太太一起帮知英接生。

不知是因羊水破了耽搁太久，还是难产，只听见里面老太太惊声道："遭啦，大出血，快不行了！"我急得破门而入，也不管自己是不是没嫁过人的大姑娘，或是怕不怕那样血腥的场面，一心想要探望情况。

孩子是生出来了，可是母亲的情况很糟糕。

哆嗦的知英浑身惨白，整个人虚弱地躺在汗水与血水里，仲砚与老太太也没好到哪儿去，那是我头一次见到血淋淋的手术现场。

他们没空管我的闯入，忙着抢救差点两眼一翻背过去的知英，补救了该补的，知英身下的血还在汩汩渗出。

她在一阵无神之后，渐渐有了点儿意识，但这似乎又是大限将至而回的精神气，她在这个时刻敏锐地感觉到什么，突然铁了心地要把所有人都赶出去，只见我一个人。

仲砚开始不肯，但见知英情绪不妙身下的血又涌出，两人及时互退一步。得留个人帮她止血，显然我不行，最终有经验的老太太也留在屋里看顾她。

对仲砚该交代的她都交代了，只剩下我，她还有些话要说。

她启口对我说的第一句话是："向容，我知道……你一直……发乎于情，止乎于礼。"

当我睁大眼睛却又不敢看她时，她继续说："不要紧张，我要解除你们的误会，我要告诉你，国安的身世。"

她下面亲口所说的话，于她于我都太残忍太让人心碎了，打开了她满目疮痍的过去，击破了我一直以来的自以为是。

她曾被日本兵侮辱过，被救下后，还是要死要活的，是仲砚承诺要娶她，她才苟活了下来，最终留下了自己与孽种。在当时医疗紧缺，没有药的情况下了，肚子渐渐大了，如果不一尸两命，是拿不掉孩子的。

她努力呼吸着，恳切地道："但是现在我请求你，为了我，还有这个家庭，继续照顾他们，我是说……我把我的丈夫和孩子都托付于你了，除了你，我是不肯去相信别的女人的。所以我请求你，答应我吧。"

我这时才从震惊中脱离，低头看向她那苦苦哀求的双眼，我如有千斤压喉，沉重地回道："嫂嫂，我答应你。"

"我亲爱的小姑啊，你终于肯承认我是你的嫂嫂了……"她苍白的脸上忽然浮现出透着红晕的微笑，才溘然而逝。那一刻，我在她心里的分量仿佛比任何人都要重。

第二十一章　无人可怪

　　仲砚沉浸于丧妻之痛中，并未问过知英最后与我说了什么，反而是我主动简略交代：她要我好好照顾你们。

　　他微微颔首，将自己关在书房中很久。

　　几天以后，我在书房打扫时默阅了他写下的手记。

　　"我那对陌生的父母，我一位如父的舅舅，我一些傲气的兄弟姊妹，最后甚至是本该陪伴我一生的妻子，现在也都早一步离我而去了。我深深感到人生是一个人的路，但这并不是回避我与其他人生交叉时的相处与结束，我清楚它是人生与人生的必经之路。每一次离别我都做得很好，除了面对荷姨与妻子。"

　　我也看见了仲砚给他与知英之间的儿子拟好的名字。"张氏这一代轮到兴字辈了，长子取名为兴宁，宁字是江宁的宁，兴字恰好吉利，故此为兴宁，以儿终生名，祭奠知英的家乡——南京。"

　　仲砚的丧妻之痛，到几月后才有所缓和，那天他带上了我和他的同事一起出去吃饭，将国安与兴宁交给了佣人照顾，他不同意孩子们出来捣乱。

　　那一场饭局才吃不久，仲砚借口去方便，竟一去不回，我单独与他的同事吃着饭，渐渐察觉味儿不对。那位先生人是彬彬有礼的，可我恰恰对彬彬有礼有些害怕，即使他戴着一副眼镜斯斯文文，学历高，工作又体面。

　　我强忍内心的不快，礼貌性地结束了这一场饭局。

　　从以前到现在，一直都是仲砚在幕后帮我相亲，我本以为我要熬出头了，可是他竟还如此糟践我的心。

　　我的情绪直到回家后才得到宣泄，我们多年来第一次吵了一架，吵得我非常痛心。他甚至将我从前亲昵的外号变成了辱骂，他痛斥我是个十足的憨货！

　　他一边以充血的眼睛发怒，一边清楚地说，现在是新社会，我们是表亲，况且他已经答应舅舅过继到张家了，名义上已是我的二哥，岂能罔顾人伦？

还重复那句"我明明知道他最不喜欢旧社会里的一切"！

屋里小孩子被吵闹声吵哭，而国安由刚开始的怯弱躲避转变为勇敢护人。瘦小的她来到我们之间试图制止争吵，她抱住我，乞求我们不要再生气吵架了，她一定会乖乖听话的。

国安生怕我被欺负，她挡在我面前，朝仲砚大叫一句："爸爸！你不可以凶妈妈的！"

那一声"妈妈"如雷贯耳，惊得我们呼吸一停，包括国安自己。

十几秒后，人到中年的仲砚有了某种无法被压抑的气性，他抬起手差点掌掴懂事的国安，那瞬间，还是我把脸送上去，实实在在替苦命的国安挨了这巴掌。

这一巴掌和那一声妈妈同样响如惊雷，顷刻之间，仿佛震散了所有，昔日一切温情化为乌有。他失神地看着自己发红的手，又不知所措地望了望我，当他满怀愧疚想伸手抚摸我的脸颊时，我道一句"明白了"，一转身即雷厉风行收拾我的东西准备走人。

只有国安哭着求我不要走，她大哭特哭认错，卑微地承认自己错了，不该希望姑姑成为妈妈，妈妈没了她还痴心想要妈妈，是她错了。

我狠下心来不理会国安的哭诉，只向仲砚做出最后的交代。

"我走了，只求你一件事，把你中年人的浮躁脾气压一压，不要欺负我的国安，你怎么舍得……怎么舍得啊……舍得哪怕欺负她一下子呢？你们管过她吗？一个生了她却不疼不爱，一个答应养育她又忙于工作，她可是我捧在手心里帮你们养大的啊！"

我一边抹泪收拾行李，一边控诉他。

他从不在家里抽烟，那一巴掌后他开始点上一支雪茄，默默地大口地抽，也生硬地呛到了自己。不管雪茄有没有呛到他的眼睛和喉咙，他只是沉默着使劲儿地抽，仿佛要把自己呛死才算完事儿。

出门前，国安还死死抱住我的腿，小身体也被我艰难行走的力量给拖走。仲砚发话让国安回来，不准再阻止我！

我最终彻底推倒了国安，才泣不成声地夺门而出。

身后国安撕心裂肺地哭，一会儿叫我姑姑，一会儿又呼唤我妈妈。之后我只能听见她被大人捂住嘴，拉进房子里强行关起来的嘭嘭咚咚之声。

我离开待了大半辈子的家，迷茫之后开始面对内心，走走停停间，我来到了南苑。

是啊，已经大半辈子了，人到中年又没了家以后，我才想起要来到此处赎罪。

我来到了南苑，我仿佛来领仲许回家了，可明明是他想要领我回家，他一定会在我看不见的地方叫我小荣子，或许还会悄悄告诉我，我的名字是张向容。我听不见，觉得好可惜。

但我又总是以为，他只是那个暗恋我的张家大少爷，一个想诓我入府做姨太太的怪小子，跟我并没有太多关系。只是事迹让人听了觉得他勇敢，可惜，又佩服，最后仍与我无太多瓜葛。这样我才会不心痛地面对他啊。

我买了一大把香和纸钱，在南苑外面待了很久，不只祭奠他，也祭奠所有牺牲的英雄亡魂。

兜兜转转，到最后我还是回到了刘家已残破的房子里待着。

我在老房子里独自生活了几天，有时坦然，有时惶惶，有时孤单。

有一天下雨，我孤零零地坐在屋子里，恍惚起来和姆妈一样有了癔症，打开窗户的时候，似乎看见一个穿长衫的中年人打着伞在小院儿门口杵着，我冒雨出去寻找，却什么人也没有。

我淋过雨生病了，我不禁质问自己，这是何苦呢？没有他，我就不能爱自己了吗？

等我熬过最痛苦的时候，精神上开始慢慢独立，仲砚却胡子拉碴地找来了，他整个人又憔悴又邋遢，以这副仪容跑到老房子里来向我道歉。

他嗫嚅着，搓着发痒的头告诉我，家里没有我不行了。

我突然感到好笑，不知名的底气回来了一些，冷笑着问他这是干什么。我一个人过得倒是好了，他又这样糊里糊涂不尊重起来，难道我只是他张家的佣人、保姆吗？

开始他不吭声，叹一声后不讲究地坐在槛上，双手交叉相握，讲起家里乱七八糟的情况。特别是孩子们乱作一团，佣人、保姆每天被国安一起赶走，小的又哭闹不停。

请的保姆确实带不好兴宁，粗心得让兴宁生了大病，到底不放心外人，他最近总是向医院告假，告假多了医院缺医生也不行。他叫了向龄帮忙，向龄自家的事又忙不完。

至于国安，也让他很头痛，他觉得自己天生与妇孺处不好。国安成日沉浸于丧母失姑中，不肯上学，甚至不肯好好生活，连饭都不愿意吃，眼见着这样自闭下去，小小的身子都快要垮了。两个孩子都不大好了，他该怎么办呢？他一向对外面的事处理得游刃有余，独自面对家庭以后才发现自己在家中的无用。

他噼里啪啦说了一大堆，那中年男人的焦眉愁眼也都有。我虽然心里挂念国安他们，但到底不如从前那么容易打发。

我先是问他，你心里有过我吗？

他不与我对视，也不回答，静静地看着院子里的杂草，跟石像似的僵硬。他不撒谎的时候一向是这样，可是我摸不清那到底是残忍的答案，还是他的不承认。

我见他这木头样子又恼，痛快地撂了下一句话：我心里有选择，除了这个选择，我是不结婚要做老姑娘的，就看二爷您肯不肯收留我了。

于是他一言不发，给我放下一些保养身体的药材，又默默地走了。

听说清朝有一位格格，对宣统皇帝也是穷追不舍，溥仪很厌烦她的喜欢。那么仲砚当时对我是否也如此厌恶？是否只是碍于家里没法解决的困难，才不得不屈辱上门找我？

隔一天傍晚，仲砚喝过了酒，在微醉之中脚步跟跄地来了，他仍是一副不修边幅的模样，眼下更是一片乌青。我见了心疼他，已打算先跟他回去，帮他料理家事，好让他在外面无后顾之忧地安心做事。

可是他一屁股坐到破旧的椅子上摔了个四脚朝天，手上没放下的酒瓶也将酒洒个满身。我忽然觉得一向端着的中年人摔上这么一大跤，有些可爱与有趣，于是忍着笑意和对他的心疼，坚持看看他发了酒昏想要做什么。

他赧然从地上慢慢爬起来，镇定地拍了拍衣衫后，重新在屋里找了两个结实的凳子，他先是自顾自检查一番，又试坐过并用长衫擦净，才拉上我一起坐下。他替我斟上两杯酒，想通了，诚心诚意向我赔罪。

他平时口才很好，如今面对我总是嘴笨，说不好了，竟还拉过我的手往他脸上打啊拍啊，让我把那一巴掌的账还了。

我只肯摸摸他新长出来的胡茬，问他怎么不好好打理打理自己呢，这样成什么体统，叫同事、邻居们看见了是要说闲话的。

我明明摸的是他的胡茬和脸，没误伤他的眼睛半分，他却渐渐红了眼眶，嘴里低声说，事到如今，他还有什么心思管闲话呢？

他缓慢握住我放在他脸上的手，颤动着拿下后，推心置腹道："你是清白的大姑娘，自然得找没娶过媳妇的不拖家带口的男人，现在社会这么好，迟点嫁不妨事。我最后求你好好做一回决定，你要想好了，不要着急选择，不要想着那些遗憾，那大约只是你空有的执念，你要想着你自己再去做决定，好吗？"

"你是怎么想的呢？你也告诉告诉我啊。"我心里发紧。

"向容，我始终希望你有个崭新的家庭，一份尘埃落定的归属，不要再执着于旧的事物，更何况你我如今都是张家人。"

"你认为我在乎张家女儿的身份，胜过你吗？你只知道我需要一份归属，需要那个过去的家，但是你怎能不知道你就是我的归属，就是我的家啊！"

"我是不想耽误你，这么多年了，我愧啊，愧得我都分不清什么是什么了。"他眼睛忽然沉痛一闭，簌簌泪下。就好像火车猛然从无光的隧道里出来，当光明刺目来临，使他不得不闭眼避害，避开那阵强烈伤眼的白光，同时也深深皱起眉目。

我同他是一样的，眼睛在表面上好像比心里受到的伤害还多，不停地流泪。

等他睁眼为我擦脸拭泪时，我看着他，却看不出他的意思来。

他眼睛里激动的情绪消退了不少，平静居多，导致我不知道他这样注视我，到底是好是坏。但我还是从他眼里看见了一片渺无人烟、干燥的戈壁滩，似乎仍需要一场大雨的灌溉。

果然，他的泪又汹涌而来，哽咽着道："向容，我这大半生都对不起你，令你为我耗上了大半辈子。如果张家后继有人，如果大哥没有牺牲，如果我等着战乱里的知英情绪稳定下来，如果没有国安，也没有草率做出那个承诺，我不会辜负你的。"

每当我有什么不如意，也会在心里责怪人家，默默埋怨别人，去减轻自己身上的痛苦。上一个又怨又恨的人是知英，这一次面对我与仲砚耽搁了大半生的缘分，我去埋怨谁去怪谁好呢？

我去怪姆妈和学申吗？怪他们两情相悦，苦苦分离，还一死一疯吗？

怪嬷嬷不彻底驱赶我吗？难道怪她视主人为女儿，又总是替我们着想，着想到没过一天好日子，却毫不犹豫为我们牺牲吗？

那么，怪老爷子吗？怪他仗着家底，缺少体恤别人的能力？不懂得如何爱人？爱祖业甚过家人，直到他最后做了很多愚昧的决定，本末倒置害死他们，而自己最终家财散尽，亲离死别，一无所有且孤独终老，只能过继了人家的儿子到家里来，打散我们的缘分吗？

怪那么不成器的仲瑞，在赌气中不去留学，为了没地位的亲妈，一起出逃遇害吗？

还是怪仲许？怪他千不该万不该去参军，为带迷路的小孩回家，为护同胞与祖国而牺牲吗？

还是怪知英？怪她家破人亡，还被人侮辱，心如死灰一心寻死吗？

最后难道得怪我的国安吗？她多么天真善良懂事，她背负着不堪的出生，只有我一个人那么爱她，我怎么舍得怪她呢？

怪到最后，兜了一圈，我彻底发现无人可怪，能怪的也只有自己。在所有不幸的亲友当中，只有自己还幸运地活着，即将圆满了心事。我又怎么忍心去怪那些没有完成夙愿而又抱憾逝去的亲人？

第二十二章　可人儿

十年修得同船渡，百年修得共枕眠。

我们成为夫妻的代价，是我最终违背了老爷子的遗愿，做了改名换姓的不孝之事。

"我不做张家女儿是没有关系的。"我老实对他说出这一句正经话。

他眼睛一红偏头移开视线，还是觉得对不起我。

我扳正他的脸，笑着说："我这明明是情话，还许诺了你，怎么就又要哭了呢？我嫁进来再次成了自家人，岂不是皆大欢喜吗？你哭哭啼啼的，倒是成了小媳妇啦。"

我虽心有矛盾，但我不能向他表现出半分，我非常惧怕我千辛万苦争取来的幸福，最终与自己失之交臂。

既然仲砚自小养在张家，最后过继给张家。那我自小养在刘家，最后也过继到刘家去，是合乎情理的。

我彻底办了手续，户口簿上更名为刘向荣。

我们结婚的时候很简单，因为过去的身份放到现在不大光明磊落，故没有请什么人，只有向龄携着先生回来跟我们吃了一顿团圆饭。

不管我以什么方式回来，国安也很高兴，很知足。

当天晚上让国安感到意外的是，喝过酒的仲砚并没有先来我这儿，而是坐到了国安的床前，为那天吓坏她的举动诚恳地道歉。又忏悔自己作为父亲，因忙于工作，十分疏忽她。为弥补，他温馨地给她念上了大半夜的童话，并且答应以后经常来与她相处。

而我和仲砚数十年才修来夫妻缘，是非常珍惜对方的，加上他还是忙碌工作，而我又不得不忙于照顾褓褓中的兴宁，难免忽视了国安。不过通常在兴宁止不住哭的时候，我才会让佣人去帮忙接一下国安放学。

偏偏兴宁总爱在国安放学的阶段哇哇哭个不停，似乎是察觉到我要放下他走了，才哭闹不止。他大概从婴儿时期已开始敏感地担忧自己没人养育。

所以我总是重复告诉他，你妈妈只是意外走了，我是不会走的，即使没有我，还有爸爸啊。

没想到兴宁似乎能听明白我的话，之后我放下他交给佣人的时候，他减少了哭闹。

等我下一次亲自去接国安放学的时候，才恍然发现，我已很久没来接她了。

上一次是什么时候我都记不大清了。

我也发现国安和她的好朋友稚君之间出了问题，她们好像没有往来了，以前两人总黏在一起，连放学都要一起回家，有时候还要互相串门子写作业。

毕竟我们住得很近，就在同一座寓所里。

近来，没有看见稚君。我关心地问："你们是不是吵架了？"

国安摇摇头否认，但生怕我担心什么似的，很快告诉我，稚君很爱惜她，她们怎么会吵架呢？只是最近大家都忙着学业，故疏离了些，等考完了试，她们一定又天天腻在一起了。

我一有空属实管得多些，不像她原父母那样什么都不闻不问。回家后我还向老佣人打听情况，稚君最近放学是和国安一起的吗？

佣人张望了一下客厅里做作业的国安，低声肯定地说，没有。

她们从什么时候开始没在一起的啊？

佣人掐掐手指算了算，嘶一口气说，有个把月了。

我操心起她们小小的友谊，甚至在稚君家那一层楼守着等人，因为他们家的大人喜欢派她去倒垃圾。

等稚君出来了，我迎上去和蔼可亲地问好，她也向我问了个好，但是有些躲避我，似乎不敢与我对视，也不肯和我交谈，匆匆倒了垃圾又匆匆回家关上门。

我感到纳闷，还是老佣人劝我甭担心小孩子之间的龃龉，容易闹也容易好，瞎操这心干甚。

我才放宽了心，等她们自个儿处理。

最近国安委实不让人省心，三天两头回来都是一副脏兮兮的邋遢模样，书包啊衣服啊都脏得洗不干净，梳的辫子也都散了。老佣人怕她的辫子散，总扎得很紧，紧得她的眼尾都向额角上挣扎。我们都笑话国安，要是在她的额头中间画上一只眼睛，像二郎神。

所以她只肯要我为她梳头，但我见她的辫子总被自己调皮弄散，算是惩罚她，只请手力劲道的老仆人替她梳头发。

于是国安每天清晨睡眼惺忪时，都是被老佣人给梳头唤醒的，痛得她龇牙咧嘴，直咝咝抽气。有时我心疼她，看不过去了，也叫佣人轻点儿，顺便呵斥她还调不调皮，顽皮到那么紧的辫子都能散，等她什么时候不调皮了，我再帮她梳头。

她低头玩弄手指头，喃喃说："姑姑，我听话的，我有听话的……"

佣人哼一声马上呛她："大小姐啊，您听话得每天下午一回来都成了邋遢鬼，我替人家梳了那么多年的头发，洗了那么多年的衣裳，到了您这儿才栽了跟头，您可比我这老手厉害多了！孙猴子也没您能折腾。"

国安马上丢出一连串的驳斥："孙妈！你才不听话不乖，我说了不是我调皮弄散的，你们都不信，你姓孙，你才是孙猴子的姥姥，老孙猴子！"

我得控着场面，多少斥她一句不尊重老人家。

我们又问她，那是怎么散的？

她只好气鼓鼓地背上书包，先摔门走了。

我单是照顾兴宁一个已精疲力竭了，照顾小婴儿我是从不假手于人的，佣人最多打下手。国安回来又一身脏，我只能催促她快跟孙妈去洗干净，可是她最近好像不喜欢孙妈了，只关在屋里自己洗澡。

有一天轮到我去接国安的时候，到处都找不到她，最后忽见她痴呆般逗留在顶楼之上，我担心得一气呵成爬上去，累得自己气喘吁吁。

到了顶楼我才清楚地看见国安今天的模样，于是呼吸一窒，气也不敢喘了。

她仍是脏兮兮的，头发也散了，但她的头皮竟缺了一块儿还渗着血，而且校服破损的地方四处是淤青。她知道我来了，缓缓转过身不要我上前去，请我给她一点儿时间静一静。

我气得发抖，心痛地干叫着，这都是谁干的？谁干的！我要找他们老子娘去！

我要上前拉她去找那些混蛋，她踏脚也大叫起来，叫我不要动她！不要过去！她只想在那边待一会儿，就一会儿！她哭着说我们最近总是不听她的话，她就想待上一会儿，都不肯吗？

我只好后退，忙答应她，好好好……姑姑不过来……

我不敢轻举妄动，只好温和迁就她。

她将情绪缓了缓，才与我说起话来。

"妈妈不爱我，爸爸只是同情我，只有姑姑是最像妈妈的姑姑。"

"谁说的！我们都那么爱你！"

国安摇摇头，心灰意冷下，哽咽着竟道："我知道……我是日本人的孩子，我不怪大家，他们受了多大的苦，才对我有多大的怨。"

"你母亲只是到死去，也没能面对自己，面对内心的痛苦。"我连忙为死去的知英模糊解释一句。

"姑姑，对不起，我在这世上唯一辜负的人是你。我知道我和妈妈欠你什么了。"她稚气而又非常平静地道，"国安，来到这世上唯一能做的……"她顿住，一面做出一个恐怖的动作，一面把嘴里的话说出来："是要带着日本人的血脉，去死。"

那时她说着毫不犹豫地就要跳下楼，我反应过来马上猛然奔向前去，为了竭力捉住她，我在下意识飞奔过去的拯救中也险些随她一起掉下去，幸好我抓住了她淤青的手臂。

最后我在栏杆边紧紧地抱着哭泣受伤的孩子安抚着，抱住她的血肉之躯，在已经寂静下来的学校里，一并失声痛哭。

国安是我在这世上见过的最善良的小孩，她傻傻地尽自己所能，意图用自己的死亡，去安抚那些受过伤害后充满怨气的人心。可是那种怨恨并未消散，它席卷而来，最后都集中到了我的身上。

他们会欣慰自己眼中幸福的小日本孩子死了一次，可是我失去的不只是从前那个快乐的侄女——那是我日日夜夜视如己出的孩子，和亲生的又有什么差别呢？事实上，我在很长一段时间都无法解掉她内心的那些痛苦，只有日日夜夜陪伴、守护着她，希望郁郁寡欢的她好转起来。

发生国安跳楼一事以后，我第一个能想到的人是稚君，我找到稚君捏住她的肩膀颤抖着质问："我的国安到底经历了些什么？你作为国安的好朋友，为什么都不告诉我呢？如果你早一点肯告诉我，国安怎么会遭受那么多不该遭受的事呢？"

稚君被我的架势吓住了，她放声大哭起来，如实倾诉了她和国安遭遇的一切。稚君只是害怕啊，不敢和国安玩啊，他们骂国安是小日本的杂种，经常往她身上丢东西……扔她的书包……扯她头发……拖她到厕所里去灌脏水喝……他们说她母亲是给日本人卖笑才有的她，遭到现世报死了，国安也应该去死，并认为她叫国安真是天大的侮辱。稚君要是和国安走得近，一样被人欺负被人骂，大家会骂她是汉奸，小日本人的走狗……

我被稚君的倾诉刺激得快要昏厥，与稚君抱作一团号啕大哭。

我也听过邻里风言风语地骂谁是小日本，可是我万万没有想到他们骂的人是国安，以前大家是和睦相处的，大家也明明都那么喜欢她。

将国安身世的秘密扩散之人，不出预料，是那日在房间里照顾知英的老太太。我数次上门讨说法，她连一面都不肯见我。到后来听说她心虚地搬走了，但是她留给了我一张请人代写的对不起，字迹苍劲有力，就好像是她本人理直气壮的道歉一样。

只有"对不起"三个字就完了。

我自责过后，改日在老太太旧日的房门前恸哭，开始指责他们所有人，"你们这群人害苦了我的国安啊，她身上虽然有日本人的血脉，但她的心是纯正的中国人啊！你们这样去害一个小姑娘，跟二战里的日本人又有什么区别呢？……"

我这样歇斯底里大闹一通，老佣人不停地在旁边帮扶我，等我哭得昏厥过去，她打了一通电话给医院里的仲砚，仲砚又忙赶回来安顿我。而已平静下来的国安也留守在我床前，像从前那样帮我擦着眼泪，反而拥抱过来，稚气地宽慰我：

"小侄女，四岁了，姑姑从小疼着你。怀里抱，背上背，大瘦后背支着你。侄女身痛姑心焦，掏了宝贝去买药。人人都说可惜了，俺侄好了值多少？值就值在姑心间！

"小妈妈，长大了，女儿从小疼着你。怀里抱，床前守，小瘦后背支着你。姑姑身痛侄心焦，掏了宝贝去哄你。人人都说可惜了，俺妈好了值多少，值就值在儿心间！

"拉大锯，扯大锯。你高兴，我开心。拉一把，扯一把，小妈妈啊快开心。

"小妈妈，乖乖睡。头朝南，腚朝北。拍打拍打，睡到黑。"

　　她拍着我的背，并上前亲吻掉我涌出的泪水，最后低声说，妈妈不哭，她没有关系的，她已经好了，没有事的。可是来自她的这些宽慰更使我心如刀绞，感到愤懑不公。

　　除了国安，无论谁宽慰我，在好长一段时间里，我都无动于衷，只是躺在床上盯着那个孩子所遭受的一切泪流满面。

　　心神憔悴的仲砚拍着我的后背，企图安抚我，道："我们再要个孩子吧。"

　　在那之前，他是无论如何都不赞成我生孩子的。我甚至坦诚地告诉过他，我妒忌他和知英之间有孩子。但他抱着坚定的态度不肯同意，他的母亲和知英都是难产去世的，他很害怕，不能再失去我了。毕竟我人到中年，生育已是高龄。

　　现在我嘲讽地笑笑，坐起来对他说："我只要我的国安，谁能再有个十年八年的养出那样一个善良的可人儿啊！"

　　他拥抱住我默默宽慰，我趴在他肩膀上失魂地问："海棠，我是不是跟姆妈一样成了疯子，今天在外面丢了你的脸，是不是很丑啊，大家都看咱家笑话。"

　　海棠是他在周家的名字，我将它当作他的小名。

　　他语重心长地道："怎么会丑呢？你是我见过的最美丽的女人，无能为力的知英也没有你美丽，虽然你没有生育，但是你是一位既美丽又伟大的母亲，跟我小时候想象过的母亲一模一样，现在，我多么爱你啊，你同时弥补了我心里母亲和妻子的形象。"

第二十三章　海棠离落

有一天，仲砚温情地叫了我一声荣儿。

那一声荣儿，忽如一棒，打得我骤然记起一个人来。那一声荣儿，是从前半生里回荡过来而听到的。我清楚地回忆起我和可铮遇到的那一天，仿佛从那时开始，在我平淡的人生里埋下了一个瞬息万变的预兆，使我后来被迫去经历所有。

他在我生命里出现的时间，连三分之一都不到，就那么一小会儿，个把月，也叫我很思念。在日子安稳后，我反而不敢想起他，也不敢想起我除了等仲砚，也等过他。

仲砚见我又掉了眼泪，问我："想起谁了？又伤心了？"

我忙擦泪，笑笑说："有一个人也这么叫过我。"

"是谁？男人吗？"

我点点头，谈起北平沦陷时杨可铮救我的事，以及我也救过他。

"那……这是你的第一个情人了。"

"不对，第一个是你，他算是第二个吧。"

"那你怎么要死要活地跟我，怎么不找他去，我也可以帮你找找，还来得及，我们到底还没怀上孩子。"仲砚一副大胸襟的样子。

我闭目养神，避轻就重地讲道："我们没缘分，走散了。当初我如果继续跟着他，我是会嫁给他的，哪会白白等你那么多年，我心里有人，可不是假话。"

他一笑而过，那几天里也不跟我生孩子了，忙来忙去好像躲我一样。我疑心他生气了，亲自下厨做了一顿色香味俱全的饭菜犒劳他的辛苦。

他喝着酒，渐渐开始懊丧不该耽搁我，当初就应该让那人带我走，我找不到应该找他帮忙呀。这样，不只是我，他也不会被近在咫尺的人困扰一辈子。

他那晚奇怪得很，因为我从没见过他在感情方面展现出如此失魂落魄的模样。

他还吐露心里话，只是知道我等过另一个人，心里也有过那么一个人，他就这么难受，可想而知，我这些年看着他和知英该有多么伤心与痛苦啊。

他总是要弥补我的。

国安发生那些不堪的事情以后，他见我跟着郁郁寡欢，竟坚持辞去了医生的铁饭碗工作，提前退休了。他退休后，选择在家里从事写文章的事业，并且翻译外国文学。

他认为我和他大半辈子都在为别人忙，为别人活，现在我们两个要好好活一回。也许他担心国安的悲剧再一次发生，才毅然决定换行业，用更多的时间陪伴家人。

我检查过身体，是不容易怀上的，也没有抱希望，有了国安已足够，但最后由于我们相爱，意外地还是怀上了。

我希望是个女儿，生的果然是女儿。

仲砚洗心革面，彻底悔过过去对国安的忽视，所以在重新对待国安的生活，在对待后来的兴宁和圆圆的态度上，是国安的鲜血唤醒他为人父的责任。

我们的第二个女儿叫圆圆。

当我平时回忆起国安时，最先看到的是她那双圆圆的善良的眼睛，所以我以国安最灵气的地方，为我的亲生女儿取名。

我从不遮掩国安真实身份的存在，我也把她的照片摆得满屋子都是，全家上下都十分坦荡自在。我还总告诉兴宁和圆圆，这是他们又聪明又善良的姐姐，是我此生最喜爱的一个大女儿。

孩子们不妒也不嫉，没继承我那小家子气，而是一起喜爱上了国安，首先是因为她漂亮，其次是因为我讲了国安从前很多有趣的事，以及她成绩名列前茅啦、很有教养礼仪啦，妥妥的大家闺秀。后来国安在我们新旧交织的家庭里，有了父母无微不至的关心，有了弟弟妹妹的维护亲近，真正逐渐走出了阴霾。

当年幼的兴宁和圆圆仍然不解地问道，这样惹人爱的国安为什么曾经经历了不好的事呢？那些人为什么忍心那样对待她呢？

我暂且只能说，正是因为她太美好了，"大都好物不坚牢，彩云易散琉璃脆"。但是不管他人如何，只要我们的那一份童真善良，能随着年纪一起茁壮成长而不磨灭，并保持到老，是人类身上极为可贵的光彩，我希望他们永远不会失去这种光彩。

国安和兴宁是两个很美好的孩子，我始终觉得他们比我亲生的孩子好看、聪明，我疼爱他们一直胜过疼爱自己亲生的孩子，也许是疼爱习惯了，也许是心疼他们童年不易，早早没了生母。

幸而我亲生的孩子是最小的，还有仲砚极为疼爱。否则这三碗水在家里是难以端平的。

仲砚中老年以后返老还童，喜欢和他们玩，只要他们想玩，他便奉陪到底，也不管他那凌乱无章的稿子和未翻译完的外国文学。

前半生里他总是视工作与旁人为主，后半生里他开始尽情地以家庭为主，当然他也是有资本的，谁叫他确实是才华横溢的呢！

如果我接了他工作上的电话，往往会挨对方一板一眼的批评，郑重请我多催一催先生抓紧时间完稿。但一面对他本人，出版社的人又好声好气地请他尽快完稿。

他沉浸于书房中熬夜时，我也是不肯去睡的，总怕一睡睡过了头再也见不到他。更何况我们所剩的时间并无多少，晚年是一晃而过的，哪里像童年时过得那样缓慢呢？

他在书桌上写稿的时候，我则在一旁看看书或做做针线活。他一天不写文字浑身难受，不管多晚也要写上一些。到后来我一天不看书，不做针线活也感到难受。彼此成了习惯的奴隶，在书房熬夜熬上头了。

偶尔我们夜里提前完工，便很有兴致地度过温馨的两人世界：轻手轻脚地一起下厨做夜宵，再点上蜡烛吃烛光晚餐。

有一次被起夜的孩子们撞见了，他们气鼓鼓地也加入要一起食用，故意将我们的烛光晚餐破坏得乱七八糟。后来我们不在客厅吃夜宵了，而是砢碜地在书房里点上一支蜡烛，偷吃烛光晚餐。

尤其是兴宁和圆圆不服气我们的行为，说我们吃独食以后走不得吊桥，他们小孩子奇奇怪怪的话多着呢。后来我和仲砚躲着孩子们吃夜宵吃上了瘾，甚至在房间里盖上被子窃喜地偷吃。

国安、兴宁和圆圆最终以为我们睡觉了，便都彻底安然入睡去了，避免了在屋子里上蹿下跳、找来找去。

我们每每在有乐趣的事上骗住小孩子，都洋洋得意。

但是能骗多久呢？等他们长大了，常常反过来管束我们不该这样，不该那样，要好好地保养身体，要高龄父母看着他们成家立业、子孙满堂。

我到底是等不到那个时候了，而仲砚自小看着比我孱弱，底子却是稳健的。我晚年因为身体单薄总容易生病，而他还是健健康康的，甚至于能像从前一样衣不解带地照顾我。

他说，这辈子我送走的人太多了，他不想走在我前面，让我再为他伤心难过，也要叫他尝一尝为我伤心难过的滋味儿；要以这种疼痛拼命记住我，等到了黄泉路上，也不会忘记我，一定会记得寻找我的。因为他听其他老人说，人死了以后会失去生前的记忆。

我笑着说："大文化人啊，你不是不信这些吗？"

他叹息一声，苦笑说："以前是不信啊，现在，信了。"他又喃喃："信了好……信了好……只要我记得你就好了……你就忘掉那些痛吧……"

我们年老时互相扶持着，回到了旧日待过的地方。

我抬头观望那棵仍然茂盛的梧桐树时，才发现上面刻着几个歪歪扭扭的字，仔细一研究，是仲许曾经刻下了我的名字，直到现在我才注意到。

走走停停，我们回到了刘家的老房子，回到了张家的别院儿。

一切恩怨早已消散，被隔离在时间之外，而时间内所剩下来的心绪，充实后是一种坦然，它使我舒心宽容。

我熟知此处属于我的那一部分角落，短暂地摸过那里的一砖一瓦，知晓这些事物在我们生命之中片刻的经历，我甚至细微观察过老房子是如何遭受人们与时间的磨损。旧屋同样清楚我们的那段往事岁月，以及我最后的归来道别，即使物是人非，此刻的光景却是美丽和平的。

我来此体会到旧屋给予我的最后光景。

那天我在病中惶惶寻人，不幸从床上摔下，周海棠连忙来扶我的时候，我握住他的手，恳求他将我带回张家。

我用所剩不多的力气，回到了姆妈从前的房间，我躺在了出生那一刻的床上，贴近襁褓时生活过的地方才能安稳些。

在丁丑年，我为疾病缠身，感到生命加快流逝前，记录下那些似梦非梦的记忆。

有时我写着，常常能听见屋里有留声机在响，接着便能看见叙荷年轻时跳舞的身影。

某一天我快写完我的书，她在屋子里跳过舞后，坐过来看了看我写下的后半生，她怜爱地抚摸我的头。

我以为她要夸她最亲爱的女儿长进了，她却平静如面对路人似的说，人刚落地时都是世上最好的纸片，一样薄得可以忽略不计。可是百年不到，有的人依然那么薄，薄得跟刀片一样浅薄割人，有的人却敦厚得如古旧而温馨的书。

"不管经历多少，在品质上，你永远能决定你会成为什么样的人，以及延续的你。"

她谆谆教诲着我。

最后注视我一会儿，她这时看我才像是在看她最亲爱的女儿，目光那么慈祥与悲悯。她整个人逐渐消失变淡，嘴里仍然翕动在说着什么。

在那以后，我就再也没有见过我的亲生母亲，她终日晃荡的身影从此不再出现。

而我，我的泪已经流尽了，没有生命再去哭了。

我这一生总是在等待中度过，最后，好像就是为了等到这个时候。在垂老病危中，弥补遗憾，再见一见那些来接见我的亲人们。

可是我再也寻找不到他们了。唯有海棠是我这一生中能长久紧紧抓住的亲人与爱人。

是啊，人哪有下辈子啊，至多成一本书，过完了也就完了。

半世纪

第一章　被看中的孩子

我是一个成家多年的妇人了，但是在光阴不断逝去的浮生岁月中，我都还会去认识并服膺那位青年绅士最初的模样，这是在这些年中慢慢探索追寻得来的，也是我在记忆里反复怀念轮廓与细节，温故知新，使其不再继续模糊。

我的故事要从人生轨迹被改变的前后开始。

有一日，我为病入膏肓的大哥去买药，和一群脏乱臭的贫民们挤在药店铺子前面，里面也有用少得可怜的铜板嗡嗡求药的几个乞丐。那一阵子附近有很多人患了疫病。

因我连日不曾换洗，同样蓬头垢面，即使自己是攥着家里攒足的钱来买药的穷苦孩童，一样被无情的掌柜和伙计嫌弃，他们将我推到乞丐的阵营上。店家嫌邋遢污浊的我们不守规矩不排队，臭烘烘乱挤成一团，便赶到了阶梯下面不许我们提前迈入门槛，只让那些穿着过得去的人家先入了店堂购药。

街镇上这家药材店远近闻名，无论贫穷还是富贵之人都会来康济堂购药，康济堂药材价廉物美，还有位常居山林的妙手回春的老大夫按时坐镇，他开的药确实延长了我大哥的寿命。我当时手里那张单子是第二个疗程了，比起前面那些大夫叹惋我大哥的痨病已回天乏术，老大夫能把我大哥从死亡线上拉回来，不动声色地保持着看病的流程，倒是给了我们一份希望。

我等着前方那些人，我来得算早了，家里人料到康济堂此时必定熙熙攘攘，所以派我来候着。我姐姐急躁，不爱来排队，弟弟太小不晓世事，我最愿意为大哥奔前跑后，尽管我内向不擅长争抢，这个担子常常还是落到我头上，用生母的话说，我有的是耐心和时间，一天什么都不用干，把买药、煎药的事做好，回来再服侍大哥就算有用了。

我排队百无聊赖之时常观察市镇周围，街上很多穷孩子、流浪儿都是有组织的，他们的头儿有的是常年走街串巷东荡西晃的孤儿大孩子，有的是吊儿郎当的地痞流氓，不过他们上头都有街道区域管理人。管理人分派各处区域和不同的任务给他们做事并支付微薄酬劳，比如擦皮鞋擦车，帮忙推货物，拉黄包车，叫卖报纸或者送报，替行人提东西得小费……最后赚来的钱上交管街区的头目后，才能分配到工资赏钱和当天的粮食，勉强生存。

我曾做过这类小工，然而性格行动不如家里兄弟姊妹外向伶俐，颇为敬谨如命，木讷寡言，总是慢一拍，容易被其他大小孩子抢了活儿，还常被骂作倒霉的瘪三赤佬，一日下来一事无成，最后还是回去默默地做家务更好。

"去！脏孩子们，远着点儿嘞，快远着我，碰了我，我扒了你们的皮！"路过的老妇说。

这一通疾言厉色的驱赶，拉回了我的视线，那是一个挎着深黄仿藤编织篮的老女人，穿着虽光鲜整洁却也分明只像个神气的佣人，她刻薄地狠狠瞪退她眼中的乞丐们，穷苦人家在她眼里都是乞丐，她用驱狗那样的声气驱赶我们。假若是大户人家的佣人，确实比我们值钱多了。

她穿过赤贫气息的人们，眉间眼底尽是嫌弃，生怕哪个不长眼的把穷人的气味沾染到她身上去，蚕食了她表面那一丝残存的界限。

我退得不能再退，又怕自己的位置被挤掉，憋屈地尽量稳住原位。等横行霸道的她走了以后，店铺门口出来两位光鲜亮丽的少年郎，隐约能看见他们在与店家交流，左边的身穿时髦合适的西装，右边的一袭齐整长衫，看起来皆是尊贵文质彬彬之人，那两位的皮囊气质都是让人觉得遥不可及的少爷……仿佛多看一眼都会玷污了他们。

他们大意是让店家不要让我们这群人等太久。"先一点点放行吧，一样是人都在排队，应该讲究先来后到，怎能凭外貌行头叫前面那批人享有特权呢，以貌取人不可取。"这是西装少年郎说的话。长衫男和他站一块儿像是跟班，似乎不想多管闲事，其实颇为不以为意，只是附和罢了，希望速战速决。

店里伙计嘀咕几声后，回答少爷们，"您不晓得，最外面那批人素来没规没矩爱哄抢插队，常乱了套，不得已而为之。店内闲空了最后会轮到那些穷人的。"

但是西装少年郎还是坚持要店家先放行我们，这一放，不敢放太多，只放了一点点，不管前面还是后面的人又开始拥挤了，比以前好很多，毕竟人家在替我们说情。

结果只要有人开始抢位，前后左右便开始乱成一团，我给挤得没位置，老让人推来拥去，我捍卫不了位置，一样痛恨这群人，又无可奈何退而求其次地排在了外围，即使在外圈我还是被推得狼狈栽倒。

当时西装少爷走来帮助了我，他友好地伸出手把我从地上扶了起来，近距离之下我下意识地低了头，只觉得当头被刺目光明照耀了似的，我在那时忘了自己的任务，忘了拥挤的队伍，忘了辛苦排队，自己鼻里脑里顿时充满了他的味道和形象，那是我从未闻过的气味儿，一阵一阵传来仿佛能迷人心智，他身上清淡的香水味非常好闻。和贫民窟里各种各样刺鼻的气味形成鲜明对比，嗅过这样的香气，我有一瞬忧虑：回去以后将不能习惯以前的气味。

他们见我是守规矩的小女孩，和那些争抢推搡的人不同，也说明先前瞧见我排在前头的，于是将我一并放行进去买药了。

他们又向掌柜说了几句好话，意思是照顾点贫民因条件受限不识大体的情况，方才拎走自己的药，上远处的汽车里去了。他们不像其余大户人家有仆人跟随，司机最多下来帮他们开一下车门。

我那日在康济堂抓完药很早就回家了，家里人有些诧异，我便把缘由说了一遍，他们纳罕有钱人难得把咱们当人看。生母那会儿莫名笑道："也许咱家福气来了。"

家里气氛这几日是不太寻常的，总要把里里外外打理干净，仿佛要迎接什么大人物。连亲爹也不喝酒不打老婆不唱十八摸，不乱吵乱闹了，家里从父母开始都清醒、规矩了不少。

我只忙于照顾大哥，顾着料理中药的事，没能深想这异样。

我们家一共有过七个孩子，前面三个姐姐夭折了，没有印象，只知道大姐是饿死的，二姐是营养不良死的，三姐是病死的。她们的营养全拿去供养她们当时最小的弟弟，便是我的四哥，也就是如今的大哥。

四哥做大哥以后，很疼爱最小的两个弟弟妹妹，我正是最小的女儿，排行老六。五姐叫凤姚，我便叫凤虞，不过家里平时是按排行来叫我们的，小五、小六这么叫。

因为我和小弟都算老么，大哥对我们的宠爱也多些，五姐夹在中间难免被忽略，有时对我们有点怨气，所以与我也不亲，只在关键时候有姐姐的样子，比如我被外人欺负，她会毫不犹豫地站出来护我。

做父母的则最疼病弱长子，再是健康的男丁弟弟，我次之，小五最受忽略。

大哥患了痨病以后，家里单独给他空出一间房养病，此病是要传染的，我们进去照顾，脸上都得蒙着一层布隔离呼吸。

而五姐更愿意做其他事务，不大愿意去接近痨病的大哥，怕被传染。我亲爹是个窝里横、欺软怕硬的男人，并且怕死，至于小弟，年纪太小，所以常常是由我和生母进出照顾大哥。

生母说大哥没有白疼我。

大哥总想等病好起来后继续养家，用实力疼爱弟弟妹妹，以及回报父母。

可是大哥的病时好时坏，偶尔又严重了起来，待他不断发热咯血，呼吸困难，原本面黄肌瘦的菱形脸开始发绀，整个人虚弱不堪，伴有抽搐和昏迷。在那几日家里氛围变好的时候，他却悲哀地撒手人寰了。

但他去世前有遗憾，不太瞑目，平时总护着我们姊妹，口里说一个都不许少，他连死时也求着爹娘将来不要卖掉我们。毕竟在他病的这段时日，家景大不如从前，异常破落，爹娘也动过卖掉我们的念头，可惜他只把我们护到了他在世的时候。

大哥死了以后，家里更是困难，两个女孩儿年纪小不大中用，是只能吃饭的累赘，最后也是要打发出去的，他们更想谋一笔钱养好弟弟。

我后知后觉知道他们准备卖掉我们的事情，不是一朝一夕的，而是早就谋划好了，所以在大哥去世前后父母都变得有礼，临时教好我们，是要给买家看的。

那阵子，便从附近听说一位姓福的先生要来买走一个女孩儿，不只在我们家挑，他很挑剔，已先去过孤儿院，始终没有挑到中意的孩子，才来到我们这个巷子里看孩子。

生母日日嘱咐我们不要乱跑，她反复嘱咐的是五姐，这个机会他们觉得开朗活泼的五姐更有希望获得，没指望我被选走。

中间人殷勤地带着尊贵的福先生一家家地看孩子，看到我们家，五姐不管是行为举止还是那几句谈吐都表现得很好，她听人说了，这是要去大户人家做养女的，对方是买办阶级的资本家，混得风生水起，如今颇有权势。

我为大哥的死伤神，守在旧屋里，没有其他心思，表现得与其他争先恐后讨好人的孩子不同，她们乖巧伶俐，而我一如既往沉默寡言地坐在昏暗的角落里，甚至有些阴郁。福先生随口问了下我郁郁寡欢的原因后，踌躇着，最后反而选中了我。

只记得初次见面，福先生那双对一切都淡薄的眼神，和我才失去亲人时的样子有几分相像。他十分深邃的眉目往下是很挺直的高鼻梁，他还有唇髭，长得不长不短，胡髭不太粗乱，比较整洁，看起来不像是修过的，很自然，使他就算皮肤偏白也很有男子气概。

他的模样有点像外国人，身材也高高大大的，后来我才知道，他祖上有犹太人和葡萄牙人的血统，到了他这一代西洋人的外貌特征其实淡了很多。不过他始终坚称自己是个纯正的中国人，纵使他自小接受中西文化交替的熏陶，以及成年后做了威风凛凛的大买办，钻空子发了大财，但他炎黄子孙的心却是没有变过。

第二章　滞留于此

　　我不愿给人买走，除了混账的生父，家里其余人我都舍不得，尤其为了大哥去世前的遗愿，可是我身不由己。

　　我将被塞上车拉走之前，扒拉着家里人和车门不肯撒手，他们骂我蠢笨，骂我是一头倔驴，悟性低，不知道往高处走，他们不好意思地冲买家无奈地笑笑以后，都在用劲掰我的手，特别是我的生父，他很痛恨我在他眼中的故作姿态，生怕到手的鸭子飞了。我母亲和五姐至少还有不舍和不忍，她们眼酸鼻红地叫我去享福，且能为家里带来一笔丰厚的生活费，既能厚葬我大哥，又能养活他们。

　　一听到厚葬大哥的话，我颓然无力地松了手。加上母亲保证，这些钱绝不给生父糟蹋，由她保管，我终于任由他们将我弄上气派的大黑车。当人影不见以后，他们拉上了帘子，隔绝了我和窗外的联系，抹去了我对回家那条路的记忆。

　　我蜷缩在角落里流着泪，有些发抖，福先生见我不是高高兴兴跟他而去，古怪得很，愈发要定了我，他望我一眼，沉稳地对司机说，就是这个孩子了，年龄也差不多。司机有一张圆润和善的宽脸，他听了福先生的话，点着头冲我露出友好的微笑，这是一个心系家庭、很有感情的孩子。

　　福家那一栋豪华气派的大宅，是我从未设想过能踏足的地方，比我们那处几户人家加起来住的地方还要宽阔很多倍，由于我伤心抽噎，只是草草地看了几眼落脚点，暂对周围的一切走马观花。

　　刚到福宅的时候，我那在家中新换上的衣服，在他们眼里仍是鹑衣百结。

　　福先生身形挺拔地领我进门后，迎面来了一个面庞有些眼熟的老仆人替他接过外套衣物，他唤这人徐妈，他把手掌放在我的头上抚说：“孩子折腾大半天了，给她洗个澡舒服些，再换件新衣裳，打理打理她，便领她见见淑华。”

　　我脸上留着泪痕，局促不安，如同街上卖艺人手里的提线木偶，到了新环境举止愈发不能自在，只是由人处理。他告诉我可以叫徐妈嬷嬷或者阿妈，我不知该叫哪个，心里便记为嬷妈。

嬷妈瞧我惊惶怯弱而可怜巴巴的眼神，向福先生建议，让我睡一觉安神了再洗。

福先生听了嬷妈言之有理的话，颔首由她安顿我，之后他便脚步沉重地径直走向了那间神秘的书房，他时常忙碌又孤独地待在这间大书房里，度过他在家中的很多时间，也会处理一些棘手的问题，连会客也是在里面。除了嬷妈和佣人端茶倒水进去，以及福太太进去和他谈些话，小孩子是不能擅自进去的，我进去的次数屈指可数。

他们为新来的养女准备的房间，刚开始给我的感觉也如书房和宅门一样，令人想要止步，即使我成为房间的主人，但那样奢华舒适的格调仍然让我不敢受用，仅仅是一个房间也几乎比我原来的家还要宽敞，也许因为从前的家院杂物过于拥挤破败。

金窝银窝不如自己的狗窝。

我的泪断断续续没有停止过，渐渐哭得很累，脑里很浑然，没有劲儿地半睁着眼睛昏昏欲睡。嬷妈开了一盏微弱昏黄的台灯坐在旁边陪着我，她充满褶子的脸庞在柔和灯光下平易近人，若是离了灯光不苟言笑起来，便随主人家福先生那样有一种严肃气态。

嬷妈是第一个为我守夜的人，她拍着我的后背，像我生母和大哥那样安抚孩子睡觉，我在柔软无比的床上才缓缓睡着了。

虚虚实实的眼前，她嘴里喁喁私语说着什么，似是低声讲童话故事，似是哼唱摇篮曲，我听不清晰，模糊得像是梦见她在说话一样，也没有精力去听她的话，我的意识在驱逐这陌生的一切。我沉入浮梦里，追忆从前，觉得我还待在家里，来到福家是一个迷幻的深梦，而我的大哥没有死去，他疼我爱我为我讲山怪故事，五姐争风吃醋，小弟弟和我挤在一起睡觉，外面是父母的吵架声，家里人都照常过着热闹的日子。

我对他们的记忆其实已经模糊了，犹如上辈子残留的印象，而这一段骨血亲情又是那么深刻、熟悉。

第二日天蒙蒙亮之际，我早早苏醒了，嬷妈一大早便要带我去洗澡，她抱着我穿过一条冰冷窄长的走廊，我当时觉得它很长很远，在我眼中形成那种颠倒扭曲的幽暗漩涡，除了色调，像是我后来看过的五彩万花筒。我大约没有睡醒，眼前才总是那么奇怪。

跨过那道低低的门槛，进了白茫茫的浴室，地上是无数块菱形瓷砖，地砖密密麻麻地挨在一起，缝隙里蔓延着一股股微小水流，伸到铺了灰色地毯的地方，涓涓细流才止住了。

她已先在长长方方的浴池里放好了温水，浴池角落上搁着一块乳白的香皂，她让我浑身沾了水以后，开始为我涂抹香皂。热浪扑面，我新奇地观察着浴室里的一切，掠过奇形怪状的马桶，掠过精巧的洗漱池，掠过挂帕子的横杠，目光最终落到嬷妈坐的凳子周围，我之前的衣服已经跟破烂一样丢在了地上，凳脚压踩着衣服。

我对嬷妈说了第一句话，洗完澡，我要她归还我原来的衣服，不能丢。

嬷妈瞥了一眼我的那些粗布小衣回答：“小姐，得洗干净才行。”

“得洗干净才行。”她又重复了一遍这话，因为我问她什么时候洗好。

我几乎快被浴室里的热气熏晕了，她洗得格外仔细，我从头到脚，每一个毛孔她仿佛都不曾放过。我几乎窒息，想呼吸外面的空气，她走过去把窗户打开，凉风吹来，水汽消散，我眼前才渐渐清晰了些，呼吸也开始通顺了一点。

搓澡洗头用了很久的时间，她为我洗了不止一遍，我脆弱的皮肤都被搓红了。洗完以后，她用一条纯白的浴巾包住我将我送回房，拿出衣裤和裙子让我选，我选的她都皱眉摇头，她认为小姐应该穿得靓丽可爱点，太花了则俗，太素了显老成，没有以前的端庄样子。

满柜子早已准备好的衣物和鞋子琳琅满目，让人眼花缭乱。

嬷妈还是要我自己选，我随着她旁敲侧击的建议，选来选去选中一条领子上缀有珠宝的蕾丝边米黄旗袍，她方满意，梳理头发的期间烫了层层叠叠的小卷，最后脑勺上方半绑了一部分头发，使整洁分明的散发不过蓬松，也不显得稀疏紧贴。

镜子里的小女孩儿脚下是一双微微有跟的小皮鞋。

人靠衣装马靠鞍，我往镜子前一站，整体真成了一位娇俏矜持的小姐，几分贵气也是由嬷妈打理出来的。

嬷妈不疾不徐地折腾这么长时间，仍赶得上早餐。

在高雅宽长的长方形饭桌上，我还是没有见到福太太，福先生倒是已守在桌前等待用餐。我坐下不久，有佣人下来通知他，夫人精神不好还要再睡一会儿。

他沉吟片时，露出祥和的神态，微笑着看了看我，彬彬有礼地邀请我一起共进早餐。来到餐桌之前，嬷妈已经口头教过我，拿餐具得轻拿轻放，不能发出声音，喝汤吃东西也不能有吧唧声，叫我看着我的养父是如何文明用餐的，可以学着。

可是我一操作起来，实在不敢多看无论何时都直挺挺的福先生，他深色的眼睛犀利明亮，高大伟岸的身材在我眼中犹如庞然大物，整个人的气场沉甸甸的，给人一种被很多座山峰黑压压笼罩围困的感觉。

总记着嬷妈的郑重叮嘱，我的内心过度担忧，手忙脚乱起来，不慎打翻了食物，餐具也碰得噼里啪啦直作响。

然后我开始发抖，头脑一片空白，窘迫得像枯萎的小花，缩成了一团。

方才没有什么表情的福先生忽然笑起来，略微减轻了我的负担，他安抚我先填饱肚子，第一餐的规矩礼仪不要紧，这是在自己家中，随意点。他知道我需要时间适应环境，一切得慢慢来，以后有很长时间可以学习。

他们用的餐具是我没有见过的精致叉子、华丽光洁的盘子，以及不大不小的银刀，林林总总看起来很复杂。嬷妈在一旁替我摆布食物，协助我吃早餐，督促我喝完味道怪怪的冷冰冰的鲜牛奶。

福先生用完早餐出门办事前，嬷妈走到他身边送行，并微低着身体听他吩咐了些什么，用只有他们才听得清的声量说话。

我一塌糊涂地吃得差不多以后，微微东张西望，嬷妈没有及时收走餐盘，她留下来手把手教我用这些繁多的餐具，向我讲解礼仪问题，从旁指点我；用游戏教我正确地使用餐具，我参与着多少学进去了。

福太太的早餐是在房间里吃的，我在学习的期间，年轻的佣人端了食物上楼。

我的时间耗费在学习餐桌礼仪上，偶尔走神望向楼上方位，还未见过的福太太，她也许比福先生更让人感到拘谨，我不期待见到她，心思还是在原来的家里。我害怕此处高贵陌生的一切，我格外恐惧新的事物、新的关系，这里奢靡浮华，但严苛沉闷，孤独的我迫切想回到我贫穷、乱糟糟却自在的家庭。

可是我知道，我只能被迫滞留于此，除非他们不要我，且不用收回买我的那笔丰厚的钱。

第三章　你的名字

中午以前，福太太还是见了我。

我的餐桌礼仪课也终于消停了，我倦怠困窘，还得去见她一面，我感到那像是一道检验，一道我能不能留在这空壳子般的家庭的检验。福先生是负责领我进门的人，把我当成礼物一样献上，而福太太才是最终决策人。

我对新环境的胆怯一下子消去了很多，不，应当是被其他思虑占据，我陷入对那笔钱的担忧，以及想让她失望的想法中。

她在楼上，没有下来的意思，得我去迎合送上门给她看。嬷妈把我带到了当时处于悲观厌世的女主人身边，这一次没有教我如何应对，没有丝毫提点，变得漠不关心。

那段在红木楼梯里的攀爬过程，和黎明去沐浴经过走廊一样，深远迷离，岑寂的甬道充斥眼前，鲜丽而又阴晦地迷惑人，似是通往另一个世界的入口。

刚进门时，由于里面的人背对着我们，我只一眼就看见了那位女主人的背影，她穿着宽松的素色睡裙，慵懒消沉地端坐在书桌前，漫不经心地在纸上塞窣写着什么。

我在嬷妈的引领下，踟蹰走到了她身边，我始终不吭一声，表现出原本的自己，安静地站在福太太身侧，态度同她们一样冷清，屋内寂然无声少顷，有些怪异，又如呼吸那般寻常。

在这期间，我悄然转动着眼珠子去窥视这个女人，她消瘦的脸孔恹恹而平淡，眉目的深邃不同于福先生，眼睛是一种深凹陷的状态，除了眼圈周围乌黑，肤色极其灰白，显得容颜有些老态了。但我那时却敏锐察觉，距离此时不远的往前数的日子里，她大约是容光焕发、美丽动人的青春女子，而不是如现在看起来和实际年龄一样，她那时候应该更年轻生动。

她在纸上的涂写不知什么时候停止了，也逐渐看向我，她与我对视的时候，我出乎意料地不那么内向了，眼睛一眨不眨地注视对方，我甚至在她眼中看到了一种莫名的同病相怜。彼此没有防备，没有僵硬，不过最先离开她视线的还是我。

在那之前我眼里全是她寂寞灰冷的样子，而又缓缓流露一点不知所云的悲悯。我离开她的眼神以后，这个女人终于缓缓出声了，她为我取好了名字，平静地通知我：以后，你叫福席音可好？

那是福太太在纸上涂涂擦擦，在这个清晨才想好的名字。

结果显而易见，我有些失望又有些新奇：我不礼貌，不开朗，甚至孤僻，她仍然选中了我，甚至赋予我新的名字，将为我开启另一段原本不该属于我的人生。

我当时不明白他们为什么要收养已经略微知晓世事的孩子，而不是再生一个。而再次变得和蔼些的嬷妈告诉我，太太刚失去一个与我差不多大的女儿，所以先生领养了我。

养父当时为了让养母好起来，选择收养一个孩子本想让家里热闹起来，可惜我并不活泼，他们却没有意见，甚至希望如此。他很爱她，即使她因头一次生产伤了身体，导致以后无法再孕育生命，他都没有打算再纳一个姨太太。

而多年以后，我的母亲告诉我，当时她看见我哀伤阴郁的眼神，就觉得是我了，和福德华一样的感受，一击即中，可是她又后悔……

这样的话在曾经来说算是谎言，因为在我得知他们失去最爱的女儿不久时，我也变得怜悯她，半夜里有一次鬼使神差窥视这对新父母的时候，我偶然听见了他们对于我的真实谈话。

福太太声称，他提了一个愚蠢的意见，做了一个草率的决定，她不过是在病中浑噩中答允的，怎能当真。她亲眼看见活生生的孩子之后，发现没有精力应付别人的骨肉血亲，况且还是一个有自己想法的孩子，就算这个孩子不爱说话……

他沉默片刻，翕动着嘴喊妻子："淑华……她的父母已经拿着钱远走高飞，这个孩子送不回去了，送去孤儿院的话……与抛弃无异。"他急切地想让妻子宽心，奈何弄巧成拙……

我以为，他们那时候确实草率，把我当成货物，除了英年早逝的大哥，原来没有一个人真心实意对我负责。我永远记住了那个时候，即使后面包裹我的好意涌来，我都不能忘记那种寒冷刻骨的孤立无援之感——我被抛弃、被人们厌弃，那种感觉在低落的时候是时刻加重的。我时常会怨恨我曾经的两个家庭，以及这样的社会，包括整个变化多端的世界。我在精神上不自由，多年被困，意志力薄弱，思维不得解脱，行走不了太远。

就如福太太生了怪病，不能站立行走。这是从她女儿去世后开始的，但没有人确切告诉过我那是什么病，从医生和他们的交谈中，我隐约听见似乎是神经系统与精神上的疾病。她因障碍无法行走，心连着身似乎会永远残疾下去。

刚开始，残疾的养母偶尔来床前探视我，即使身体近了，但精神上还是远着的，她嘴里偶尔呓语着什么，但大多时候不声不响，同我一样似乎无言以对。她最初的模样其实还算挺立，即使坐在轮椅上，我也觉得她的身材和养父一样高大挺拔，但并不完整，似乎缺了些什么——也许是面貌上的，也许是精神上的，造成了她如黑铁般冷漠疏淡的绷窄脸孔。

福太太下楼是由一个胖女佣背下来的，有时候又是由两三个人连着轮椅把她稳稳当当抬下楼。我出现在这个家庭不久，她开始接受残疾的事实，肯下楼吃早餐了。

这个改变——一个微不起眼又振奋人心的变化，让福先生眉梢终于流露那种真实、真诚的笑意。

福先生不论是对待妻子还是对待养女都很客气礼貌，那是浑然天成的，不做作不生硬，也自然拥有一家之主的威严。但他不轻易向我们露出威严态度，他只是私下叮嘱过嬷妈要注意教导我，起码得看得过去，让淑华不至于不满。

我们在饭桌上的礼仪，依旧是严谨的。养母没有下楼用餐之前，养父对我不严格的举止大多睁一只眼闭一只眼，如今似乎希望我能端正态度认真起来，他鼓励地看了我一眼。我听闻福太太要求的规矩颇多，教养以前的亲生女儿都没有放松过一星半点儿。

这些日子，我虽被嬷妈教养着，私下勉强过得了关，一放到明面上便困窘得不能做好。养母其实不太注意我，但我听闻她过去严厉的规矩要求以后言行开始紧着，只有面对嬷妈我才能顺其自然地做对礼仪。

养父稍微看过来让我更紧张，总是笨手笨脚容易出错，有一次由某个环节开始，整个动作都错了，再次打翻餐盘食物。我涨红了脸愈发懊丧与伤心，那顿饭也实在痛苦，两眼一翻眼前发黑，险些背过去噎死了。

还是养父及时过来用他学习过的医学急救法帮助了我，他从身后熊抱住我，将拳头挪至我的胃腹不断挤压我的小身体，我嘴里的肉团才一口呕了出来，整个人终于舒缓过来了。

这一次以后，每次到了饭点，我待在屋子里不肯上桌吃饭，闷出了一点障碍，我不想面对他们，我始终觉得长方形的餐桌如同一具棺材板，氛围也沉闷得如同办丧席一样，没有乐趣。

养母才好了一些，一时操心的对象又换成了我，家里产生了烟火气息，他们过去的生活开始重现，由我牵动起来有了点波澜，沉湎过去的养母开始对我上心了一点点，对他们夫妻来说，都是利于他们的好的开端。

嬷妈温和地劝说，先生私下很责备自己，他们都是很好的父母，没有那么可怕，只是望女成凤，真正把我当成了自己的女儿开始教养。

他们想尽了办法，或派嬷妈当说客，或亲自在门外邀请我共进晚餐，答应随便我怎么吃都好，只要我能上桌进食，让一家人坐在一起吃饭。

我感受到了他们对我的关心和宽容，迟疑地再次上桌了。有时候吃饭我下意识上手抓，或者用指头拨弄不受摆布的食物，忽然意识到什么，便又逐渐抬头小心翼翼地看看他们。

养父自顾自地吃食不注意我了，养母放弃了以前的规矩破天荒地递来第二块食物，嬷妈微微一笑用眼神示意我吃吧，我后来便可以自在些用饭了，尝着诸多我从前从未吃过的八珍玉食，有滋有味过后，因为耳濡目染，依葫芦画瓢，不再用人教，慢慢水到渠成学会了用餐礼仪。

他们对于我后知后觉的长进很欣慰。

尤其是嬷妈，在这个家里，只有嬷妈一开始对我最为亲近，这种接近不会让人感到生硬与刻意，像与一个好心的大妈和外来人的热络，或者仆人迅速适应了一位新主人。

我在屋檐下的如履薄冰，逐渐在她这里消去，熟悉后能好好相处，大抵因为我们身上有过一样贫穷卑微的气息，以及她知道要用什么样的态度对待我，我也习惯了她成为我如影随形的保姆，和时刻监督我所发出的种种嗔怪。

她是福家内院资格最老、权力最大的佣人，她也如对我那样，十分尊重与喜爱上一个真正的福家小姐。不过她对我又有一点恣意，不严肃刻板的时候，我喜欢她的恣意。

比如我会问嬷妈：不嫁人吗？

她胡言乱语地说："女人是尿做的，男人是屎做的，混在一起啊就是粪，所以稀罕什么呢？"

这时变成我小人得志，抓她说了粗话的把柄，像她往常监督我那样去监督她。

她哼笑，说她小时候住窑子附近时听的粗话才叫粗话，但是她不告诉我，我是女儿家最好不要听这些不必要的见闻，也怕我学坏，哪天要是在先生太太面前露了马脚就够她喝一壶。

我在她正担心的时候，对于她先前胡言乱语的稀粪比喻，问道："先生和太太是这样吗？"

她就变了脸色讲："哎哟千万不要乱说，他们是金童玉女。"

"那你刚刚为什么那样说？"

她沉吟后撇撇嘴说："看两口子是怎样的两口子，贫贱夫妻百事哀，我以前见多了刚刚说的那样，稀粪胡搅蛮缠，不过老爷和太太这样的不同，长大了你就知道了，他们每一方面都门当户对，不管是社会地位、学历学识，还是思想……"

她最后嘱咐我，要学会叫他们父亲母亲或者爸爸妈妈，不要再叫先生太太、叔叔阿姨了。

这时候我就转移话题，避重就轻地问她，会在上个小姐那里说些粗话吗？

她说她不会，为什么不会又不告诉我了。我开始觉得我和她在福家是真正亲近的两个人，才可以不设防讲些粗俗的话。

但嬷妈带我一起去康济堂为福太太买药调理身体的时候，她端架子驱赶穷人，让他们难堪、难过以至于退缩，我很失望，我甚至记起了她，她从前也那么对过我，只是我初来福家时注意力全在别的事上，不记得她了，难怪觉得她眼熟，总也想不起来。后来再次看见相同的情况，才终于想起来。

她提醒我，那些都是脏脏的孩子，要远着，我们已经不同了。

于是我第一次拗脾气，对她不理不睬，她若是让我往东我偏要往西，不停地跟她作对，又不跟她说为什么，可把她急死了。

她求着我说："祖宗啊，你到底想什么呢，告诉嬷妈一声，我好知道呀，你不说我怎么知道呢。"

我别扭着终究说出她以前也那么对过我的事，那么我在她眼里也是脏孩子，难怪第一次为我洗澡洗得那样严重。我哀怨地控诉她："你不用假意对我好，我知道，你们都是假的，只有我大哥是真的。"

小孩子那时候最能感受到真正的好。

她安抚我说，我已经是福家的一员了，是她的主人，她的祖宗，怎么能一样呢。

我问她，我要是没被收养，你是不是照样嫌我是脏孩子，也一样那么对我？

她沉默了一会儿，嘴里重复说，这怎么能一样呢？

我真不懂嬷妈，我好长时间不理她，她才有点改变，带拉长脸的我出去时，她分给外面那些脏孩子好多糖果，亲亲热热地做给我看，让我开怀，我勉为其难又理她了。

她就点我的小鼻子说："小祖宗，您待外人比我真心呀，我可不同，我只对自己人好，我也不相信外人，哪怕是个小孩，总有一天他们长大后，也要跟父母一样害人。"

嬷妈便稍稍提及她不堪回首的童年往事，她过去常常被人欺辱打骂，大事小事都将她压得死死的，不管是女人男人，穷人富人，有权人无权人，都欺负她，她也一度快活不下去了。她曾在贫穷底层待了很久，吃过太多苦，了解穷人"无物质遮掩的恶性"，所以总要远着，她只是生怕自己重新跌入赤贫成为最下等的任人践踏的蝼蚁，所以要抢先一步，连同类的气息沾也不愿意再沾……

我似懂非懂，她怎不知道己所不欲勿施于人？这是养母最近教我的话。嬷妈还是极力撇清，她不过是独善其身。

嬷妈在家里对我们卑微有礼地尊着，在外面却常常趾高气扬的。她以为不这样，镇不住人，为了福家的脸面，也得拿出资格来，在外头不能随意亲近闲人。

我在后来才逐渐明白，她是一个受过伤又很傲气的刺猬人。并不是我想象中只对主人卑微的人，那其实是她虚张声势的坚强和体面，她只是把她毕生的尊敬友爱都留给了解救她的主人家，留给了相同越阶的我，不再对其他人敞开心怀，不想被其他人接近罢了。

第四章　我的背叛

　　我的日常主要是嬷妈围着我转，我私下更像是老佣人的孩子，被不愁吃穿、不缺教养地带大，我始终与嬷妈最熟络，没有多少隔阂。即使产生矛盾和不愉快，她大大咧咧两三下便能化解。

　　而福太太对我好的时候表面很好，不好的时候很疏远，不过也没有什么两样，都仿佛隔着一层淡淡的疏离，除了养父和她已过世的亲生女儿，没有人能走进她的内心深处。

　　收养我的这个家庭，其实并不只是富裕而已，他们都是高级知识分子，在用"庚子赔款"建立的学校念书之后赴美留学，又学成归来建家立业。

　　当时她是跟着养父一起漂洋过海留学的，不过她并不是他的附属品，她一直有自己的学业和事业，归国后曾在北平当过小学主任，后来他们因为买办生意从北平举家迁居上海，她又在上海私立中学做了副校长，最后由于体弱残疾不得已放下事业，才去休养身心。

　　后来我的出现，让她在家中重操旧业，振作了一点，有事可做，满足了她的事业心。对于我从一开始未曾上学而导致学业落后的问题，没有人觉得是多操心的事，家里不用请家教，养母便是现成的素养、底蕴皆高的教师，她开始利用休息时间教我学习，把前面的空缺补回来，常常辅导暂时一无所知的我做作业。

　　所幸我不是一窍不通，弄堂里的友人小曼曾经教过我认字，我有那么一点基础，悟性不算很高，但基本应付得了小学的学习。

　　除了学业，养母以为更重要的是教我做人，她时常教导我要成为一个正直的淑女。

　　善良而从心底待人温柔，活泼也不失端庄……我其实已经具备这些品质的雏形，那是大哥早期教育的功劳，我是家里最独立自主的女孩子，一直是他眼中的好苗子。

　　而今在养母处，我做淑女仍是需要加以引导的，我初时觉得最缺乏的是举手投足之间的气态礼仪，我还不能适应、习惯。

养母常说，一个女人即使老了，也能够不失为正直的淑女，就算七老八十乃至一百岁，躺在床上不能行走了，只要拥有那些从骨子里由内而发的淑女品质，就依然是美好的淑女。

但是对于沾染世俗的嬷妈在外面的一些"不好"的行径，她睁一只眼闭一只眼，最多略做提醒，私下却与我道一句"不在其身不知其痛"的话。她要做的是先引领我走正路，之后的路则看我自己了。

我那时候对他们所讲的空泛道理，当作老生常谈，有很多不解，认为教我的这一切是很矛盾的，说的与做的像是两码子事。等到我年纪渐长，才后知后觉地明白那并不矛盾，恰好是环环相扣的一种理解与包容，如同养父送给我的精致俄罗斯娃娃，漂亮艳丽的大娃娃里面分层包着一模一样的小娃娃。

养母从心底接受我的时候，她会温柔地唤我音音或者囡囡，一边教我习作，一边教我其他五花八门的才艺，譬如临摹颜真卿、王羲之等大师的书法，学习不同的画艺，练习钢琴或声乐，认识中西方的棋艺……做很多附庸风雅的事熏陶我，倒没有步步紧逼，只是叫我开阔眼界，多少涉猎，选一样喜欢的专攻。可惜我对这些课程兴趣不那么浓厚，觉得只是枯燥乏味地完成任务。

当我知道她的亲生女儿福茵英，过去学习这些琴棋书画且算精通不少的时候，我产生了一股不甘落后的冲劲想要坚持学习下去，但也只是间歇性坚持，这常常使我疲惫不堪，我是一个被无视且无聊的躯壳，我与那个女孩儿进行着生死较量，又独自与自卑搏斗，仅此而已。

其实我最容易做到的是静静地看书，养父母见了，给我买了更多的书供我阅览，我在养父的书房因翻书不知不觉久待过两三次，我翻的那几本书是大哥从前讲过的……此后，养父便为我做了另一间专门储藏书籍的书房，拥有满柜子整洁的书籍是大哥曾经遥不可及的梦。

我推走嬷妈，亲自整理打扫书柜，像是为逝去的大哥而打扫，后来渐渐变成真正的喜爱。

还有很多书我那时暂时看不懂，也常有不认识的字和词，但我知道它们一直会在原地等待我，不论何时，只要我翻阅起它们就能进入它们的精神世界，跨越时空与未知的障碍，奇异地与之交流，常常痴迷流连，自己未出门便能在另一种意义上环游世界。

我那阵子最爱看童话故事，着迷得废寝忘食，就连嬷妈睡前也反反复复同我讲童话，因为她以前也会如此为福茵英助眠。有时候却讲得我更精神了，我实际上是被她含糊不清的嗓音催眠的。

我最爱的一本书是《爱丽丝奇遇记》，甚至于提前为自己取了一个爱丽丝的英文名，有一阵子我向大家宣布我的洋名以后，他们心领神会，三三两两开始称呼我为爱丽丝小姐。

某次我们在餐桌上吃饭的时候，养父狡黠地说着流利的英文扮演疯帽子，养母娴静地扮演端庄高贵的白皇后，而我的嬷妈善于扮丑所以扮演红皇后……不过不管是嬷妈还是红皇后，她们都是让我心底最亲近的……

沉闷减少，家里变得热闹，一时半会儿很快乐，但这并不是让我决定留在这里的理由。

某一晚我突然害了病，如福茵英那次生病一样发高烧，上吐下泻，昏迷抽搐，凌晨几点整个人几乎快废掉，连夜被送到省城最好的医院，险些夭折，养父养母和嬷妈都在病床周围神情惶惶地守护着我。

这与那次多么相像，他们生怕重现那一晚的噩梦，紧紧抓住经历相似的养女，一向疏离不流露真情的他们，不住泪流。

我烧糊涂的时候，仿佛看见了我的大哥，我的小五姐，我的弟弟，我的生父生母……他们幻影般全出现在我眼前，同养父母一样或站或坐守着我，明明支离破碎的一家人全回来了，他们要把我带回家，或者一起远走高飞。

我呼唤着哥哥姐姐，爸爸妈妈……

当我清醒一些看清楚他们的样子时，我逐渐沉默落泪，我等待的心几乎死去了，我快要变成另一个人，变成福席音，不再是出生那刻起的凤虞与日渐遭到消磨的小六。

当时我觉得，我终于要背叛我的大哥了。当我意识到我在背叛我的大哥或者在背叛养父母后，我又有些悔悟……这种悔悟多年以后才遇到严重反噬……

在那意识彻底降临之前，我常常糊涂地活在浑噩的过去，不肯去接受新的美好人生。

我应该像大哥一样活着，我应该效仿他的生活态度，那并不是背叛，而是延续了他的生命，他要是还在世，也一定同我后来想的一样。

我在那一夜忽然长大了那么一点，因为我不打算谋划逃跑让福家人财两失。

如今成年，想着生父母当年带给我的放弃与痛苦，背叛与耻辱，无奈与理解……我应该推己及人，明白过来，前一个我如此对待养父母，会给这个还残存着爱的家庭带来怎样的阻碍与阴影。

但年少那段日子，我像失去感官的残疾儿，且冥顽不灵，我对周围的爱避之如遇洪水猛兽，自己麻木的感官迟钝闭塞，时常将其拒之门外。我只是应付他们……只是把他们当作我的房东，当作施舍我物质与关心的外人……即使我长大几岁明事理一点，中途很快又重新被拉回了那种境地，陷入与养母相似的残疾之中……

我甚至把心思，把宣泄的爱，寄托到了外人身上去，正因为缥缈，捕捉不到，我才能一度放心去追逐。

我十几岁的时候，才坐私家车回了一趟我原来的那个家而在房子周围游荡。这时候养父母都是知道的，我光明正大，堂堂正正回去，不躲不藏，以平等的姿态终于启口征得他们的同意。他们当年买我的时候，希望我的血亲再也不要见我的面，大约不想我回到那个地方乱跑胡混，从前幼小时看得我比较紧，但是我已经长大了不少，也处于青春期，他们给予我一份尊重和自由。

那时候我距离脱离贫穷的底层已经好几年了，整个人已经脱胎换骨，我在杂乱的巷子附近走了走，司机张叔如保镖在身后相随，甚至为我驱赶那些上来讨钱的穷困潦倒的人们。

这里已经彻底成为贫民窟，一批又一批讨钱的人来之不尽，由于当时内忧外患、分配不均、官吏中饱私囊的腐败社会环境，平民们无可奈何地成为贫民，乞丐，流浪者……周围满目疮痍，茫然痴笑的老人衣衫褴褛，小孩因疾病肚子突出、四肢骨瘦如柴，青年神情恹恹面黄肌瘦，满身补丁的乱发女人木讷恍惚……

我已经散光了我身上所有的现金，甚至脱掉了身上的珠宝首饰，带着一种羞耻分给他们，事实上我不愿意自己高高在上地施舍，我虽然没有嗟来之食的态度，但相差无几，我也知道这是他们目前最需要的物质，可以用来购买食物或者看病。

　　如果当年我没有成为"越阶"的幸运儿，相信如今在这里或别的某一处，我可能也像这样脏兮兮臭熏熏为生存讨钱，为生存出卖自己。虽然养父教我，救急不救穷，但我一直改不了散财的毛病，他们很无奈却也愿意我保持这样的品质。

　　我过去的第一个家已经面目全非，残破不堪的房子未经修葺，即使有人气，一些围堆的穷人横七竖八地住在里面，盖着稻草或者又薄又硬的黄旧烂被，它还是成了断壁残垣，甚至不能为这些可怜的人遮风挡雨。

　　我无意打扰他们，尽量不用那种悲悯的眼神去看他们，也没打量此处太久。我和司机走到外面离去，对那些悲惨的人和景物匆匆一瞥，在某个瞬间我停止了脚步，在离我们私家车不远的某段泥泞之路、一面黄土墙壁附近，我终于遇到一张熟悉的面孔，看见了昔日同住巷子深处的邻里。

　　我和这个上了年纪的妇女对视的时候，她还没有认出我，起初她带着谄媚迎客、招呼路人，随后我向前问候相认，她渐渐古怪，用一种不太友好，甚至略显敌意的眼神盯着我。

　　然而我为她还能做小本营生而欣慰，她在辛苦摆摊，卖的都是不干净却美味的油炸食物，锅里沸腾的滚油咕噜滋啦响着，就像我们莫名煎熬的身心。自从她用那样排斥的眼神看我，我开始后悔冒昧光顾她的生意。

　　妇女说话很刺耳，哟了一声，尖声尖气戏谑："买办家的小姐回来了。"

　　不管对方是何种态度，我和过去一样未曾改变，尊敬礼貌地唤她一声婶，微微寒暄，作为一个合格的顾客买了好几个油墩子。

　　她熟练操作着她的营生，陷入年复一年毫无变化的生活，她的灵魂仿佛已经提前下了地狱在老油里被炸了成千上万次，周遭的一切仿佛在腐蚀着她的生气。

　　接过包好的食物，与熟人做完一笔照顾的交易，她眼里对我投来的情绪，复杂得微妙，但那种羡慕与嫉妒，不甘与痛恨，以及那点无法言喻的遗憾友好……最后都归于原本的死水微澜，不痛不痒。

　　那天我在车上和司机张叔分食了买得太多的油墩子，这是我借他的钱买的，实际上他不打算让我还钱，他身上揣了给我在外面行走备用的资金。

　　他是很不同意我散财给大家的，也怕被哄抢打劫，照顾生意倒还愿意。

　　实在吃不下的油墩子，他也不让我多吃，远离阿婶以后，他就将油墩子分给了路边上的那些穷人。

别说是我的养母不允许我吃这样的食物，就连嬷妈也会大惊小怪。所以对于吃了不太干净的食物，导致养尊处优的我回去腹泻呕吐，张叔不多言，一时替我隐瞒下去了，暂时归为我身体不适的原因，于是嬷妈建议安排我进行辟谷。

养父母是文化人，始终不同于旧社会的嬷妈，在医生那里其实也知道我的急性病症是什么因素造成的，只是不动声色地维系表面，最后嘱咐嬷妈要合理为我调养身体。

而我在那月里，始终会想起那位摆摊的旧人对我幸运跨越阶级的不满，以及那些敝衣枵腹的穷苦人……莫名刺痛我的内心，他们的存在本身仿佛无声地控诉了我的背叛，让我对原来那个阶级的人们开始感到愧疚，叫我沉闷闷的，无法安之若素……

第五章　致爱丽丝

　　我说过，我陷入与养母相似的残疾之中，甚至把回肠九转的心思，把宣泄与压抑的爱，寄托到外人身上，正因为缥缈，捕捉不到，我才能一度放心在暗地里追逐。

　　一场笙歌鼎沸的宴会上我认出了一个人，在那之前我生性冷淡，不善交际，不爱参与这些上流人各种活色生香的宴席，只是偶尔规规矩矩地跟随养父出席。

　　随着年龄渐长，养父母多次安排我参与这些场合，希望我学会交际，起码能基本独自应对，免得将来不会和人打交道。不过大家都知道我不善言谈、内向安静，也知道我曾经悲苦的出身，看在堂堂福买办的面子上暂时没有人为难我，这些场合的人从不勉强我。他们在与我打过基本的招呼以后，再向福买办客套夸赞我的文静端淑，一般随口过问两句，相聚着吃喝，就不打开关于我的话题了。

　　偶然的一次，养父和名流人士品酒谈事的时候，我远离人们立在僻静的窗帘处，望向外面灯烛辉煌的夜景，在某个时间段，乍然间闻见一股仿佛从记忆深处传来的奇异的香味儿，恍若昙花一现，我下意识张望着捕捉气味的源头。只不过那个人匆匆擦肩而过，我只见着了他身穿西装的一道沉静背影，颀长英挺，光从远影便感到是很斯斯文文的男士。一闪而过的他，忽然勾动了我脑里连至体内的一根弦。

　　那一刻我还没法确定情况，但他已然和我记忆里的某个人重叠了起来，我想向人打听一下这人，可惜他已经走远不见踪影了，我失去一次指认的机会，长久无波无澜的心忽然莫名变得很沮丧。

　　这一天过后，我决定后面要继续参加养父前去的宴席。

　　很庆幸，没有意外我再次见到了对方，但在参宴前的那几个夜晚，我辗转反侧，心热难耐，毫无安全感地担心也许再也没有机会去确定一次，拥有类似香味的那位男士是不是我记忆中的人。

这一次我实实在在地看清了对方的正面，也由众人口中得知他叫广祁，是外交官之子。而这位外交官是和我养父有来往的名士之一，我松了一口气，那表示我以后与那位公子见面的机会大概不会少。

广祁正面如其背影，明朗挺拔，温文尔雅。他长着一双令人沉醉的眼睛，分明是东方样式浓棕色的瞳孔，却胜过我养父混血那样的深邃，又生气勃勃地散发着青年人的活力，正是这股沉静而又灵动的气质，让他的整张脸庞显得格外的清俊。

他离我有些距离，我还是看清楚了他整体的样子，随着长辈名流间的寒暄，连带子女们互相礼貌做出基本的介绍问候，我第一次忽远忽近地听见了他温润迷人的声音，也再次闻见了他若即若离的香水味。

人们聚堆而又散开乃常事，我从前希望宴客相聚的时间短暂些，而我私下便可以避到另一处去清静了，由见到广祁开始，我盼望他们谈话寒暄的时间变得久一点，再久一点，让我有足够的时间去确定广祁在我眼中的第一个面孔。

我一如既往地待到了场内角落里，开始远远地注视着广祁，不久后，他身旁跟随了一个神情倨傲的长衫男子，接着我愈发确定当年在康济堂帮过我的人就是他们，他们的言行举止，与好几年前没多少变化。

一人儒雅随和，一人始终端着。

比较自持身份的这位名为胡平原，几位同龄人口口声声称呼他为平原兄，除了面对广祁，他本人待人也是冷冷清清的。旁人谈他和广祁自小形影不离，情同手足。

在那之后，我开始期待每一次的聚会宴席，养父母微微察觉到我的变化，对我此后的主动相随感到欣慰，希望我能由此变得开朗。养母坐着轮椅便不爱去这样热闹的场合，总是叫我代替她去，嬷妈向来随主擤掇，我如今才老实应承下来。

我在每一次宴会前开始花很多时间打扮自己，会去挑选衣服首饰，越来越注重细节。

但一到人潮如流的场合，我不由自主还是隐匿其中，只是悄悄看着广祁，我长期残缺空洞的胸腔内部似乎慢慢变得充实，除了阅读学习以外，我在虚浮的日子里有事可干，有目标可寻，眼睛和心脏时刻追逐缥缈，像去了某种海市蜃楼。

有一天，广祁在舞会上弹了一首钢琴曲——《致爱丽丝》。帮他用小提琴伴奏的是一个金发碧眼、有些老的外国人——劳伦斯，他和劳伦斯是忘年之交，不过劳伦斯最先是他父亲的朋友，一个健谈的美国人，从当他的英文老师开始，师生渐渐成了君子之交。

钢琴声和小提琴声浪漫交缠相伴，娓娓动听，时而忧郁平缓，时而微微激动，逐渐让整个舞会里的人们都静静聆听，原本说话兴致高昂的人不由得放低放缓声音，交谈间，不禁侧耳欣赏震撼的乐声去了。

"致爱丽丝"原本是"致特蕾莎"，出版时被人写错了，这是贝多芬献给特蕾莎的——他对这个女学生产生好感从而创作了一首旷世经典之作。这是我从养母处了解到的，她会告诉我很多我不知道的事，拓展课外的见闻。

如今优雅的广祁用台上那架货真价实的钢琴弹出《致爱丽丝》时，悠扬美丽得让我生出一丝期盼，我瞬间为某种大胆的想法与奢望害羞，陷入孤芳自赏之中。

结果他曲毕以后，站起来看向我的方向说这首《致爱丽丝》是"致爱丽丝"的时候，我同时与他隔空遥远而又迷离深切对视上，刹那间为之一颤，心跳仿佛在体内骤然强烈运动，马不停蹄地敲击我的四肢百骸，那种跳动冲击着五脏六腑，几乎让我羞红了脸，然而，这种臆想之中的情况最后被残酷的现实打断了。

随后，我身后出现另一个英文名叫爱丽丝的小姐走上了台，她高兴大方地接受了广祁和劳伦斯为她演奏的《致爱丽丝》，并且问还未缓过神的他，是想邀请她跳第一支舞吗？

发愣的广祁缓缓动身，脸上的微笑绽放得越来越大，如一朵开得过盛的花朵，脸色不知是因为激动，还是因场内的气氛而变得潮红，最终，他微微弯腰向她伸出了手。

他们牵手走向舞池，相互搂腰搭肩，随着伴奏逐步在舞池中心旋转，摆动，翩翩起舞。

丝丝缕缕的失望和卑微再次填满了我，那异样的情绪也叫我奇怪、充实，尽管滋味儿不那么好受。

是啊，他虽然随长辈见过我几次，但是从来就不知道真实的我，彬彬有礼的他也许过目即忘，甚至不认识我，从未记得过我。他对我来说是既陌生又透着久远的熟悉，而我对他来说是彻底陌生的女孩儿。

所以出现另一个叫爱丽丝的女人插入我的臆想当中，打碎我心里的胡思乱想，才是不出人意料的。人们窃窃私语提及她是银行行长白长林之女——白理佳。事实上我熟知他们，白长林也和我的养父有生意来往，我见过他和一些西装革履的中年人进入养父的书房议事。而理佳曾经发请帖邀请过我去她家聚会，其他家的小姐也按礼向我发过请帖，只不过我都婉拒了，我没有登门拜访过谁家，向来形单影只。

她们传言我是最难请的小姐，比地道的千金还摆架子，误以为我飞黄腾达后目中无人、自持高贵，我实则只是不爱参与那些场合。在学校同样与她们保持着距离，不扎堆参与活动，颇爱独来独往，也时常被批不团结。

而理佳小姐拥有我养父母希望我拥有的明媚开朗，她是女学生的领袖，是名媛之花。

她气质很好，更不必说穿着一条西洋样式的时髦裙子，又站立在舞台中央与一位同样夺目的男人立在一起，她大放光彩，纯洁的蕾丝在端庄的裙摆上随风而飘，身段婀娜多姿，从头到脚既有摩登的洋气，也有千金的稳重高贵。

广祁身上更是散发着一层光晕，闪亮晶莹的光芒流连在他细腻脸庞，身姿俊秀，他跳舞的气势像个掌控世界的国王，而不是未获得继承权的王子。

我始终望向舞池中的他们，眼中到后来只有他，全世界只剩下那个独特的他、唯一的他……也情不自禁幻想场中的女人是我，他搭上我的肩膀，温柔体贴地引导我跳上了一段头肩相靠的宁静舞蹈，我贴着他的胸膛，感受男子那热烈的心跳，腰上是他宽厚温暖的手掌……

第一支舞跳完，现实里的掌声拍醒了我，他们郎才女貌，金童玉女，这个女人由开头到结尾反客为主，最后向人们宣布，这是他们的友谊之舞，友情万岁。

理佳小姐友好委婉地化被动为主动，保持了她与广祁一段友谊关系。我若是有她一半勇气，早该结识广祁了，也许还能成为今日与他跳舞的女子之一，可是我又沉迷享受这种悄无声息的关注，它始终不会被破坏，没有开始也就没有结束，它最珍贵稳定的是能永久长存，无论是脑海中，心脏里。

　　我的英文名是爱丽丝，只有我以及我的家人知道。当晚我便继续陷入那种神经质的幻想与莫名其妙的甜蜜当中去。

　　那一场舞会不论是起始，过程，还是结果……由始至终对于我来说，都是纸醉金迷的一场美梦，是盛筵难再，即使我因为毫无关联的同名生出了奇怪的感动，生出单向之思，自作多情着，宛如偷偷品尝了我养父酒柜里一口回味醇香的青涩之酒。

　　时至今日，它对我来说，仍然是无与伦比、弥足珍贵的。

第六章　闻香识人

广祁身上的香味对于几乎没有接触过香水的我来说很特殊，即使后来接触了，仍然觉得特殊。

他身上的气味有柑橘、麝香、烟草、柠檬、海风的味道，整体嗅起来，另有一股自然风包裹着青草香泥的味道，还有一点冷冽的清茶酒香味，干净宁静，后调严肃，沉稳中透着孤独，又渐渐柔和哀伤，让人欲向前而又止步。那种由鼻钻入心灵深处的气味使我难忘，细细分辨着，虽品出诸多，其实不浓烈不腻驹，很舒适纯粹的气息。他那名贵复杂的香水味并未久留于空气中，只是他走过那一瞬扑鼻而来，迎面也不浓，淡淡浅浅的，心旷神怡，若有若无。

我从童年开始已知道他身上的气味，甚至熟知，一遍遍回味，于残存模糊的记忆里反复出现。如今他的香水味儿更是时不时地飘到脑里和嗅觉里吸引着我，如果他是植物的花蜜，散发阵阵清香，那么我就是想采摘他的胆小侦察蜂。他也犹如一颗诱惑至极的禁果，不可触摸，不可吞食，而我只敢窥视他。

我之前认出他那一刻是失而复得的惊喜。

这种惊喜并没有减退过，有时候颤动浓郁起来，险些暴露在外人眼中。我忍不住和旁人打听或提起广祁少数次，即使如此，一向不关注外界的我看起来仍是有点异样的，因为我嘴里从未对别人提起过什么人，连家人也没有。

陪客戏谑地问我怎么知道他，我用帕子遮掩着自己，含糊低语，听说过他，也记得此人身上的香味儿。

对方有些怔然，嗅了嗅空气里残留的香水味，缓缓笑了，说确实是特殊，自己粗心居然才注意到，福小姐是心细之人。

有一次广祁随身携带的帕子掉落在了长桌之下，我莫名知道这个帕子是他的，尽管我只瞧见过他帕子在西服口袋里露出的素白一角。我认定不是哪个小姐的，也不是哪位夫人的，因为上面有他的淡香气。

　　我小心翼翼地将帕子叠整齐收起，便文静地环顾场内，他正好经过我不远处，对方依旧仅仅只是一道西服身影便将人的注意力轻易夺去，他的挺拔俊迈倒是次之，他只是路过，甚至随手帮帮忙碌的新侍应生，以及扶稳冷冰冰的摆设物体，在熙熙攘攘的人群中沉稳表现自己由内而发的气度。

　　我从一开始已预见广祁是这样的绅士，他平易近人又保持着应有的距离，为人不毛躁莽撞，整个人无论何时不疾不徐，举手投足很是出类拔萃。

　　虽然他单手捂着口鼻，不晓得是什么缘由，令人觉得奇怪，却不会让人觉得他在嫌弃任何一个人和某处环境，让人见了这种由他做出来的自然举动，也只是觉得他似在保护自己。

　　我跟上去想还他帕子，在走廊里七拐八弯相随，几次想唤他一声，却喊不出来。他在前面泰然自若地走着，不知要去何处，似乎有点心急，眼看着他走得不疾不徐，实际上略显毛躁的我差点跟不上，要不是走廊里铺满了华丽柔软的地毯，我清脆的高跟鞋声准能唤他回头看我一眼。

　　他像是丧失了某种敏锐度。

　　我一路尾随，他都没有发现，也许是心里有更重要的事将他注意力全勾去了，他才能半点不察觉身后跟着他的我。

　　最后跟到一处僻静的地方，他将要随手关门那一瞬，我喉咙里卡了大半天的声音，终于在那一刻破口而出："请等一等，请问里面是广祁先生吗？"

　　他凝顿住了，并未现身，只是没有将门彻底关住，留住了一道缝隙，清朗地回应："是的，请问有什么事？"

　　我恍若做梦，我忙告知他，我是来还帕子的。

　　"噢，是这样，那倒是很感谢小姐了。"他略显惊讶地说，"您怎么知道是我的帕子？"

　　"我识得您的香水味。"我下意识回道，"闻香识人。"

　　他听得笑了，笑音让听者感到纯净，我第一次如此之近听见他对于我这个人发出的笑声，虽然彼此隔着一道门板。我险些沉溺于他容易使人沉沦的嗓音和温润的笑意，不过这一次我没有那么呆愣，恭恭敬敬地用两手将理得整洁的帕子递过去，紧张而又端庄，一丝不苟。

　　他依然没现身，只是稍稍打开了朦胧的门缝，彬彬有礼地伸出手准备接过帕子，同时解释一句他此时不方便，有失礼之处还请小姐见谅。

　　我全神贯注，耳朵里听着他持续的声音，目光所及之处都是他那只白玉似的手掌，他微微张着细腻修长的手指，指间并得不那么紧，虽是单手又很正式，绝不潦草敷衍，那像是邀请理佳小姐跳舞时的手形，也像是在邀请我将手放上去与他相握。

　　我理智地把手帕送到他手上的时候，他也稍微向前接过，我们仅仅只是擦了一下指头，温滑舒适，过后又叫人发热出汗，那一瞬的触感柔软短暂得变成了痒麻。时间渐渐过去了，依旧还觉得有无形的轻飘之物笼罩在肌肤上，消不去，挥不掉，像融进流动的血管里顺入心脏轻抚轻擦过一下，使人再也不能忘记那瞬间的悸动。

　　他虽格外认真地谢谢着我，却没有问我的名字，仍然只是称呼我为小姐。我关心他的不方便之处，他没有透露，大约不想让人知道，我便没有继续问，也没有再介绍自己。实际上我的勇气已经被还帕子耗尽了，而他始终没有关紧门扉，似乎在不方便之中给了我一份礼貌。

　　我没有再吭声，让他以为我已经离去了，然而我轻轻向前贴住门板，感受他的存在，在现场回味他与我的那刻微小相处，珍惜他与我前一刻的私下交谈时光，不同于平时一带而过浮于表面的交际……

　　我甚至将手放到门中央极小心地抚上，闭眼不断陷入余味之中，大约过了一刻钟，终究静悄悄离去了。

　　虽然我此时正人君子般归还了他的帕子，可惜后来在不起眼的某次，我后知后觉觊觎起他的贴身之物，它又被我顺手牵羊拾走了。我忘记了养母的教诲，并不正直，并不淑女，我偷偷摸摸的像个贼人。

　　后来，我开始试着了解香水，并去铺子里购买了几瓶舶来品试用。虽然对于自身来说，我不会欣赏，没有其他小姐太太那样张扬，花里胡哨。我其实用得很简单，少量而清淡，几乎无味，一如我本人的低调内敛。这些西洋货，我还是有耳闻的，养父养母的教导让我不至于一窍不通。

　　我用了一点香水之后，在宴会上广祁偶然注意到了我，他竟然闻出了我那微乎其微的香味，我既觉得意外欣悦，又觉得似乎总有一天他多少会注意到我，因为我也看见他与别人聊香水。他面容清朗端着一杯颜色浅淡的洋果酒，随性礼貌地与我搭话，落落大方地猜我身上的香水牌子。

　　虽然气味很淡，他猜得很准，并不沾沾自喜，没有丝毫优越感，只是诚恳地与人聊天。一提起香水，他像打开了话匣子似的，竟同我侃侃而谈许久。

我露出受教之态，向他虚心讨教。

他与我作出了一些良心推荐后，闲聊了几句他便和平原走开了，他向来不久留，唯有和平原能长久待在一起。

这一次他真正认识我，我很受鼓励感动，前几次积累的沮丧一霎消去，人变得喜悦轻快。过后我又去铺子里选购香水，每次买了一大堆，有一段时间零花钱几乎全花在这上面了。

有一次我带着身上的香水味走到广祁附近，举杯品着柠檬水的时候，他注意到我买了他推荐的香水，交谈起来甚至唤我一声席音小姐，如果可以，他下次能送我一瓶。那对他来说似乎是太平常不过的事。

我不知道他有没有送过别人，我欣喜若狂，但按捺着激动，控制住溢于言表的模样，若无其事答应了。

我打听到他有时同样会送别人一小瓶香水，不过他送我的那瓶香水，我都没有见过类似的，也许香水文化深广，我才没有找到哪怕有一点相同的。它愈发被我视作特殊之礼，只要是他送的，哪怕是大家平时常用的花露水，我亦珍视无比。

中西风格混搭的香水瓶形状很圆润精巧，是珐琅所制，物品虽小，上面的花纹图案却巧夺天工，素雅亮丽的雕花彩绘见微知著，环环相扣，镂空剔透朦胧之处呈现水位，清幽幽的，妩媚迷人。盖子顶端还有薄细结实的金色项链，可挂于脖颈处作首饰。

我从未想过他会送我如此精致之礼，得到他随手给出的礼物，也仿佛是触不可及天空中的一片云彩。我从头到尾都是那样卑微注意着他，又耐人寻味，一遍遍意犹未尽回想着他的点点滴滴。

至于香水的气味，我抹在手背上细嗅出，这别具一格的味里，隐约有他的味道，一种能让人一闻倾心的神气，仿佛遇到情人而散发出的体香，让彼此荷尔蒙增长，显得人更年轻漂亮，过后恬淡平和，让人忍不住笑。

它闻着还有一种怦怦然的心动，随后嗅觉带动我穿到过去，我仿佛看见了羞涩怯弱的小女孩与绅士有礼的小男孩，使我回想起我与他命运里初见那不经意的一面，回味无穷。它哪里像是香水，它更像是思绪纷飞的回忆，像是淋漓尽致的黑白电影，像是……我心里的呓语戛然而止了。

我企图让自己平静下来，它只是他随手的一件礼物，送给各位名流之后的一点点增加人情来往的礼物而已。我却为此丧失心智，小小的它蚕食着我尚存的理智，我怀念那个远远望着他的自己，那样的我才是安稳踏实的，但不知不觉中，已经开始变质了。

我多么担忧，成日胡思乱想担忧自己，担忧未知的他，担忧未来的我和他是否能成为稳固的朋友，但那时候我还不能明白那是怎样一种复杂的情况。我只知道我在他那里，在一片平静之下，在表面之下，肆意妄为地充斥着各种情绪，它们的滋生、枯萎与盛开，如越长越茂盛的老藤蔓，以一种包围的姿态，扎根血肉土壤深处，占据了我整颗心脏，逐渐困住跳动的心，让我常常忽略世间的其余，甘愿苦恼。

第七章　知君至矣

我的养母信基督教，饭前得祷告，双手合十默默谢饭，有的基督家庭得手拉手祷告，养母并不勉强我，其实她也不算特别虔诚的基督徒，最多算是一个半路出家的教徒。从福茵英去世以后，她才慢慢地接受别家太太的传教，为了早夭的女儿，为了心病，开始当信徒的。

她和养父积德为穷人做慈善，捐钱施粥发放物资，也捐很多钱给教堂。我参与照顾穷人的慈善，但从不捐一分钱给教堂。

我认为那些钱是给所谓的神父牧师中饱私囊的机会，那是我大哥过去告诉我的，他曾经看见过这种情况，所以我很不喜欢本地的基督教。他还说过，如果不信基督教的话得下地狱，我就更不大接受这个莫名其妙的宗教了。

我年纪小的时候，她没有向我传教，十几岁左右才询问我随不随她一起去做礼拜。基督徒的孩子得参加主日学，我喜静只爱待家里默默看书，他们便不频繁督促我去做礼拜了。

只是偶尔还会问一问，照旧邀请一下。

我原本排斥西洋宗教，但是在某个星期日偶尔去教堂做礼拜的时候，意外见到了仪表庄重的广祁，我开始懊悔没常去。

广祁坐在长椅中排的位置，依旧是一套外观挺括的典朴西服，他衬衫上打着蓝灰色调的格子领带，考究且很有雅致风度，顺着没有褶皱的西裤往下，乌油油的皮鞋铮亮闪烁。他一如既往斯文沉静，端坐的姿势挺出了站立的气势。教堂里明黄摇曳的灯火闪耀着，照出他光洁的脸庞和衣着，使其斑斓而又干净明亮，整体仿佛一尘不染。

他身旁同样坐了一位沉静的妇女，我在交际中见过他母亲，风度翩翩的儿子很像母亲。那位太太不化妆时气色有些差，但面孔祥和，气质温柔，让人见了如沐春风。他们母子相处间很自然温和，礼仪具备，不似外人那样客套，不装模作样，一如他平时散发出来的气度。

和我如今阴晴不定的养母，平时比较肃穆的养父，以及忧郁的我，与我们家一派平和下的暗流涌动是截然相反的氛围。

我偷窥他们的时候，格外小心，每当他们有所察觉，我不疾不徐地收回目光，顺势看向其他地方，这几乎是我那时候最擅长的事。不过他们母子会先后冲我和养母微微一笑，示以友好。我们同样回应着点头。

两三次以后，由于广夫人同我养母有话交谈，或为讨论教义，或为两家的公事，或为私交情分，讨论如何保养身体……他们逐渐来到我们附近坐下，又因为位置不足，广祁也第一次坐到了我身旁来，我面上虽然直视着前方，但瞳孔顿时像失去了焦距一样，只有余光在注意左边，不动声色。

他一坐下来，那股让我心怀荡漾的香味儿，近距离笼罩着嗅觉，仿佛钻入我浑身上下每一个毛孔里，我是那么适应它，那么眷恋这种气味，不管多少年过去了，他专属的香水味仍然能令我安心，让我总是陶醉沉迷，流连忘返，让我觉得他始终在眼前从未离去过。

我保持仪态端坐得僵硬，他开始向我搭话，再次称呼我为席音小姐。我内心喜悦，我们能像朋友一样坐在一起聊天。

他说，他以前也不爱来教堂做礼拜，最近才来。

我答，我也是。

他们母子关系应该很好，所以同样没有强迫的事。而我的家庭是担忧彼此的敏感，和古怪的情绪。

广祁若是近了，我却不敢多看他一眼，宛若当年他扶起我的那一霎，我下意识逃避，却又享受珍惜，希望时间永远停留在那一刻，内心矛盾而焦灼。即使我的外表已经发生了翻天覆地的变化，也依旧觉得自己还是那个脏兮兮臭烘烘的小贫民。

我想靠近他，可是当他真正随意靠近，我却又那么死板端着，生硬的言行举止，内心的慌乱无措，一点一点压垮我，我仿佛顶着天大的压力面对我心目中这个神圣的男子。

他听着神父在台上絮絮叨叨，偶尔靠过来与我低语闲聊，我口舌干燥，鼻尖起了细密的汗水，我的回应不如宴会上自在，毕竟那时候我们保持着生人间的距离，没有如此相近。

这会儿他一靠过来，说话热乎乎的气息不经意地接触我肩上露出的地方，我感受到自己一瞬起了鸡皮疙瘩，那一缕缕微痒、干热、凉风……交替抚过我的肌肤毛孔。

随后广祁微笑着递给我一张叠好的帕子，让我擦擦汗。

余光里他的笑脸是模糊的，而我又能具体知道他的温润模样。我窘迫地接过他的帕子，微微按了按额头与鼻尖沁出的细汗，他看出我的窘况说教堂里是有些闷热。

只要他不察觉我是为他出汗，随便他怎么理解都好。

交流间，我已知他同我一样对基督教不感兴趣，随家里人来的罢了。我们偶然找到了共同点，又愿意继续来此做礼拜，他因为母亲的拜托，我因为他，但还是冠冕堂皇地说是为了孝义。

我为了广祁，下意识改变了很多微不足道的事情。后来每个周日，我都会随养母去教堂做礼拜，只有广祁不在的时候教堂才那么枯燥乏味，我不由得会有些浮躁。他在的时候，教堂变得蓬荜生辉，每个角落都亮了起来，神父讲道也变得悦耳动听，引人入胜，至于我，自然变得平心静气多了。

这一切在家庭看来，是我成长了，我惭愧默认他们对我的欣慰，也继续忽视他们，把内心的关注放在另一种虚无缥缈之上。但我在背地里做的这些事情，从不麻烦家里，我的预算只在自己力所能及的范围内。

前面我说过，有一段时间我乱花钱买了各种香水，下一次广祁谈论文学的时候，我的钱又不够买书了，我悟到凡事该有个度，于是此后对于他展露的兴趣都浅尝即止，不再那么过度。

我们深入地谈论文学，是从我偶尔去私立图书馆开始的，我虽然有一间琳琅满目的书房，可很多学术书籍还是没有，有时候得去图书馆借阅资料。我大可以让佣人替我去跑一趟，不过我也喜欢往这样的地方走走。

我专心翻书的某个瞬间，有一种直觉促使我往东边的方向看去，在昏暗的地板和书架之间，窗外阳光如金沙倾泻，光辉便洒在斑斓闪烁的间隙里，我从那一点点神秘的孔洞里，迷离恍惚瞧见了我回想了多次的熟悉脸孔。

西服青年在那些书架后面微微发出动静，起初我不能看见他整体的样貌，只是一点点挪动脚步，换着视线角度，静悄悄窥视他五官的每一部分。先单独注视起对方那白亮的额角，明净的眼睛，与脸颊相衬的秀挺鼻梁，在金光之中的红润嘴唇……都是如此生动美丽，我在脑海里将其样貌神态拼凑完整，情不自禁地微笑了起来。

我隔着书架欣赏广祁看书籍的状态，像是欣赏一帧帧电影画面，或者精致的广告海报，多么美好，宁静。

他很专心致志，暂未发现那个窥视他的女孩儿，我只有在窥视他的时候才如此大胆，我仔仔细细看着他的模样，他每一寸的皮肤，乃至每一个细腻的毛孔。

我随他而变换位置，像跳了一场无伴奏的舞蹈，有时若芭蕾优雅踮起脚尖，有时若华尔兹一步步轻巧挪动方向、高低、角度……

我不知道，我这样跟随了他有多久，我们隔着一面面的书架仿佛一起走动着，在关注他的时候，我常常忘记了流逝的时间，所以我也忘了拿自己的书。

到后来管理员通知今日下午要打扫卫生快闭馆了，我才急急忙忙回归原位去找书，可是我没有找到，它在中途已经被人抽走了。我沮丧的时候，身旁忽然递来一本我正在找的书，对方嗓音清锐地问："席音小姐，你是在找它吗？"

我惊愕抬头，一瞬间与对方四目相对，广祁微微一笑，我顿时屏声敛息，仿佛连他身后窗外的山林和微风都为他停了须臾，他斜对面窗台上的花朵也簌簌害羞，书柜玻璃叠影里映衬他风流蕴藉，文雅亲和。

我对广祁在图书馆的窥视终于变成了相遇，自己下意识和那几盆花一样羞怯了，久久没有反应过来。

倒是他友好地把书本往前递了递，声称他路过瞧见我在找什么，方才又从这个位置抽走了这本书，如果我需要这本书，他可以割爱。

我与他推拒一番并未来得及细谈，因为管理员开始赶人，我们只好踩着吱呀吱呀的楼梯先下去了。

在楼梯间里，广祁下意识地伸出手臂给我扶，他提醒我楼梯上有灰，早点闭馆是该打扫打扫了。我相信他对别的女性也是如此，但当我把手放到他西装上，隔着衣料搭上他温暖的手臂时，还是有些颤动的，因为下楼走路的幅度，这点颤抖已经被遮掩了。

期间我腿软踩滑那下，使劲儿抓了一下他紧绷的手臂，西装料子很好，很快恢复了平坦整洁。我很不好意思，因为他用另一只手扶了我一下，关心我穿中跟鞋的脚有没有事。

得知我没有事，他才放心，丝毫不在意我刚才抓重了他，我过意不去，他察觉后表示没事。

路上我们保持距离交谈甚欢。我要拉开一点距离才能自在些，他感受到了也很尊重我。并且他从出来开始已将我留在路的里侧，自己理所当然地走在外侧。

我第一次告诉他，我内心的想法，毋庸置疑，那就是他很绅士。

他与我散着步，莞尔说，他从小就立志要成为一位绅士。我说巧了，我从小也想成为一名淑女，不过那起初是因为我大哥、我的养母，后来才是为了自己。我在心底补充，也为了你，我的榜样。

他很欣慰，略谈了谈关于做绅士与淑女的学问，其实不分性别与年龄，也不止于表面的礼仪，比如为人处世中真正的温柔，替对方着想……

同我养母说的类似，我后来也深以为然。

我们分道扬镳之后，我才发现我装书的布包里已被他放了先前推让的书本。我手里更是不知何时把他的一粒纽扣攥走了，意外又纳闷儿，私下开始发窘他一定猜得到是我抓坏他的衣服，这大约是他袖上的纽扣，而我太紧张一时没有发现。

对于那颗纽扣，我刚开始打算下次遇上还给他，又想了想，最终它的归宿和那条帕子一样，被我留在了专门收藏他物件的小木箱宝盒里。

因为木箱宝盒里起初只放了那条手帕，未免太孤零零，太空荡。我空余时关在屋子里练书法字画，专门练习广祁的名字，也专门画他的模样，已挑出写得好，画得好的几张放进去压箱底保存。

我还郑重地为他写了一幅字裱起来，远闻其香，而知君至矣，所谓闻香识人。

第八章　重逢故人

图书馆之行后，我受邀参加了一位小姐的私人宴会。

除了随养父出席的商会宴席，对于同辈的交际圈原本我同往年一样是不去的，今年考虑过后应下了。我猜测广祁大抵会去，他们关系看起来很好，甚至超过一点常人的友谊。广祁似乎很欣赏她，连我远观时亦认为她不错，我知道她有独特之处。

理佳办宴席还算低调，只请她瞧得起的几位相聚，我一向是在她必请的行列里，大约请不到，持之以恒不肯罢休。大约为家族背后的关系，对我另眼相待。不像其余小姐不触霉头，请了几次请不到便作罢，此后顺我心愿遗忘了我。

我的到来，连宅院门口的迎宾佣人都交代了好几句属意我的话，把我当作稀客。

我便明白是理佳对我本人有一种执念。

理佳见了我，上前热情地拥抱了我一下。她声称，我是一座大佛，令她蓬荜生辉。我也谦虚地对她说，往常只是觉得自己与她们不熟悉，才胆小不敢登门。理佳便说笑我几句，她也谦虚道，明明是她惶恐，叨扰了一位有个性的校友。

她作为领袖常在学校组织大家举办活动，其间我并不讨厌她本人，她不像其他同学总要勉强我，向来只做基本的礼仪邀请，避免有孤立之嫌，然后保持距离，尊重我。她也不会在背后对我评头论足，甚至为我说情，不会强人所难，那是强盗土匪之举。她同样是一位很有教养的人，相比之下，在他人眼里，是一朝麻雀变凤凰自命不凡又孤僻的福祥音无教养。

这些年，我对于旁人的众说纷纭，大多不在意，心里曾介怀过一点，最后觉得只要达到自己舒心的目的已足够，我为什么还要为此烦恼呢？

庆幸福家也更在意孩子的意愿，在一致对外方面，他们确实很善待我。至少养母残疾后，对此感同身受，一样变得安静喜欢独处，闭门谢客，所以她如今能理解我，没有像以前对待福茵英那样专制了。

进了白宅优雅不俗的宴客大厅，里面来客皆不负所望，都是名流子女。广祁身边一如既往跟随了长衫平原，两人一西一中的打扮像是固定的符号，也叫我安心，一眼就能寻见他们，如童年时那一幕。

广祁今日还在西装领子上戴了一只银灰的蝴蝶结，小领花像混纺面料，宽大约四英寸，质感看起来特殊，总体让人眼前一亮。就连他的一颗纽扣都是十分精致，我夜里有时会在灯下摆弄他的纽扣和帕子，发现纽扣也是精雕细琢过的，素白的帕子并不素，仔细打量，上面隐现淡雅刺绣，手艺极其精致。

宴席开场不久，我遇到一个久违的熟人——陈小曼。以前和我一同当过贫民的伙伴，我吸取阿婶那次教训，在此种场合没有对小曼冒昧相认。

她幼时便爱认字读书，常去私塾学校偷听课，我和她当年不算熟也不算陌生，住得近常常能见，一来二去自然认识了。加上她和我大哥来往，互相谈论知识，也教我认字，算是君子之交。

如今我与昔日伙伴见面，她成了仆人，而我是一位替补小姐。我莫名感到羞愧，不知是替她感到不平，还是为我自己平白无故得来的一切而羞愧，我再次产生背叛故人之感。

我对待童年仅有的记忆总是那样深刻，才能敏锐认出她，故人已经出落得亭亭玉立了，我被富裕家庭熏陶出来的变化也极大，她刚开始与我同样是陌生之脸。我不知道她有没有认出我，不知道她是否和我一样出于某种原因没有相认。

为了她的自尊心，为了我们久远的那一份淡如水的友谊，我只能装不认识她，不动声色。那并不是怕被人提到我的出身过去和养女的身份，从前她在我们那一片是个很傲气的女孩儿，她和我大哥一样有股贫穷文人的酸气，不过曾经年幼不懂事的我仍然佩服他们所想，以及他们识字念书努力向上的精神。

理佳介绍小曼时便提起她的这位仆人原先在厨房里做活，偶然发现她家的丫头很有才情。多年以来见缝插针地自学起来，拥有难能可贵的基础学识，丫头有点底子就拉来前厅做伴了。理佳真诚地夸小曼做人伶俐，脾性很好，才把她一路提携到身边做事。

可我们几个小姐高高在上地懒坐着品尝美味的食物，小曼和其他丫头忙前忙后照顾大家，热闹之中她们有人还在大惊小怪嫌弃这嫌弃那，也督促她，驱使她。因为小曼今日确实有点手忙脚乱，一道歉被批评一时愈发做不好事了，理佳作为主人没有痛骂她，反而维护她为她解围，她平时没有犯过一点错误，大约这次准备宴会忙坏了。

我和广祁也在其中帮这个众人眼中不起眼的下等人说话，她们听了我们的话才收敛一些，实际上对佣人嗤之以鼻，反过来很不赞成我们几个对待下人宽容的态度。

平原此间提出广祁对待雇工太好，曾被下头的人糊弄，也是赞成主人家和下人界限分清的态度，不可纵容。

平原与我一样似乎不善交际，然而他更是孤傲一些，仅仅是从不多次的交际间便发现他不想理会我，不易接近，与我的寻静不同，隐约感到是我出身的原因不得他意。他身上有一股自恃清高，谈吐间也将人分成三六九等。譬如他有时会阻止广祁的平等待人，广祁则讲道理软化他，我相信平原是不可能策反广祁的，广祁是什么样的人，我关注的点点滴滴足以证明。也不知道到底谁比谁迂腐，他们又为何能成为朋友，多年和平相处。

开始谈论这类事情以后，瞧不起我的霍伊青闹了一段不愉快的插曲，她父亲也是买办，但屈居我养父之下，略逊一筹，她不太尊敬我，她和平原颇像，不过她是由内而外如此。她时不时对我进行挑刺，在学校主要也是她挤兑我，所以我不愿违心加入她们的交际。

她很早就有了青梅竹马的男友赵石南，赵石南是盐政局局长家的儿子，两家门当户对互惠互利，她脾气娇纵，赵石南很能忍受，也不失为一种合适的爱情。

桌上的氛围渐渐变了，伊青甚至讲道："听说小曼是买来的奴隶，从小就是奴仆料子，曾经和席音小姐一样，同一个地方出身的人。"她询问赵石南："要不，我们也去贫民窟棚户区买两个机灵的小孩回家培养做活儿吧，或者找黑黢黢的昆仑奴培养。"

她大胆地揭开了这一层纱布，可耻的却是她自己。平原握拳笑了，我懊恼地盯他们一眼，广祁的目光也瞥了过去，平原逐渐收声。陈小曼面色平静，淡淡地看了看我们，然后低下了头。

赵石南提醒伊青："安静点吃东西，别学那些高高在上的暴发户，尤其自以为是的军官忠烈之后。"他说这话时瞥了眼微微发笑的平原，平原彻底止住了笑容倏一下冷了脸："半斤八两，三十晚上无月亮，诽谤他人如妇女，绣花枕头登对。"

而那两口子私下互相说："不要用这种语气和我说话。"

"你也不要用这种语言说话。"赵石南被平原噎到后，只好先管束自己人。

同时我缓过来讽刺伊青："你知道吗？你现在就像一个野蛮的欧洲白人。"

我对于这类人的嘴脸终于做出了反击，那是我第一次在这群上层人士面前不那么文静沉默，紧绷一张脸说出让氛围更僵的话。

随后我下意识地看向了广祁，想起了劳伦斯先生，我方觉失言，以偏概全，面红耳赤险些起身想逃避。

广祁完全不在意我说了什么，我反击的态度让他露出了欣赏的眼神。他对我微笑一下以示鼓励，我便安然了。

女孩子们唇枪舌剑，其余男士没有多言，不过广祁擦擦嘴还是朝伊青道一句："您是一位很有教养的小姐，何须暴露自己父母的短处。"

所有人都愣住了，那是广祁难得地提点叽叽喳喳的女孩子。

见我们都说了让气氛僵硬的话，伊青的男友也发表了意见约束女友，理佳和其余人便不火上浇油了，开始打圆场。

氛围一时静谧古怪，伊青倒委屈起来，哭诉我们小气敏感、闹闹嚷嚷，捏帕擦泪，大家反而得去宽慰她这样心直口快的人，氛围又缓和了。

理佳作为东道主有点头疼，她附和广祁的话便对伊青问："这些霍小姐自己做到了吗？也何须别人再宽慰你。"

伊青涨红了脸，最后悻悻止住了哭泣，她低头默默吃饭。较方才的提醒，赵石南不再那样生硬，柔和许多，轻言细语替她布菜，有和好的趋势，她便沉默受着。

我原本有提前下桌离去的念头，最后顾着主人家没有做出不欢而散的举动，待吃得差不多便借积食不适去一边休息了。

小曼没有退场，有始有终地完成了自己的任务，平静服侍着我们这些所谓的贵族。

只是结束以后，她才在花园僻静处独自伤心，我先是窥视她，再走过去与她谈话，我自然而然地宽慰她，没有相认，没有刻意陌生，她很受用，不仅没有别扭，还谨言慎行地试着认出我进行叙旧。

她说话前，犹豫着先称呼我席音小姐。

我不让她这么唤我，我开始难过，我与过去的那层隔阂，那道沟壑还是立体起来了。我告诉她，我才是生活真正的奴隶，被困住一度得不到解脱，我有我自己的困惑。我认为你比我生活得游刃有余，也许我更希望像你那样自力更生，不卑不亢。

她沉默一会儿缓缓笑了，终于唤我小六子，但眼神仍小心翼翼的，怕冒犯到我。我察觉我们哪里有了不同，她变了，她童年那股无所畏惧的傲气终归被生活磋磨掉了。

见我冲她露出微笑，确认我的态度，她逐渐坦然，自信了些，敢与我平等起来，就像在理佳面前那样。她认真地说："我知道，小六，你和他们不一样。我不认你，就是怕刚刚那样的事情发生，我不想你为难。其实小姐为人很好，对我很好，在家也让我伴读，给我念书学习的机会，我如今过得很好。"

我相信她是真正过得好，理佳是个好人，不会亏待身边的人。

那天和小曼叙旧以后，我才能放心地离去。当晚广祁和我又散步走了一段路，其实只是大家一起走出去罢了，但我更觉得那是我和他在散步，我惦记着小曼心事重重的时候，他以为我还在为自己受辱难过，便靠近我耳边低声说："席音小姐，你刚刚很勇敢很美丽，说得很形象。"

他告诉我，连劳伦斯也讨厌家乡那群道貌岸然的人。

我养父也是那么认为的。

我低头轻笑，要不是天色已晚，我脸红的模样会让我表露糟糕的状态。

我知道他是被大家派来宽慰我的人，他会让女孩子舒心。我没想到他似乎为了小惩平原，或者让我了解平原，而向我透露平原父亲是参加了郭松龄那支军队在反奉之战的时候身亡的。

大家对于反奉意见不同，党派也不同，有不少年轻气盛的人对平原冷嘲热讽，还发生打架斗殴的事，造成了他这样的性子。而平原被人嘲讽的时候，是广祁维护了他，也不辩郭松龄反叛奉军的举动，到底是为民为革命，还是为私想做"东北王"争权夺利。因为不管郭松龄本人争议如何，平原始终认为他父亲是纯粹为民牺牲的英雄。毕竟平原的父亲当年还和广祁的父亲一起激烈地参加过反帝运动。

广祁肯定其父，多年以来，平原便将他视为至交。

参加理佳生日宴的那天，我第一次遗失了自己的帕子，我在宴客厅里找过已不见踪影，上桌时明明还在，也不记得随手放在何处，大约是那些对我有意见的小姐连我帕子也看不惯了。

我的手帕不管掉了几条都不打紧，只有广祁那条被我第一次做贼顺走的最是贵重之物。我回家打开盒子看了看，拿起帕子嗅了嗅香味儿，也怕它长了脚不翼而飞，于是愈发叠好压在了最下面。

夜里想起陈小曼谈吐不俗，有心有思想。我知道，她仍然爱学习，爱认字看书。之后我打包了自己一些珍贵的书本送给她，也收到了她的回信和谢礼，她还记得，我以前喜欢吃她家做的酱菜。

可惜福家吃不惯味道重的腌制品，我没有和他们讲起小曼的事，我明白他们不喜欢我接触以前认识的人，我只和嬷妈说过这段插曲，嬷妈不守诚信地告诉他们后，他们不仅没管束我，也默默吃起了这些小菜。

我常常闭塞自己不和他们沟通，他们有时也拉不下脸，一家人在情感上有点生硬，但是后来我们共同明白，嬷妈是一道缓冲我们关系的桥梁。

近几日，霍伊青也登门拜访我，大约是赵石南提点她的。她有时候冲动得过分，但她的男友很清醒，会鞭策她，让她进步。

她来了总归是客人，看在其父颜面上，我不计前嫌以礼相待，毕竟她父亲和我养父共事有来往，霍买办私下向来与我笑脸相迎，对我处处都很客气。

不过伊青为上次的事明面上同我讲和道歉之后，江山易改，本性难移，问我真认识那个奴仆吗？她看见我和陈小曼在花园里讲话了。

我没有回避我和小曼相识多年的事，我的不高兴是因为她总叫小曼奴仆、奴隶。

伊青吹着茶，不以为意地说："叫奴仆和名字有什么区别吗？大家不都是这样吗？"

我看了看没人的周围，理直气壮地讲："有区别，你再那样不礼貌地叫她，羞辱我们，我会带着我的父母上门拜访一下你的父母，请教一下，是怎么教出你这样有教养的小姐，我应该学学。"

　　她一瞬被掐住了命门，气焰低下来妥协了，嘀咕我这辈子就是运气不错，仗着福家鼻孔朝天，扬眉吐气，有什么两样。

　　她常常对我的行为费解，我也无奈她的大大咧咧，不过她这个人确实不拘小节，不容易真生气，吵完就过了。

第九章　胆小鬼

　　偷得浮生却半日哀，我有时候会独自乘坐叮叮当当格外吵闹的有轨电车，静静地倚在角落里，望向窗外倒退的熙熙攘攘的繁华街景。

　　在市中心依然能看见众生皆苦的景象，到处是那些可怜穷苦的贫民。

　　外头有在褴褛衣衫里裹着孩子并杵拐杖讨钱的蹒跚老妪，有浑身挂满手工草鞋的赤脚瘦男卖鞋，也有很多乞丐因为影响市容被巡警驱赶，有的巡警甚至抓住骨瘦如柴的小乞丐对其挥舞乌黑铁棍，嘴里大骂瘪三赤佬殴打着。

　　我会想起自己的过往，想起不知身在何处的爹爹妈妈，姐姐弟弟。回顾前尘往事，他们待我的结果，皆不能改变我心里挂念他们的本能，成日担忧他们过得不好，再次穷困潦倒，有时候就这样看着相似的人们偷偷抹泪，为失了缘分的家庭黯然神伤。

　　啜泣不久，我还在电车上看见了一对登对的璧人，那时候电车刚刚好停下载客，我看清了前面眼熟的两人，广祁和理佳不紧不慢地散着步，似乎才从附近能约会的地方走出来。

　　电车缓缓启动了，前面一些的他们逐渐移到后面，男女皆微微面带笑容，怡然自得地走在一起。广祁身处路外侧，理所当然把里面的位置留给女士。他们并排交谈着什么，嘴唇偶尔翕动，偶尔自然合上，不说话似乎也无妨，脸上笑容从未消过，相处得是那么自然。就如他们在舞会上保持名声不算过线，一个演奏邀请，一个大方相迎，以友谊之名珠联璧合。

　　我在电车里看向那对微小的人影，心脏跳得缓慢而沉闷，也为他们高兴。我知道，他身边都是优秀者相伴，我的那丝丝不高兴显得多么狭隘啊。

　　在我心中，他是同辈里唯一能与我大哥相提并论的男人，我的呼吸总是容易随着那些我捕捉到他美好的瞬间而静止，即使他和旁人在一起，我也会为此着迷沉沦，不断去遐想他身边出现的朋友，时刻是我。

　　我突然得知广祁和理佳订婚了，瞬间感觉昏天黑地。我听着外头的佣人谈论别人家的喜事，不慎摔碎了手中的镜子，镜子碎片里出现无数个我，脸色青红交替，最终变得苍白，镜碎波光折射着失魂落魄的人影，我蹲下去缓慢捡起锋利的碎片，为我失手毁掉了无辜的小镜子伤心流泪。

嬷妈对于我的状态见怪不怪，她忙进房里来安顿我，怕我割伤了手嘱咐我要记得叫人，不要自己做这种事。她一边收拾残局，一边熟练宽慰哄着我："不就是一块儿小镜子嘛，嬷妈上街重新给你买个一样的回来，这叫岁岁平安，是好事哦，好事儿。"

连其他佣人也宽慰我道："小姐啊，我发工资了也给你买一块镜子好吗？只要您不嫌弃，我家里唯一的老古董铜镜也给您搬来。"

我破涕为笑。嬷妈嗔笑驱赶好心的女佣，她晓得我低落时不怎搭理人，所以关上门悄声说话又哄我。我也不知道她为什么哄我的时候爱小声说话，但就像是我们的秘密一样，我会跟着静下来。

可是这一次也许是天气太闷热的原因，天黑无月，夜里蝉鸣之间，我燥热难耐，难以入睡，我开始思索那些心事……思索那种时常困扰我的情感心结，忽然明白过来，这些年萦绕在我脑海中的情景，一遍遍重复回放时滋生了什么。

倘若初见时广祁看起来不体面，无权无势，我将注意到他吗？

我大约会的。

当时我注意的不是表面啊，他为人好心，绅士温柔，平等有礼帮助了贫民，他是一位从骨子里都带着绅士的特殊男子。如果他是贫民，我相信他也会舍弃无用的自卑，不卑不亢活着，与今时今日遭受困惑的我是不同的，仍然会成为我羡慕喜欢的可人，总会是我想要靠近的目标。

冥冥之中，我渴望那悄然生长的爱情，久而久之发现那不过是我独自在幻想中的梦呓，是往事岁月在时间长河的冲击下，零碎与忧虑的单相思，半睡半醒般活着。仿佛夏夜里他离去时，恰好吹来的一股热风，我得持续忍受那黏糊的阴热郁惆，愁闷怅然不过是情爱思念的产物，也夹杂了本性的占有欲望。

当我把注意力转移到他身上后，我从家庭的困苦中脱离了出来，把内心缺失的地方转移到了其他深坑里，深信他能解救我。可是当听见他订婚那一刻，我宛如雷劈，浑身僵硬痛楚，不能自已……陷入了另一种困苦里。

那一晚我终于明白过来自己对于广祁的感情，不仅仅是希望做朋友，更多是一种剪不断理还乱的情绪，是从少女时期困扰我多年的爱情。

于是我私下找上了平原，想要打听广祁和理佳的情况，不过我得先和平原成为朋友，聊天才不会显得那么突兀。

我回忆起那晚广祁与我透露的事，我提及自己的过往，表明平原穿长衫的样子很像我大哥，总令我想起家人，有一种熟悉之感。

实际上他们除了表面的穿着身形像，内里脾性完全不是那么一回事儿，我大哥有文人的清高和慈悲，可不会像平原高傲瞧不起人。

平原悬针眉深，他常常紧锁眉宇，让人面对他，不得不谨小慎微。

我格外小心地引导平原讲起自己的身世，其间肯定了平原父亲是为民牺牲的英雄。他竟一下改变了对我的态度，言行不再高高端着，原先绷着的整个人变得和气不少，自此也对我另眼相待，交上了我这个朋友。只能说他也渴望被大家认可，替他父亲正名。

期间我了解到平原母亲成为寡妇后，为母则强、料理家业，多年来得广祁家不少襄助，生意稳定有起色后逐渐有了声望。所以基于这一点，他对广祁家异常感恩。我恍然大悟，两人关系若不好，那他岂不成了白眼狼？

我和平原私下约见来往几番，也逐渐聊起理佳和广祁的事。他认为他们看起来不错，广祁和理佳很登对，郎才女貌，门当户对。

他还问我，你觉得呢。

我只好微笑夸他们，夸以前看到他们就觉得登对，他们在舞会上跳舞的时候已经像一对了。

结果他随口讲给了广祁听，广祁通过他的嘴回话谢谢了我。我便愈发觉得自己莫名其妙，了解又能怎样呢？不过收到对方一句道谢罢了。

在那期间，沮丧气馁的我去了一趟教堂同神父吐苦水，当然也请神父务必替我守住秘密，为此我终于给教堂捐了钱。

神父开导过我后，从那时候起，我恢复了从前的状态，不随养父去参宴走动，不去教堂图书馆，不出去乱晃荡了。

除了上学，我最多在陪伴养母的时候，推着她的轮椅在附近四处走走，聊着琐碎的事散心，我们互相触摸不到对方的内心深处，但在表面我们都是正常人，维系着体面的家庭关系。就像他们夫妻之间，有时候貌合神离，因为丧女之痛，因为血脉无后，这个家庭永远不能完整。

而替代品准备在内心上回归家庭，结束我在外界仿佛永远也抓不到的虚无缥缈的寄托，随着广祁和理佳的缘分，一切终归要尘埃落定了。

那几日我内心混乱，犹豫反复，把收藏广祁物件的宝箱搬进搬出打开合上，一时不知道该怎样处理，最后放到了小书房去不再时刻那么相近。我捂着发痛的心口恋恋不舍，想念珍重着他的点点滴滴，珍重不值一提的象征物。

上午我还在家里照着镜子，瞧着憔悴的自己，凝视我瞳孔幻象般的漩涡里逐渐出现的哀伤。

下午很久没出门的我百无聊赖地逛街遇到了单独在外的广祁。那时候他在一家咖啡馆的窗户边独自看书，他深沉的双眸虽然看着手里书本，但他看起来心不在焉，目光有些放空，眉头隐约蹙起，一丝丝的纹路没有平原的悬针纹明显，略有一点忧郁，苦闷。

我头一次路过得那么不谨慎，广祁在窗内发现了我，彼此淡然压下了不明的情绪，随后变得友好，他用手势礼貌地邀请我进去喝咖啡。

原本我要远离他，不再见他，可是他一呼唤我，我整个人不由自主了，手脚不听使唤，就这样被他深邃的眼神、微笑的脸庞操控了一样跨入了咖啡馆。

我迟疑地坐到了广祁的正对面。侍应生伶俐地过来接客，我点了一杯摩卡，拘谨地坐在位置上认真喝咖啡。

广祁与我做过基本的问候以后，扬扬手中的童话书，忽然问我公主和王子结婚以后，会是什么样？

我和他已经发现，每次到了结局，便是王子和公主幸福地生活在了一起。

我感到他似乎在为他和理佳的未来担忧。我想着我的第一个家庭和第二个家庭，无一例外都有一个共同点，便回答他，柴米油盐，细水长流的生活，日子过得好是过，不好也是过，如人饮水冷暖自知。

广祁是不可能嘲笑我的。他语气轻快地笑说，有道理。

我问他，是怎么认为的呢？

他竟然缓缓道出，不知道。

我问不出口他和理佳的情况，我甚至希望他不要在我面前提起理佳。

我无事可干中喝完了咖啡，广祁笑了笑问我还喝吗，我低头告诉他，我要回家了。

他今天似乎有些孤独，一时遇到了朋友，便与我继续聊着童话文学，不知不觉一起上路把我送回了家。到了门口，我客气地邀请他上楼喝茶，他应礼答应了。

养母在楼上休息，养父外出做事了，家里很安静。

佣人端茶倒水的声音也很轻，我和广祁轻言细语谈论着文学，兴致盎然后，我们聊天的阵地转去了走廊尽头那间僻静的属于我的书房。

他称叹我干净整洁的书房，眼里那一瞬的欣赏，无声胜有声。我受到欣赏正微笑起来，某一瞬间，我看到自己收藏广祁物件的箱子搁在书架下面的桌子上，并且没有锁上的时候，我的微笑僵硬了。

我脑中像被闪电击了，延缓片刻，轰然炸响，我都忘了箱子到底是什么时候被我挪到书房来的，又忘记何时被我打开过没锁上，也许是我夜里难过的时候忘记收拾，反正我的书房是不许人进的，打扫都是亲力亲为，也就掉以轻心了⋯⋯

我保持表面的镇定，走过去要藏起那个扎眼的箱子。

广祁却要过来帮忙，我手足无措，箱子在我们微微推扯间不幸打翻了，骤然我收藏的东西哗啦全掉了出来！

噼里啪啦一大堆，动静很大⋯⋯

他宴会上用过的擦嘴帕子，没有洗过，那是他触碰过的帕子，上面还有一点痕迹，那点污渍即将变成他眼中的我；他被我抓掉的纽扣如今清脆崩落在地，仿佛在我体内已绷紧的经脉上蹦跳践踏；我用他名字练的毛笔字，用他模样练习的画，都曝光了，我写了他很多个名字，画了他很多幅面孔体态。

我就像一个见不得光的老鼠爱着他，偷走他用过的东西，不归还他的东西⋯⋯

整个世界变得天旋地转，那种漆黑与白光交错闪花了我的大脑和眼前，我比冰冻在地下的死物还要僵硬，我更尴尬得顿时像被扒去了毛囊皮肉的原始动物，惊慌失措手忙脚乱跪倒在地，狼狈地把这些物件胡乱塞回箱子里。

面前那道高大沉静的影子，仿佛变成了黑压压的一群男人，站在不同的位面，将我看得彻彻底底，给我无数压力，每一个他都仿佛在我看不见的视线里，尽情打量我，探视我，腐蚀着我的自尊心。

他黢黑冷酷的皮鞋往前微踩，西服轮廓出现褶皱，身影缓缓蹲了下来，伸出手帮我装物件。我心脏咚咚狠颤，眼睛压根不敢看他，强盗似的抢回来重重合上了箱子。

我抱着箱子落荒而逃，把客人单独留在了楼下，再也没有去管过他。

我将自己反锁在房间里，惊恐万分躲了起来，捂在被子里瑟瑟发抖，泪流满面，失措抽噎。他一定会把我当作怪异的人，当作一个小贼，总之不是一个正常人，我毁了我在他那里保持的形象，我当时简直想用房里那把美工剪刀杀了我自己，可是我这个胆小鬼害怕得连床都下不了。

第十章 如梦之梦

发生那件事以后，我和广祁都沉寂了些日子。听说那天他从我家走得很仓促，不过走之前在楼下徘徊过。

几日以后，他派人上门约见我。

我知道他是正人君子，即使是个意外，他根本不用负责的意外，他也会给我一个交代。

我对他这份感情注定沧桑、久远、深刻。这份感情已经不断徘徊在我脑海里几年了，从最初很小的缺口慢慢有了雏形，不断吸纳周围所有情感，形成深洞，我总是压抑。现在又想用别的痛苦压制感情，可不管是什么都掩盖不了它，它看似淡了点，其实愈发浓郁不可控。我决定这次必须把这份感情处理好，我得努力面对，不论结果的好坏。

许多天以后我们才见了面，中途他有事推后过。

我以为他已不准备见我，思前想后连朋友也不要做了，所以那样反复不见我。

某一日终于还是有了面对面的赤诚相见，我们在谈论童话的那家咖啡馆见面，他坐下后向我诚恳解释，近来忙碌，忙着各类学业杂事家事，也想缓冲一下，不过由于心里揣着事，还是昏天黑地赶着把事情都做完了。今天，他实在是好不容易抽出空来见我的。

我噢噢两声，起初并不敢瞧他，低头又一阵沉默，充满了担忧与不安。我无心破坏他与理佳的感情，无心给他造成困扰，只是想表达清楚立场，那只是我个人的事，但是我的嘴嗫嚅翕动，就是没法说出话来，整个人紧张地面对着他。

他如常先开口唤了我一声席音小姐，我恍然抬头看他一眼，他正襟危坐似乎开始想说什么，我很快垂头丧气，默默伤心起来，因为始终预料着，所以变得一言不发。连他亲口断念的话，我也是在等待着，好让自己死心。

他来时手上拿着一本厚厚的陈旧的牛皮本，在我又想组织措辞不让自己难堪的同时，他忽然前倾身体把这本牛皮本推到我面前，眼神比以往要深邃得多，他双手放于膝盖上合拢相握，与我交谈，这是一本日记本，等我看完之后，他希望我再约见他一面亲自归还，到时候我们再好好谈谈。

日记本？谈谈？窗玻璃映着我一头雾水的神态，我开始迷茫了，不由得盯着面前的牛皮本，有些不可置信那是日记。他竟然把日记本给我看？我心里不明所以，渐渐又觉得这可能是别的什么古老日记，里面可能有委婉相拒的故事，不敢确定那是他自己的日记。

接下来他说，这本日记不是完全能给我看的，得保护他的部分隐私，在我能看的地方，他放入了书签。他相信我的品格，不会乱翻乱看，所以这本日记能暂时交给我，这是他最真诚的交代。

说着，微笑不断，在端庄大气的脸廓上如涟漪向耳边蔓延，淡淡扩散，一丝丝柔和、一丝丝明亮，自然溢出而又克制着，不同于对理佳那样的笑容，这更像由内而发，甚至呈现出一种隐晦的神秘感，面对我而言的。

我将牛皮本收入掌中，按捺住异样的心情答应他，我会好好看的。

广祁才稳稳往后坐好了，若无其事地邀请我继续喝下午茶。

上次的事，导致我始终不能自在，他最近确实也忙碌，我们坐不久，此间见面也没谈出个什么，这一面很短暂，匆匆忙忙又分别了。

分别之前，他先走到门口为我推门，手臂撑门时，显出宽厚的肩膀，脸上浮现生动特殊的笑，那是只对于我一个人的，引人遐想。

而那本日记被我视作珍宝相待，生怕磕着碰着损坏它半点，因此藏在怀里护得很好，一路上都是双手抱着的。

直到回房关上门，把牛皮本轻放在书桌上，我才放松了那么一点，它还不能叫我彻底放松，我极度好奇，一时把此书看成恶龙的绚烂宝箱；一时视作洪水猛兽，我不知道等待我的到底是什么，是好是坏？是惊是喜？无限遐想使我心潮起伏……

我做了一个令自己出乎意料的举动，我克制住心痒难耐，将牛皮本搁置在桌上，静待心情平复了再理智一点打开神秘的内容，去面对他给我的答案。

我是在一个朦胧的深夜里打开日记本的，那会儿我刚睡醒，就连梦里都是广祁和日记，充满了他的一切，我甚至预言到了美好的内容，在梦的鼓励下打开了牛皮本快速一探究竟。

由于我只能翻开他放入书签的页面，读起来不免零零碎碎，比较断续，但这并不妨碍我顺利通读，那翻天覆地的角度瞬间颠倒了我的认知，内容使我震撼……

大意是，当年他是为了心脏不好的母亲前去康济堂买保养药物。

他在嘈杂拥挤的人群里注意到了瘦小的我，从他第一次扶起我，就已经把我深深印在了脑海里。他总是无法忘记那个规矩排队而不断退让的有教养的小贫民，那个脏兮兮却隐约看得见清秀脸庞的小女孩，她脸部的红晕，耳根子的透红，低头的那抹害羞微笑，那一声鼓足勇气的谢谢，女孩儿的美丽形态，千万种之一，不设防闯入了心里。他回味无穷，他不知道这是一见钟情，还是对贫弱的怜爱，但能确定印象深刻且几年后都无法磨灭。他想要认识我，帮助我，只是没有想过找这个小女孩儿，这就像路过一处自然之景，瞥见了一朵含羞待放的小花，欣赏它的某种时期……

他童年已知人们的差距，何必来搅坏小花的平静呢。

到后来我被领养到富裕的知识分子家庭中教养，外界虽然改变了我的外表，但他第一次见到我时，还是觉得我眼熟，依着灵动的轮廓神态，他慢慢认出了我。他形容我天生丽质，体态轻盈的少女变得判若两人，出落得叫他挪不开眼睛，不过各个时期各有各的美丽，他也很欣赏我最初那时的羞怯。

漂亮美好的女孩儿有很多，每个女子都有自己的独到之处，他也见过多种，可他内心就是被我牵扯住了，不知从何时开始的，不清楚是那一瞬间的帮扶触动产生出的保护欲，还是再次见到我而觉得神奇的惊讶心动……

我歇口气，战栗着继续翻页。我以为他不记得我的时期，但其实他都记得，甚至更早之前他也比我先默默观察着对方，用目光不动声色怜惜地注视我。他早已认出来我是当年那个礼貌有修养的孩子了，只是他顾及我自尊心从不曾提起。

就像我在他面前，总觉得自己低人一等，仿佛还是那个脏兮兮的穷苦女孩儿。他隐隐感受得到我的这种心情，是物质无法填补心灵深处的缺失，他为我有些着急，希望我能真正过起好日子。

他看出来我是个自尊心很强的女孩儿，既有羞怯的卑微又有独立的高傲，所以不屑与他人为伍。他前期以为我淡漠疏离，慢慢看出那是我的自我保护，他提起我这一点和平原很像。

渐渐打听出我的事以后，他打算做出实际行动认识我，我们擦肩而过那次，他看见我在窗台边看远景，他朝我走来，望到我漠然的神情，事到临头忽然不受控制转了个方向匆匆逃离现场，没有做足准备以最佳的姿态与我真正相识，他以为真正认识我是不容易的事，他希望在我这里将事情做得完美，一如我们当年的遇见，无法复制。

第二次他寻求劳伦斯的帮助，准备了很久才在舞会上弹奏起《致爱丽丝》，想在弹奏之后邀请我跳第一支舞，结果那天英文名读起来相同的艾丽丝，也就是产生误会的白理佳来了，这不得已变成了"友情之弹"，只好顾及着理佳小姐的面子，邀请她跳了第一支舞。他不怪多心的理佳，这是那些七嘴八舌的同学，和她众多追求者导致的结果，他只是责怪自己没有做得更好。

他叹息暂时不好再接近我，否则我一定会以为他是个朝三暮四的轻浮男子。

我一页一页地翻着，由心至身的战栗就没有停止过，他亲手写下的日记，每一个字，每一个逗号、句号，以及在文字旁边画下的笑脸丧脸，都让我觉得无比感动珍贵，浪漫细致而又风趣。

我还帕子的那回，他知道我在后面跟着，他通过物体镜面看见了，他当时流着鼻血，不想回头让我看见他这副模样，无奈地尽量快步去藏起来。

我还帕子的时候，他觉得我直白又含蓄。他喜欢我说，我知道他的香味，闻香识人。再也没有比这更好的开场白，如此动人心弦，浪漫唯美，让他的心跳奇怪地停了下又热情跳动。

尽管他在屋里很狼狈，让他鼻血流得更多了一些，血滴到了衣服上，单手捂不住外冒的鼻血，让他很不洁整，毫无颜面见人，他只保持那只干净的手，怕我再有什么接触，他触到我那一刻，希望那只手永远保持干净。

他对于我们那时的对话，也感到惭愧懊恼。他忘了称呼我，更没有问我名字，他知道我，于是后来再遇自然而然记得称呼我名字。

他处理鼻血的时候，依旧没有关紧门缝，静下来莫名靠近门口感受我，也隔着门板眷恋地和我相处，他甚至觉得我还没有走，残留的身魂还在那里，存在外面没有消散。他无奈地摇头笑笑，觉得自己想疯了我。

后来他放弃了准备充足的相遇，与我侃侃而谈起香水，但他认为自己突兀话多，怕打扰我，收敛了起来，打算循序渐进。

因为他总觉得我面对他很勉强，微笑也勉强，还是比较疏离，不大能靠近，不同其他人，他面对我总是要深呼吸，才鼓起勇气走近尽量自在地和我交谈，有时候有一星半点儿没做好，便会懊恼先行走开反省练习，希望下一次做得更好。

期间他嗅到我的香水喷得刚好，虽然少了点，却很适合我平时对于外界的疏离淡然之感，不像其余那些男士女士将香水抹得呛鼻，浓郁得让人恐怕会引发鼻炎。

至于送香水，他送给别人的都是符合规格的名贵礼品，送我的是他这些年第二次单独研究和调制的香水，名字叫一见钟情。他当初想着初见时的我而调制出的特殊香水，从未给过谁，从未有过的灵感。一种是他自身的香水，一种是对于我的部分。他第一次调制的香水是他身上长期以来使用的，他这辈子只做过这么两次香水，不怕贻笑大方，灵感来时便尽情去做。

他到教堂同样是因为我，只知道我极少去，他试着去了几次，总算遇到了我。刚开始没冒昧坐到我附近，有次他母亲和福太太交谈起来，他才顺势坐过来，与我聊天说笑。

他递来擦过我汗水的帕子，后来收藏着没有洗，时常会嗅嗅上面那点女子的香汗味。至于他最喜欢的那条帕子掉了以后，他在理佳生日宴上顺手牵羊摸走了我的帕子用来替补。

广祁和我在图书馆的相遇，是他依着我喜好去的，他原来也常去图书馆，只不过他以前去的是另一家，如今为我换了地方而已。

我第一次在图书馆窥视他的同时，他也在低眼看我的脚步与裙摆，微笑注视着，默默走动同我相随。他甚至故意抽走我之前在找的书，用来搭讪。

……

而他和理佳订婚，并不是他的意愿，他甚至事前不知道，如果知道他绝不会同意。那是他父亲和白行长私交甚好，因为舞会那次他和理佳跳舞，以及外人的流言蜚语，长辈们以为他和理佳私下两情相悦，才造成这样一个难以解释的误会，长辈之间订完亲以后才通知了他们。

两家长辈见面的时候，也给他们制造让人哭笑不得的机会，他作为男子，自然得礼貌相待，但也只是出于礼貌。

　　他想方设法推脱婚约，想要解除订婚，还没有启口，从平原那里得知我祝福他和理佳的话，一时沉闷难过，便暂未做出冲动之举毁了理佳的名声，也开始思考自己与我是否有缘无分。

　　直到那天广祁一个人喝咖啡，偶然遇见了我，在那之前他很久没有见我的面了。他很想念我，只是我常常保持距离，让他觉得我疏离，觉得他唐突冒昧，很担心我对他有不好的印象。

　　但他还是希望能和我相近，庆幸我进来了，他问的王子和公主的问题，其实是想着我们的缘分，随后跟着我，才得以去了我家，去了我的书房，而命运终于眷恋了他一次，让他看见了我的心意。

　　自那天我书房里的收藏物被打翻，他恍然大悟，久久不能平静，萎靡的整个人顿时变得悸动欣喜起来。我像惊惶的小动物逃离案发现场，他等着心脏恢复过来，想拥抱我，告诉我他的真心，但一时也没有准备好，这种情况下说了只会被认为是虚情假意。

　　他看出来我羞愤生气了，他第一次惹怒了我，却连一层台阶都没有跨上去，他知道对于我这种性子来说，最好的宽慰是让我独自静一静，不得步步紧逼打扰。

　　他给出距离维护我的心情，也需要时间来平复自己的心情，恰逢忙碌档口，家庭学业感情私事，四面楚歌地包围了他，于是他在给我的日记最后，征求我的原谅，原谅他的愚笨，原谅他这个太过守礼的男人……

　　他在最后一个书签页里夹了我那条被叠得整齐的帕子相还，让我不要把他当作登徒子，如果可以，作为交换，再见之时，请主人亲自赠送给他……

　　读完广祁给我的日记，我以为自己在做梦，为前些天的难堪羞愧造梦，造了一个美满而复杂的梦，于是自己掌灯满怀憧憬一遍遍地回看日记，在书桌前坐了整整大半夜，痴心等到了白天。

　　待天明时分我见到了吵闹的嬷妈嗔怪我熬夜不睡觉，她疼惜我憔悴透着红晕的脸庞，以为古里古怪微笑的我在生病发烧，可把她吓了一跳。当我看向窗外鱼肚白的黎明变得绚烂刺眼，也逐渐跟着清醒过来，相信这一切都是真实的，而不是我的幻想与梦呓。

　　而我的神思始终在那本日记上，在于我和广祁，我高亢跳跃，灵魂难以置信，我在属于广祁的日记里看见了相同一份感情，他是我的，我是他的。我们彼此同样卑微爱慕着，谁都在努力靠近，却不经意被对方的注重隔开，我抽噎笑着的泪滴在了他日记本上，那一滴滴任性的侵染，是我终于允许自己在他那里的放肆。

第十一章　迟到的舞会

第二次约谈时，我和广祁在那家命运眷顾了我们的咖啡馆见面。

与他一样神貌出彩的人有很多，如他所说各有各的独到之处，更何况人外有人天外有天，但他的素养气度和我们之间的相遇都是独一无二的，综合起来，气宇轩昂的他在我眼里是最英俊潇洒、风度翩翩、纯净无瑕的，这是合理的解释。那是一种沙漠里难得的绿色之美，我像长久走在苍茫沙漠里而干渴的旅行者，他便是那片温润葱郁的绿洲，于是我常常恐惧那只是虚无缥缈的海市蜃楼，在困难险境里幻想造出来的乌托邦。

尤其是我们这一番对话，刚开始我还有些腼腆。广祁品着清茶询问，交给我的日记本看完了吗？希望我看了以后，能淡化我那天的窘况，能明白他与我曾经处于相同的境地，也不要嘲笑他，他内心很尊重我，不过不是宽慰，他的大部分宽慰在那天让我独处时已经结束了，接下来是另外的事。

我赧然地说："我明白了，看了，看了很多遍。"

他坦然一笑，目光又明亮了许多，使得整个人精神奕奕的。我回神把日记本从包里找出来还给他，每次一见他我总是忘记先要做的事。他接过牛皮本后手指在上面摩挲着，缓缓翻到了曾经夹帕子那一页，我又忙着从包里搜出手帕，郑重其事地递给他，表示亲自赠送。

他莞尔不紧不慢接过后，游刃有余把帕子叠出了样式，暂时放在了西装胸袋里露出一点装饰，还问我介不介意，他以后会随身携带，要是只收藏着，未免太孤单，希望定情之帕能随身相伴。

我撩了一下耳发低语："要是磨损了、坏了、没了，你还可以管我要。"

他笑着应承下了，接着认真地问："你有婚配了吗？"

我却脱口而出："你有婚配。"很快我红了脸，羞怯垂头拨弄手和包。

他失笑，低长嗯一声，清理着嗓子说："这不难，只要您表了态，我会处理好此事。"

我的余光只能瞥见他在桌对面整理着双手，他继续试着问："我为自己曾经的没勇气感到歉疚，现在我最真实的心情是，若您能与我订婚……"

　　他说着双手合握，拇指互相摩挲，似乎将视线投了过来。当我抬头猛然对上他那张期待略紧张的面孔后，发现确是如此，他正把所有目光放在我的身上，言行如此直接，进展如此之快。

　　他补充说，这得确定好，否则他暂时没有理由退婚给双方家庭带来困扰，得据理力争，便能斩钉截铁做出决定了，他不是那样冲动的人，若是一个人一意孤行，对每一方都不公平。

　　我哑然呆了许久，心脏怦怦大跳，下意识的反应连自己也想不到捉摸不透。我以为我会兴高采烈蹦跳起来，我以为我身体里的血液会反复涌动，我以为我会欣喜若狂直到心脏受激出毛病……但那是我回家以后的事了。我思绪乱纷纷缓了一小会儿，当时竟超乎自己预料，保持矜重，冷静回复了他："那……我等您上门提亲。"

　　他顿时心满意足地笑了起来，一连说了两个好字，低哑的声音迷人磁性，满眼的笑意似春风拂过，一切都那么让人舒爽。

　　我从未想过爱他多年的是我，主动启口的人却是他。

　　我与他相视一眼，自己眼眶里忽然有一点发热，我等到了令我不可置信的幸福，这简直难以想象，这是真实的情况。

　　我懊恼悔恨自己没有早一点告诉他心意，我胆小懦弱、含蓄保守地死守着自尊心。广祁起身坐到了我身旁来，他捏出口袋里另一条帕子给我擦了擦眼角，我近距离望向他那双睿智深棕的眼睛时，发现他的瞳孔周围略带血丝，使两眼看起来有一点润红。

　　他温柔地擦拭着我那点泪水，告诉我，福席音小姐，你不必感到歉疚，订婚的理由是我客气的说辞，真实的想法行动是包含在里面的，其实你若不答应，我也会负责地退掉订婚，我只是想知道你会不会答应。该愧疚的人是我，我作为男人，如果我早一点有勇气，那么我们彼此就不用辛苦那么长一段时间……

　　我认为，它辛苦但是美好。

　　他非常认同。

　　如果那天我的收藏物没有掉出来，他会不会与我错过。他的日记到我手上以后，不知又是谁说，不会，你会来找我的，我确信。

这一次见面，广祁把我送到了家门口，在我进门之前，他托起我的手，像别国的礼仪一样轻吻了吻我的手背，但亲下去之后，又如此缱绻柔情，使我想回他一个吻，回吻他手背不合适，亲吻他脸庞又太亲昵，触嘴不敢想下去。我浮想联翩中，他以为仅仅是亲吻手背我便羞红了脸，于是迅速地放开了我的手。

我的心脏从到咖啡馆开始便跳得厉害，我始终保持镇定面对他，还是没有他勇敢，没有更进一步的肢体接触，我连拥抱都是犹豫很久的事。

他低缓叫我，席音。那是他第一次不带尊称地唤我，多么亲近动听，触人心弦。他再次确定我答应等他的事，才没有引人注意地放心走了，我看着他离去，他转身倒退与我四目交汇，直到不见对方踪影，我们依依不舍地收回视线，转身静待光明正大的时机。

我与理佳这个地道的真千金相比，广祁父亲确实会优先选她。

广祁没有贸然取消婚约，因为那对于两个家庭，对于一个女子的名声来说很重要。他为此奔前跑后，在父母之间与白家往返解除误会，并与理佳解开了共同的误会，原来理佳也并不想同他订婚，双方都误以为对方喜欢自己，又担忧伤害彼此，于是订婚之初都在心中僵持，维系表面。

幸好还没有办订婚宴，他们晚辈联手前去讲明，长辈们只好作罢。

广祁与父母解释过对我的心意，《致爱丽丝》那次是要邀请我跳舞，阴差阳错成了理佳。

广家没能与白行长结亲，与福买办家结亲一样不差，才宽容地答应了广祁要解除婚约一事。

只不过订婚之事毕竟传出去过，他们不便在档口上马上与我家提亲，一则打算将第一次订婚变成传言作废，二则为保持三家的颜面，希望等一段时日流言蜚语消退了，才上门提亲。可保我无后顾之忧，免得旁人说三道四，传出离谱之事，譬如我插足广祁理佳的感情……

不过广祁撺掇着他母亲私下与我的养母通了气，表达小辈之间有那一层意思。避免我的婚事又被福家长辈稀里糊涂地定了，到时候再牵扯出麻烦事不好收场。

养母来我此处确定过后，自然就略向养父提了提。那时旧社会婚姻大事由父母决定是常事，我和广祁因为差不多的家景才得以如此顺利，否则我若还是一个小贫民，他们即使搞清了，也不会为此动摇。

若不是养父母的地位，我是丝毫比不上理佳小姐，撼动不了她一星半点儿的地位，在我与广祁能如愿以偿之时，我是分外感激我的第二个家庭、第二对父母的。

我的养父原本替我留意婚配时，也注意过广祁，可惜被白长林家捷足先登，他便把目光打量到胡平原身上去过，因为他知道我私下见过平原的事，险些误会了。他还与胡夫人交谈过两姓之好的意愿，只不过私下想要先问问我的意见，其间事业繁忙没来得及问我，也没继续与胡夫人亲上加亲，就搁置了下来，幸而没有为我造成阻碍。

因为养父母当初是自由恋爱，不太墨守成规，比较尊重我的意愿，就算对方家世不行，但为人品格良好，养父不知真假地说笑，他也愿意替我培养一个女婿出来，顺便做他的接班人。我相信在大是大非上他们是让人尊重的父母。

我和广祁的关系还不能光明正大，毕竟他和理佳的事以前闹得沸沸扬扬，在这期间他和理佳都有意不再来往，也一致对外遏制谣言。至于我和广祁私下暂时以友谊对外，我们相处得偷偷摸摸，我喜欢这样的氛围，无人知晓的清静，如同从前彼此悄悄地注视着对方。

如果可以，我愿意一直保持这份清静，可惜两家身世不寻常，迟早是要对外公布的。因为那些适逢婚配的男女，早被同一阶级的各个家庭留意盯上，唯恐以后挑剩的只能往下配。

处理好这些事，我们得空交往，广祁与我的第一次郑重约会是在当初那场舞会之地，他挑了个没人的时间方便包场。广祁右手扶胸前，俯身时头部微低，朝我一个人鞠躬后，他便稳稳坐到台上，凝神片刻，他对着钢琴庄重地抬起手，开始为场中相恋的女人进行演奏，他在现场弹奏的琴声十分优美温柔，让人着迷沦陷。

虽然这是白天，但情人之间那股深情哀伤的演绎，钢琴乐声的婉转穿透，抒情从容，让我恍若置身月明星稀的午夜，犹如身处清音的教室，犹如走在孤寂的池塘边看月景，在高昂之时，仿佛吹来一阵风拂散了面前昏暗的雾气，我清晰地看见了对方引导着我进入他思潮的身影，而随他沉沦，随他缠绵……

广祁全神贯注独奏一曲致爱丽丝以后，来到空旷的舞池中央邀请我跳舞，他弯腰右手背到身后，向我伸出左手等待着说，致他心目中真正的爱丽丝。

乐意之至。我说着，深呼吸一下缓缓将手放上去，他与我相握，带动我旋转一个弧度，便跳起了独属于我们之间的交谊舞。

他保持着距离，扶着我后腰往上一点的地方，轻轻合上我的手掌，携我舞动摇晃，轻盈旋转……他的香水味在此时有一种温暖清香游移在嗅觉和心里，令人格外平静，少了生人勿近的那股矜重，它是亲切安心的，还有一股甜丝丝的气味，迷惑着我向他靠近，靠在他稳重踏实的怀里，恍若做了一场甜甜的美梦。

第十二章　鬓上花

　　我和广祁的关系渐渐露出蛛丝马迹，见了天日以后，理佳正式邀请我们去她的地盘上聚会，破除外界那些流言蜚语，例如我们几人不和的爱恨情痴，姐妹反目成仇抢男人，广祁花花公子喜新厌旧，家族之间有了龃龉……尽管冷静一段时日了，还是传出一些让人哭笑不得的八卦，除了之前三个人之间怪异离奇的误会，根本就没有这些子虚乌有的事儿。

　　同辈朋友一干人等相聚起来，很是热闹，因为广祁，我已经不同于以前那样孤僻。我很珍惜与他待在一起的时日，自然会随他一起同朋友们来往，大多应下他的邀请，他带我去的地方都是要挑的，不会不分情况打扰我什么场合都去。广祁也希望我一同出席互相宣示主权，毕竟我和他适逢婚嫁，加上家族声望，容易被政商背景的家庭优先选上。

　　我们受到邀请来到理佳在庭院里办的赏花茶会时，理佳对于之前的事难以为情过，她叫苦连天道，若不是周围的同学起哄瞎讲广祁看起来喜欢她，尤其是妖言惑众的伊青，她也不会自作多情闹出这么大个误会了。

　　但她说起来，显然是自娱自乐的，引得众人捧腹大笑，对于戏谑，她压根不在意，事情越往前越怡然自得地讲得津津有味。

　　比如理佳拆自己台，当初误会广祁喜欢她，确是被姐妹们说得以为是这样。所以舞会上以为《致爱丽丝》是致她，她还苦恼好久，交谊舞是不太好拒绝的，躲闪扭捏不成体统，干脆迎难而上，主动给自己解围，没想到阴差阳错搅毁了广祁与我的搭线。她这段时间常常回想起来便深觉对不住我们，每想起一遍，就又羞又懊得见了什么都要捶一下，解了点无法疏散的窘迫。

　　今日大方地讲出来以后，她总算疏散许多了。我们也很理解，甚至觉得是自己做得不好，才为理佳带来麻烦，理佳也连忙认错忙道明明是她自己想多了，双方都很善解人意。

　　理佳是我见过最明媚，最大方，最有才情的女子，这种才情是生活上的态度。

广祁的追求，对我来说是无法抵抗的天大诱惑。而当初不为所动的理佳只是忙于撇清，她私下告诉我，她其实不想联姻，不喜欢旧社会婚姻，所以被退婚是好事的，她发誓，她和广祁只是单纯的朋友。

我从头到尾都信任她，没有怀疑她，只是猜想过她有无片刻的心动。

就如这场美得动人心弦的庭院茶会，怎能叫人不心动一丝一毫呢。

白理佳办的赏花茶会，不是一朝一夕打理出来临时能办的，她的花园从种苗开始规划，偌大的花圃摆设皆精心修剪，才能在自然之中长出绚烂夺目的丽景，宴客方得以在花团锦簇中品茶聊天，于此情此景谈天说地，很有淡然得意的浪漫情调。

周围姹紫嫣红迷人眼，铺设处处美不胜收。

要是有一阵阵清风吹来，香气四溢的花海簌簌作响，顿时落英缤纷。正当绽放的娇俏鲜花或盛开过久而凋零的花瓣，被风吹散零落乱飘之间，霎时浅浅粉红粉白落了我们满头、满身……我伸手为广祁头上拂了几片花瓣下来，他不以为意没有挥掉的意愿，只是温柔地瞧着我说："凤虞，你白头了。"

这些落花便有了惊心动魄之美，好似落雪纷飞，柳絮满天，铺满情人头而未老鬓已白。我顿时红了眼睛，低声细语复述他那一句道："越山，是我们白头了。"

我们走在下了花雨的青藤廊间，携手散步，不一会儿，他便将我的手放在他臂弯里，叫我挽好，地下泥泞，不要跌倒了。

我渐渐安然地倚着广祁，心满意足地把头靠在他肩头，一起风花雪月。

远处，我看见衣香鬓影，珠翠环绕之间，平原漫不经心地掸了掸了长衫上的落花绿叶，他捂着因过敏略红的鼻子打喷嚏，小曼唤他一声少爷，讲一句失礼了便搜出了丝帕，忙前忙后帮他把周围的落花丝叶拂掉，体贴入微。平原连连打喷嚏，身心有些恼火，他理所应当地受着，还把人使唤得团团转，指挥这里那里。

他脾气真是不好呀，小曼有苦头吃了。

理佳她们则被平原过敏的窘迫模样逗笑，同时唤人取药过来要帮平原解困。小曼接过小丫头手里的盒子，帮忙拿出一个鼻烟壶似的小药瓶让平原放在鼻下嗅了嗅，人方才好受一些。

广祁又唤我一声凤虞，为平原解释他其实是一个注重自己的人，所以不用担心小曼，他是恼他自己，为着主人家的好意，才忍着过敏守礼赴宴的。

越山是广祁的字，凤虞是我原来的名字，近来亲昵了彼此才这样唤的。他还问过我以前的家人，我便透露，我前头几位姐姐是卓凤一、凤二、凤三，哥哥是卓泗。到了我们这一胎，大哥不要爹爹这么敷衍地取名了，所以我和五姐名字要好一点，取名为凤姚与凤虞。

广祁以为这个虞是虞姬虞美人的虞，我失笑告诉他，那是他多想了，我爹爹还是懒，也不爱大哥花里胡哨的取名，只是妈妈是余姚人，爹爹是上虞人，故取名凤姚、凤虞。

我没有去过上虞，倒是随大哥去过余姚某个小镇的山间一次，他最疼我了，嫌孩子多了照顾不便，所以只带了大些的五姐和我前去帮忙顺便游玩，至于小弟弟在家撒泼打滚，哭闹不止好一阵子。

大哥是为生计去友人那里采摘杨梅运来卖的，那个丰收的时节镇上本地人都拥挤得很，杨梅娇嫩，摘了要四处摆摊及时卖掉……不管是公办学校还是私塾附近全被摊贩游人困得人山人海，警察厅不得不出动队伍巡视维护治安。

漫山遍野的杨梅，让人见了很是喜爱，摘了不洗可吃，生津止渴，有些人习惯连核都一起吞。但我们是小孩子，总怕我们噎着，或者害了肠胃，大哥再三嘱咐要吐掉核，他们懒得吐吃吃无妨。

小五以为核吃下去了，杨梅会在肚子里落地生根，以后大哥头上就会长出杨梅树苗，便可挪到家门前种下一棵杨梅树。

我以为很有道理的时候，和着小五专门把核吐出来要他吃掉，希望他头上多多长些杨梅树苗出来，方便我们以后移植，就不用跑这么远才能得到新鲜的杨梅卖了。

这弄得大哥啼笑皆非，说我俩是"小居头"。他不给我们造梦，很实诚地说，核是消化不了的，顺着肠子往下，出恭时便一道出来了。

那一次我们辛辛苦苦赚了不少钱，向他的友人道别时，不断重复"再唯再唯……"

往事有喜有忧，大哥已逝，亲人分离，我回忆过后便怅然起来。

因此我原来的名字凤虞被我作为字号来用了，这样便能常常听到。广祁也知道了我小六的称呼，有时候会叫我的原名和小名。凤虞、小六、福音……我名字多，他觉得欢喜，时常换着叫，说是有不一样的情调，戏谑自己像是在和不同的人谈恋爱，被我嗔了好久。

他便正经地告诉我，其实他是喜欢我的每一个时期，他最不能忘的便是我们的最初，当然要记住我的每一个名字了。此后，他亦从未忽略我的每个名字，每个我。

广祁作为准女婿很合格，他有时会上门陪我和养母一起喝茶聊家常，有时进书房与我养父聊男人之间的话语，他面对长辈守礼之余也风趣幽默，逗得他们开怀大笑，我便跟着放心了。

最担心的是广祁父母对我的印象，我自知出身贫寒，偶然高攀，才有幸结亲，于是起初惶恐。广祁真诚地安抚我，他父母不是势利眼之人，他如今平等的思想都是长辈所教化，所以让我不可妄自菲薄，只要我是一个堂堂正正活着的中国人，不偷不抢、不坑不骗，有坚定为人的立场，只求问心无愧，仰不愧天，在当今社会便是人上人。

广祁母亲郑重地邀请我去家里吃饭，做的都是家常菜，丰富可口但不铺张浪费，有金黄鲜嫩的扬州干丝，酥软不腻的红烧肉，皮薄馅清的蟹黄汤包，还有葱香的河鲜……

她最先让我尝尝面前这一道清蒸鱼，养母教我，吃鱼得吃鱼眼珠和鱼鳃肉，这两处部位最嫩，也可尝足味道，尝出厨师的手艺。我不爱吃鱼眼，所以通常吃鱼鳃肉。我品味不出到底哪样是最好吃的，因为每一样菜的味道都由胃抓住了我的心，既有家常的温馨，又有让人想象不到的美味。虽然我夹菜只夹面前边上的，想吃什么瞧上一眼，广祁和佣人都会替我布菜，照顾得无微不至。大家也叫我尝这个、尝那个，我可算饱了口福。

还备有银耳汤和酒酿圆子等甜点饭后吃。

广祁母亲很高兴，高兴得脸上透出了红晕，显得气色红润了点。因为我所夸赞的大厨就在眼前，原来这些全是她亲自做的，她是扬州女子，厨艺得了母亲真传。

见我喜欢吃，动的筷子多，广祁还帮我盛汤。

广祁母亲没有说要教我做菜，而是我想吃了，只要说一声回家里来，她便下厨给我做。她和我养母一样，认为女孩子不沾阳春水最好，免得以后受累。不过我若是想学，她不小气，这道手艺可传授给我，显然是已经把我当作女儿了。

我是想学的，为了广祁以后还能吃到这样的菜，不过广祁说他学过做菜，有一个人会就行了，以后他教我一样的。于是大家笑说，广祁抢自己母亲招牌，徒弟学会了饿死师傅。

广祁从来没有骗过我，他家里连佣人都是很好的人，面容和善随主人，每个人都待我和蔼可亲，一言一行很注意，不过于束缚不过于宽松，生怕叫我多心。

广祁父亲与我养父一样不恶而严，其言谈胸怀宽广，与广祁所言的宗旨相同，叫我彻底安心了。

不过我没有定力与他多对视一会儿，只是说话时看向他一眼以示尊重。他通身儒雅而又自律的气度让人看得出来他是个做官的，但他并不高高在上，反而很有烟火气息。他对妇女是很和蔼的，对家里的佣人也随和，只有对广祁比较严肃而已，但也张弛有度。

饭后谈笑之余，大家不禁提起我与广祁之间的缘分，我以为我们会是此情可待成追忆，只是当时已惘然。没有想过，失而复得又随男友得到了一对开明和睦的父母，这实乃意外之喜。

第十三章　有情人

　　我和广祁两情相悦，珍惜当下，未成家之前，还是学生的日子已度得怡然自得。

　　理佳自由不久，婚姻大事仍无法自主，她的婚事再次被订下，这一次是许给了平原。为着白家原来落了一点面子，白长林很快和胡夫人互相谈拢了两姓之好。

　　平原无异议，理佳泰然处之。

　　他们被长辈撮合的那段时间里走在了一起，各自以礼相待。我们一群人聚会时，便有了公认的三对，赵石南与伊青，我与广祁，最后便是平原与理佳了。

　　平原眼光高些，考虑得周到，理佳对于他来说，只是与从前一样觉得门当户对，很合适，他对此女的为人处世也颇欣赏，很满意这样的未婚妻，并不介意她和广祁之前的事，反正那时八字没一撇。因此长辈们的意愿，他比较配合，常常恰如其分地过去走动相处，订了婚便与理佳相敬如宾，不过怎看也还是原来朋友的态度，平原守旧一板一眼很规矩，不似广祁多少有些风流之态。

　　至于理佳，不反感平原罢了，暂且随了父亲的愿，以不变应万变。

　　她同平原之间说话最多的是一些文学话题，两人更像是一个学校参与辩论赛的校友，当话不投机结束时便不欢而散。平原大男子主义有些迂腐，思想超前的理佳这时便不多搭理，不争论不休，只是将小曼推了过去替自己论述应付，因为平原总是要将一将说清楚。

　　小曼一时辩得清主人的某个论点，口齿清晰，有条有理，但对于平原往深了说，小曼时常就跟不上了。这是理佳培养小曼之余，让小曼多出一位精力充沛的老师，向平原辩论学习，遇阻碍再私下讨教。

　　理佳还鼓励小曼说，对，就是这样，要有勇气活着，想向别人请教就要抓住机会。毕竟她也有短板，也有教不到小曼的地方，平原滔滔不绝起来正好可以补上。

两主人按部就班来往，平原和小曼的接触也多了起来。小曼请教学问的过程里，自然而然和平原变得熟悉，他俩的话渐渐比我们都要多些了。

平原原本是不怎么搭理小曼的，广祁提起他原也吃过欺善怕恶的仆人的亏，此后才在下人眼前保持距离树立威严。我才恍然大悟平原不是瞧不起人，也不是瞧不起我，是我多心了，他和伊青不是一类人。

小曼不多心，向来不卑不亢。不过平原一蹙眉板脸那额纹深竖的严格模样，与她见过的私塾先生宛如一个模子里刻出来的。

那位先生对于她偷学旁听之事睁一只眼闭一只眼，有时路过现场逮住来偷学的小曼，不先驱赶反而考问她课堂概要，在她答不出来时，甚至以贬激她，偷学多日不见长，明朝还是回去吧。

先生好心，近距离观面容很是严肃。小曼再来，他反而捻捻胡子微微一笑，露出一种孺子可教的神态。

因此，当她瞧着平原态度庄严的样子，想起那位非常值得受人尊重的先生，偶有局促时不敢问了，平原见了她这退缩的模样，心底怜悯并记起她之前的种种周到服侍，抿嘴启口还是要指导她一二。她有眼色该上时便迎难而上，使得平原习惯了这个仆人的靠近，不知不觉中与理佳一样把小曼当作自己的学生来对待，目光都变得有一丝丝慈祥了。

只要小曼进步了，我们几乎都很欣慰，他们也知道小曼是我过去的旧友，对她不免多一份照顾，大家近乎把她当作了同等的朋友。

后来对小曼最欣慰的是常常指导她的平原，虽然他不动声色、不爱表达，我还是看出了他默默关注小曼的眼神，好像有什么不同，欣慰、喜悦、欣赏……混杂的目光中甚至似有一种别样的情感，有时候他来此处，倒是先寻上小曼一眼，面露微笑。

小曼回望他的眼神和微笑亦如此，两人像是在暗送秋波。而且小曼为了报答老师，平时更照顾未来姑爷了，细致入微，也做些酱菜腊肉等小食，写信后送上，希望平原不要嫌弃学生的束脩。

见不到面时，他们便开始写信来往，一来二去两人产生了感情，互相应过一句诗，最后平原题字送给了对方，人生自是有情痴，此恨不关风与月。

平原和理佳正为长辈所迫不得已走在一起，各自维持表面的时候，又有了当初广祁与理佳的情况。理佳从一开始已经知道了平原和小曼的异样，其实就是她顺水推舟促成的，她时常故意把平原和小曼单独撮在一起，如今她撮合得水到渠成了不仅要退出，还鼓励他们，总算也把视如姊妹的小曼托付出去有了好人家。

得到理佳点破的态度，平原向广祁讨教过后，学着与家里沟通委婉退婚，晚辈意愿相同，长辈们再次勉强他们不到一起，一段包办姻缘告吹了。

而小曼到底身份低微，两人身份障碍颇多。

平原倒没有贸然与家里坦白，他在外绕一圈请我出面帮小曼赎了身，理佳虽不舍还是放了小曼。我早已想替小曼赎身，此念头有了很久，只是期间林林总总瞻前顾后，始终没勇气行动，一则担忧冒昧了又无法负责小曼的未来，二则怕给母亲早逝而内心孤独的理佳造成困扰，三则考虑本来福家落了白家一次面子，从对方手上赎走仆人，外界容易借题发挥，又开始胡言乱语大做文章。

如今为着平原与小曼的私情，我才有最正当的理由不顾一切地从白家把旧友赎走了，让小曼有了自由身，能追寻属于自己的人生。

平原则在外头购置了一处房子，将小曼安置好，准备供其上学把学历修上来，希望小曼脱胎换骨以后，便可带其回家给胡夫人瞧瞧。

胡夫人收到风声，虽不满取消婚约是为了毫无背景的女子，但还是睁一只眼闭一只眼，随他去了。平原透露，他母亲放话不让人上门算是做给外界看的，过问了两句，便不多言了。旁敲侧击只图清静，以后有什么事叫他自己解决，万事心中要有数，不要拖累得她操心，败坏了她为胡家维持多年的好名声。

这件事真是峰回路转，平原对小曼动了心，让我感到意料之外又在情理之中。他作为大阿官已经被人伺候惯了，小曼细心体贴又有上进之心，性格恰好互补，最重要的是他们有可耐心谈论共同话题，生活思想都能处到一起，看起来确实合适。

期间我很担心他们未来发生变故，广祁劝居安思危地对我说，平原只是有点自视甚高与傲气，又何尝不是自卑呢？虽因家庭变故带来了毛病，其实骨子里是个热心肠，一个外冷内热的人。让我放心小曼和他在一起，他若是维护一个人，便会拼上全部，只看他维护父亲就晓得了。只要他坚定地想清楚了，是个从一而终的人。

我可不盲目轻信男子之言，虽然我相信广祁的为人。

"即使平原与小曼分手，小曼不吃亏，她既赎了身又得到了帮助提升自己，以后一个人也能另寻出路。"广祁笑着说，"更何况小曼的旧友与旧主都对她那么好，相当于娘家人了，他日小曼有难，哪个不会伸出援手呢？"

这一番安抚下来，我为小曼的担心便安定了下来。

平原与小曼在一起以后，脾气见着变好了不少，起初那段时间他春风满面，整个人和蔼可亲，很是感谢我们的帮助，也爱屋及乌地对我态度好了不少，并郑重其事保证，他日我有需要帮忙之处，他上刀山下火海都在所不辞。

小曼出身遭人冷落白眼起，他推己及人，对待佣人下人一改作风，真正宽厚起来，该平易近人该严肃处事时，学会收放自如，不再时刻端着了。

平原也不算一块儿木头，遇到对的心仪之人，他无师自通，会花前月下，会与女友牵手更进一步。他对待小曼如师长般稳重耐心又慈祥，要继续辅导和检查她的学业，既有督促鞭策，又有鼓舞奖励。我听小曼说，平时相处平原很爱护她，放下了大阿官的架子，学着帮家里做了不少的家务。因为平原向我打听过小曼穷苦的过去以后，同广祁一样很是心疼，小曼被卖为奴后遭到抛弃也找不到家人了，我与她有同病相怜之感，再是同一个地方出来的人，不知不觉将其当作家人相待。

平原的桀骜就这样被一个他眼中曾经笨拙卑微的女子驯服了，他们相爱得温柔融洽，一如我和广祁，有情人终成眷属。

可惜理佳两度被退婚以后，名声受损了一些，还被外面摆摊算命的神棍马后炮般拿来编排，曾经在学校出类拔萃的理佳，一时成了众人眼中的笑料，她本人不以为意，与我一样不在乎外界的目光，更专注于达到自己目的，完成想要做的事，此乃真正聪明之人。我们一致认为，最可悲的是被外界捆绑，活在他人眼中而做不了自己的人。

堂堂白行长连连落了面子，更忧心理佳的婚姻前途，对此恨铁不成钢，私下愁眉苦脸无奈叹息。理佳趁此机会打算出国留学，白长林考虑过后，眼不见心不烦，干脆把女儿送出国镀金学习去了。

理佳与我见面时，窃喜吐露这些事情，她只与我分享了自己的种种安排，她明白我懂得她的内心，感受到我们实乃一类人，只不过一个被亲生父亲赶着学八面玲珑的交际，一个受到养父眷顾庇护才能做自己。

第十四章　纽扣

理佳漂洋过海到英国伦敦留学之后，大家一下子就冷清了起来，毕竟过去理佳常常是组织我们举办聚会的领头人，她每次费心费力准备得精致浪漫有情调，让人赏心悦目。除了当初不识抬举的我，受到聚会邀请之人绝大部分不会推辞，甚至那些没有受到邀请有所耳闻的人都很羡慕想参加，最后他们没有等到这个机会。

当外界得到她出国留学的消息时，一些笑料仍然持续，嘲笑理佳出国避难去了。也有很多人为自己叹息，感慨唏嘘未能参与明媚佳人组织的赏花茶会。

她走了不久，我们再办会就失去了一缕灵魂，大家学着她生活的态度，摆弄些芬芳的鲜花，挑古典精细的茶具品茗，把相聚场所布置得美轮美奂，美则美矣，依旧缺少了一点什么。渐渐一致认为，缺的是那个坐在众人眼中从容谈笑风生的美丽女子。

理佳出国前后，也有不少人开始挑选国内外的大学为前途作打算，这已是各奔东西的预兆了。

我和广祁也是如此，我们没有相处多久就要分别了，因为彼此念的大学不同。

养母原本希望我去美国威尔斯利女子大学念书，留学于一所教会学校。或者随广祁一起出国选个共同的学校，广祁考虑过苏黎世大学、英国剑桥大学和美国宾夕法尼亚大学，它们虽举世闻名，可惜我一个都不属意，我并非不愿随他去，而是有自己早前规划好的想法，虽然我也很希望能和他在一起共同进退，但是我不会为此改变规划。

说我固执己见守旧也好，有偏见不长进也罢，我那时候确实讨厌那些野蛮的外国佬就是不爱出国留洋，也很讨厌见到虚伪的日本人，只想留在国内去金陵女子大学，与一样黑头发棕眼睛的同胞们待在一起，尽管很多时候我对中国人也恨铁不成钢，包括自己。

广祁自然不能随我进入女子大学，不过最后他也是很迁就我的，他打消了远赴国外的念头，放弃了出国留洋的机会，最后选择了上海本地圣约翰大学继续深造念哲学系，这是他在国内最想念的学校。

他怕离得我太远，以后发生什么再也见不到我的面，他很担忧这种意外情况，觉得离得近些，他能很快买一张火车票就来看我了。

我总是容易因他为我做出的牺牲而落泪愧疚，我伤心，认为自己不该影响他，没有开始感情之前，我以为我会是那个不管不顾迁就对方的人，确定在一起以后，大约他给了我足够的安全感，我才能坚定地做自己。

金陵女子大学也是教会学校，尽管国内条件不如国外，养母还是认可了我的选择，毕竟她眼中孝顺有志向的准女婿都迁就我了，她还能说什么好呢？

在读大学之前，家里还是为我们办了一场如愿以偿的订婚宴，我们的订婚比较新式，没有旧俗那样铺张，我和他交换了婚帖，写明了我们的基本信息和年月日，各自愿意订婚。

订婚之后，广祁母亲还给了我一个传家玉镯，乃古董翡翠，早早便亲自给我戴上了，似乎希望用镯子为儿子套住准媳妇似的。至于广祁，精挑细选地送了我一个贵重的订婚戒，是比较古典简约的金戒指，不时髦也不老气，恰好适合我不肥不瘦的手指，给我戴起来很漂亮，互相映衬得贵气。比起往常的清水芙蓉，我一时看起来像穿金戴银的富人了。

而我去南京之前，把那颗纽扣还给了广祁，物归原主。到了他家里，我才支支吾吾问他那件掉了袖扣的西装还在吗。

"那件西装还在，因为扶过你，坏了也舍不得补，更舍不得丢，就收藏起来留作纪念了。"他微笑并认真说。

而后，我搜出包在洁整帕子里的一颗低调奢华的小纽扣，打算亲自替他缝补上。他失笑，笑容逐渐透着一股温馨，便慢条斯理地引我上楼去衣橱间找出那件棕灰的经典格子西装。

他果然已经用套子装起来了，真是要把它永久收藏一样，有了缺陷的地方是不好再穿出去了，而他也不愿意用其他的替代品补上。这套西装很衬他儒雅气度，他后来都没有穿过，我估摸是纽扣的原因。

他要唤佣人备来针线的时候，我脑腆地搜出了随身携带的针线，他恍然大悟我有备而来。不过我上前理着西服袖子瞧了瞧要缝之际，他忽然潇洒脱了自己原本的外套，接着夺过我手里的衣服，径自穿上了，伸出手臂放在我面前，方便我缝补。

他脱外套那下真是吓了我一跳，附近镜子里映照出我脸通红，他察觉到我多心那一瞬脸上有些似笑非笑，这种表情更叫我红脸，我耳根子都变得滚烫。

我窘迫得根本不能专心给他缝纽扣了，手也开始颤抖，幸好穿针引线的活儿在家里已经做好了，现在只需要把纽扣缝上去便可。可是我不由自主地微颤，把纽扣固定在原位都有些费力，我好多年没做过针线活儿了，不免生疏。开头我便有些沮丧，打了退堂鼓："算了吧，我缝不好，会毁了你心爱的衣服，还是交给你家里人……"

他便鼓励我说："你已是我家里人了，我心爱的姑娘帮我缝，它才能是心爱的衣服啊，要是缝得歪歪扭扭也是可爱的情调，不爱的话规规整整都是无趣，反之情意绵绵。"

我笑逐颜开，继续上手了。广祁很耐心地交给我缝，他长而健硕的手臂举得稳当自在，不用我提点他便会调整角度，方便我看得仔细。

我给他缝纽扣的时候，不大敢抬头看他，因为他目若朗星，那张俊秀的脸孔英气逼人，颧骨腮帮线条流畅圆润，典雅而又有冲击力。我不用去看，便感受到了他内敛含蓄又炽热的目光，因而愈发不能与他近距离对视起来，我承受不住那样热烈的眼神，我怕我不矜持误了正事即刻吻上他……

我只是着眼广祁身上的下方位置，缝纽扣之余，注意到他的袜子颜色和西裤浑然一体，以至于我第一眼没有发现那是袜子。他一直很会搭配，每一套西装都精良合适得像英国贵族的穿戴，十分讲究，同我养父一样严格细致，对西装有着强烈的情结和起码的要求，态度一丝不苟，然而洁癖者现在任由我在他的西装上"动土"。

我终于完成难以胜任的缝补后，抬头缓缓呼出了一口气，喜悦地告诉他，没有毁坏。

他笑意强烈的双眼凝视着我，流露出悦色与欣慰，像极了平原默看小曼的眼神。这会儿，他松活一点缓缓放下了手臂，正是那个瞬间，他的手在床上往前撑了一点，轻轻地靠过来轻触上了我唇面，如此感谢了我。

这个只持续了数秒的初吻，软绵绵如碰触婴儿肌肤，温润得似山间清流，又叫人暖得发烫如火印，触感短暂而薄弱，感官强烈且狂热，过后却产生了一种不能满足的空虚感，让人牵肠挂肚。

我怔然痴掉且空虚的时候，广祁温柔捧上了我半边面颊，忧心忡忡地问："生气了吗？"

我摇头局促陷入害臊红脸之中，与之前他脱外套我误解那一刻一样。我低头讲："这原来就是我把你纽扣弄坏的，应该是你生气才对……"

广祁放在我肩膀上的手握得紧了些，我与他互相靠拢的同时，他再一次低头短暂消除了我的空虚感。

如广祁离开后所说，惩罚你，我的未婚妻。

他说这话时，目光似春日水波荡漾着，蔓延上了整张俏脸，如此潋滟温柔，并同样有一种温存过后的怅然失意，这分明也在惩罚他自己嘛。

他说，怕我一走，没有机会这样共处，所以忍不住要表达爱意，这是他最直接的爱了。他逐渐皱起脸庞，看起来很沮丧不舍，这副模样惹人怜爱。但是他从未埋怨过我不与他一起出国，或者念叨留在本地，那样该多好啊。我知道他在心里或许感慨希冀过最后一句，那样该多好啊，毕竟我自己也这么想过。

于是抱歉的我还在他怀里倚着时，将手慢慢挂到他脖子上去，本想拥抱他，可当我看到他可怜巴巴的样子时，情不自禁地也主动亲吻了他一次，不算蜻蜓点水，也不如他那样主动持续，中途还是他反客为主忍不住又吻了吻我，从嘴上吻至脸颊，很不舍，很可爱。

我们由吻拥抱在了一起，如此深沉眷恋，在宁静无人的房里成了连体婴似的，他摩挲我的头与发珍惜片刻享受，我依赖他宽厚温暖的怀抱。

他请求我，如果在外地看上了别校的前辈同学，看上了当地的小后生，千万不要知会他，他要等我回心转意，等我回来结婚。他在玩笑中似乎透着宽容伟大的意愿，这使我哭笑不得，我以为这样的话像是我会对他说的。我和广祁有时候各有孩子气和稳重的两面，反而增加了情调。

最后我理了理他衣服，对他说："越山，那样我就不配得到你的爱，你要相信，我像你那样爱我一样爱着你，这种意志力不该让我们受罪。"

他笑着说："那得要咬紧牙关了，开始计算我们的下一次见面的时间，总好过胡思乱想。"

　　他也交代："凤虞，你放心，你走了以后，我不会正眼看别的女孩子一下，我只会看着你的母亲，在内心帮她一起守护等待她远走他乡的女儿，我会给你写信，你要记得回我啊。"

　　最后一句忽使我浮起了一点泪，他常常不经意间说些感人至深的话，赤诚朴实得像个小童生，叫我怎么对待他是好？唯有各自保重了。

第十五章　飞走的百灵鸟

回想这些年，母亲失去一个孩子后，由疏离礼貌冷淡到慢慢接受我，最后亲近了不少，今朝看起来把全身心放在了我身上，可是我依旧觉得那朦胧而不真实，如自欺欺人。

她信基督教一段日子后，每晚睡前都会来我床前神经质地念冗长的祷告词保佑我，一度比嬷妈还能念，念得我耳朵都快起茧子了，甚至我在梦里都自然而然能呓语出她的祷告词。她窸窣之间也会念福茵英的名字，我有时候分不清，她是在保佑替代品，还是在保佑她亲生女儿的灵魂。

我去南京的前几日，总是看见养母淡然地坐在院内走廊里喝茶，如今注视着两鬓微白的母亲，这个养育教导我多年的残疾妇人，我已经把心底对大哥的感情逐渐转移了出来，身心打开投入我目前的生活中，那不是淡忘，而是迟来的感恩心态。

我也拎不清这是时间与生活的回馈，还是广祁改变了我。

两三日间，我以一种卑微的心态窥视着她，她精神奕奕状态不错，端坐着像是快能行走之人。她这几天嘴巴上涂了一点玫瑰色的口红，涂抹得淡而不艳，温暖美丽而显得气色红润。

所以当她端起茶杯轻抿一口的时候，杯口上会出现一点嘴唇印子，老实说像屁股的形状，咖啡的颜色则像粪便。我要是这么告诉她，她一定先板起脸嗔我，批评我的粗俗，要是我一可怜，妈妈又会忍不住露笑。

这是曾经的事了，那会儿我险些被她和嬷妈关去厕所对着马桶面壁思过。他们有时候对我的童言无忌也斤斤计较，后来我明白，他们是为了让我有礼，生怕我以后在外面得罪人伤别人心，所以总要提醒我什么是好的什么是不好的，当然我的童言无忌在家里说说无妨，在外头一定要注意，因为说者无心听者有意。

也教我如何待客，即使是不喜欢的客人，一旦接待了，伸手不打笑脸人，对登门拜访者便要宽容一点，这是主人家待客的礼仪。晚辈见人起码点头示意，那样即使不爱喊人，也有了点礼貌的态度。

不管是长辈还是晚辈，对于别人的谈话不可插嘴打扰，就像她不会打扰我和另一个孩子讲话，等我们对话结束她才提醒一些细节。比如我递美工剪刀给小客人时，刀尖不能对着别人，要将圆钝的刀柄给人家握，锐利处得朝自己的方向。

还有吃饭时不得挑剔，不得在盘子里翻来覆去，嘴巴更不能发出吧唧的噪音如家猪吃食。

客人走了要目送，让对方路上注意。而自己拜访别人之前，一定要先问问，摸清主人的态度，不可冒昧唐突上门扰人生活等。

坐轮椅的母亲时常待在庭院里享受宁静，不喜欢被外人打扰平静的生活，只喜欢家里人陪陪她足够了。她还养了一只小鸟做伴，百灵鸟是父亲摸准她心意送的，送来之前已经被培养得聪明伶俐了，叫声清脆悦耳，给庭院添了不少灵动的生机，让人心旷神怡，仿佛身处森林自然之境。

阳光强或者天气寒冷的时候，她便会在笼子上罩一层黑布，以保护她精巧标致的百灵鸟，可惜百灵鸟被关久了有时候会抑郁，生气啄着小身子扯掉自己的羽毛。

在我离去的前一日，母亲沉思着缓缓打开笼子，把这只有点脾气的百灵鸟放生了，百灵试着半走半飞出去以后，在浅浅的草坪上蹦蹦跳跳，逐渐飞上了树木枝头，面向母亲的方向美妙地唱歌。唱完了以后，它飞到了嬷妈肩膀上来，正当嬷妈夸它可爱认人的时候，它排泄了一点污秽迅速飞走了，飞得轻盈，逐渐很高、很远地一去不复返了。

嬷妈一边处理污秽，一边嗔骂那只不知感恩的死鸟，她不就是嫌吵戳过它两下子嘛，这么记仇，枉她日日伺候，费力不讨好。

母亲微微一笑，望向远方得到自由的百灵鸟，眼神恍惚，释然又欣慰，仿佛看到了百灵鸟快乐自在的未来。我认为，这种眼神不像是在看一只鸟，犹如在看她离家出走的小女儿，而我拍下了她这一帧画面，把妇女那瞬间的神思定格在了一张照片里。

分别的时候，养母如往常那样平静地只把我送到了火车站，要我记得在外面保持一个淑女该有的样子，心有善意，学会独立生活。嬷妈推着她的轮椅在后面老眼泛红。依依不舍的小曼，沉稳的平原，都来送行了。

　　而那天父亲公务繁忙没能及时赶来，我对着熙熙攘攘的人群望眼欲穿，一丝丝失落侵入心肺，启程的时间迫在眉睫，我们不得已先上了火车。

　　广祁无微不至照顾着我，与我一同随行，他要坐火车先把我送达目的地，再返回。我在缓缓启动的火车上，终于看见匆匆忙忙赶来的父亲，要不是父亲个头拔高，他险些被淹没在人群里。他那天少见地没有穿西服，穿的是一条直直的灰色长衫，模样是地道的中国式父亲，伫立在汹涌人潮中时像一座遥远的巍峨高山，岿然不动地目送着我，眼神由彷徨急转至安然，远远地与我微笑对视、点头。

　　他是在看见了我那一刻开始止步的，而用眼神相随。

　　我乘火车前夕一夜无眠，那是我第一次离家出远门，且一走至少半年，我多少也染了养尊处优带来的毛病，没有嬷妈随身守着伺候，会提前难过不习惯，担忧以后的日子不好过，又多少开始担心新的事物、新的环境，骨子里的畏生无法磨灭，且找不到源头，一找恐怕就找到生母胎盘里去了。

　　眼圈乌黑的我在车上还是不大困，尽管广祁把厚实宽大的肩膀给我靠着，我也只是闭目养神，恐一睡过去这宝贵的时间将变得空白，我与广祁的依靠共处则被老天爷无形抽走。

　　为了使他安心，我逐渐装作小憩的模样，实际上我时时刻刻感受着他在我身边时的情景，他那高大身躯的体温，沉重规律的呼吸，拢住我单薄之体的臂弯，紧握我手背的宽厚掌心……一切都是鲜活生动的。

　　这个男子微微打鼾之后，我睁眼瞧他，他眼下有了一点乌青，但是不深，他皮肤很白皙滋润，有了黑眼圈也不明显，像是眼周围自然生出的一点深邃晕染，他原本是一点黑眼圈都没有的，现在漂亮的眼睛还有些浮肿。我小心地伸出手指去触摸他的面孔，在其俊朗美好的五官上轻移，手心里便都是他略烫的呼气，碰壁似的回旋，使温度更高了。

　　接着明明睡着的他忽然按住我的手，怜惜地亲吻上了我的掌心，温柔地劝我："凤虞，睡吧。"

　　我们去照相馆拍过一张合照，各自收存着思念时能拿出来看看。照片上一对明亮般配的璧人是广祁与福席音，我梦见了当时拍照的情景，他很庄重，我亦一本正经，已像一对夫妻。连照相馆的师傅都夸我们是佳人才子，天造地设。

我真睡过去梦到这样的场景，老天也不算亏待我，并且最后一觉我是被广祁的亲吻唤醒的，其实他是怜爱地悄悄吻我额头，又顺着鼻梁往唇边落下珍重一吻。

广祁把我送到车站便可回去了，不过中途互相望着难舍难分的情人，他于心不忍临时变卦，便主动留下来扮仆人亲力亲为要帮着做些苦力，搬行李并买足生活用品，将我在大学的住宿安顿好了，顺便又陪我在金陵住几日适应适应，延后好些时日禁不住我的催促他才再坐火车回上海入学的。

那时候他在圣约翰的报到已经迟了，尽管家里已经有人替他打掩护，听说还是让老师很不满意，第一印象认为这个富家子弟态度怠慢，大约是金玉其外，败絮其中的人。虽然他当时写了很长一封检讨书，但老师觉得这是老油条早已备好的场面书。

后来日久见人心，广祁那严于律己的品质、优秀的才华，才令老师对他的印象渐渐好起来。

我很是愧疚，下定决心自己以后应该端起理性的态度，收敛起小女儿家的情态，再也不要误他的事了。

可是一面对他，知之非艰，行之惟艰。

广祁刚回上海便写信给我了，要我记得遇到事情第一时间找他或者通知家里，自己不得硬扛，否则让人担心，便是不忠不义之人，万不可做这等自以为是的笨蛋。

他絮絮叨叨地嘱咐我这里那里，隔空照料起我的生活，不过这里面很多话都是嬷妈挂念我要求他写的，她最了解我的生活习性，我一猜八九不离十。

最后便是广祁计算起距离我们下次见面还有多久，忙碌起来日子晃眼过了，很快就会到再见之日，所以要认真学习，全力以赴，任重道远。

至于我在金陵女子大学的情况，比想象中要好，通过了入学考试。学校管理非常严格，好在老师友善，宿友谈吐文雅，相处温馨，人际方面就没有太多沉重的顾虑了。

这所美国人出资办的教会学校学费非常之贵，学费两百块左右，且不包含其余，课本费和校服加起来又要几十块，办图书借阅卡也要十块，林林总总很多收费的地方……大约是国内最贵的，因此学生只有百来人，能到此地读书的女子非富即贵，成绩、教养也好，基本的品德皆在，大家也比较清净省心。

　　我也早就不是从前那个会被骂作瘪三、赤佬的小贫民了，即使身处鱼龙混杂之地，我的灵魂一样很有尊严高度，再有家庭后盾以及广祁的爱护，我已能满怀信心地独立生活，从容面对接下来四年。

第十六章　榕树下的她

我上大学不到一年，我的母亲去世了。

家里先是来了噩耗，告知我母亲病重，速速归家尽孝。

我请假回去看她，才短短大半年时日，她竟已垂老。

我初看她时，她不像病重的样子，只是苍老了，老得可怕，比嬷妈还要老。但是她那双眼睛如浩瀚无垠的蓝海，满盈盈荡漾着微波，又仿佛藏了我满柜子的书籍，深邃明透。她一用这样的双眼注视我，我便觉得被整个广阔天地拥抱一样，有一种回到胎期包在羊水里的舒适。

我以为我还有足够的时间与她做母女，慢慢培养感情，可在我回家看到她的第一眼时，我才愚钝反应过来，她即使不是体弱生病，她也会被年纪吞噬，被时间裹挟，到最后只剩白发苍苍、骨瘦如柴的干枯模样。

福太太在我这个女儿回来时的神情面貌，叫我颤动，叫我心惊。她坐在轮椅上不知何时已变得不再高大挺立，她已经连空壳子也撑不起来了，彻底怯弱，变得矮小瘦怜，成了一个可怜孤独的小老太太，才中年已如耄耋老人，辛酸弥漫着人的眼。

曾经我怨恨他们使我和血亲分离，并赶得人远去，为此心底不免总有隔阂，也认为她对我的心意不真切，我对于她来说是一个撕不开颜面再次抛弃的累赘。我知道她不忘自己深爱的亲生女儿是正常的，我只是认为在她心里，我和她亲生女儿不能相提并论，我认为她永远埋葬了她对孩子的纯粹亲情。有一回，我不小心打翻福茵英的东西，她用凶恶可怕的眼神看我，后来好长时间不理我，冷漠无情惩罚着我。而福德华不常在家，只是维持一个父亲基本的形象，像是在演单薄的话剧，偶尔出场。

他们最擅长的是对我使用冷暴力，我也从他们身上把冷暴力用得炉火纯青。

我一直认为我的名字，是"袭"英，承袭了他们上个女儿的意思，怕我想到此处，故用了别的字代替。

母亲私下很少写对我的名字，在席字后面她写的大多是茵或者英，她总是把我当成她上个孩子。

她练字有时候写"茵茵"，有时候是"英英"，或者"茵英"，但她很少写"音音"，我知道我比不上那个孩子，那个与我没有血缘关系的陌生长姐。

她常写着名字独自出神，像是思念她的福茵英，遥想着他们一家三口，忘记了身后的我。

曾经我也如痴如狂地偷窥福茵英的过往，她是个很好的小女孩儿，一样是明珠，无怪乎母亲对她引以为傲，即使在这个社会上是不受重视的女儿身。我永远都比不上她，我卑微妒忌，不敢攀比，随着对她小小年纪却天资辉煌的过往加深了解，心态逐渐转为敬佩，就像敬佩理佳那样。

我心里时常抑郁失落，对他人感情冷淡，也不去关心母亲的病情，而是漠然忽略掉。

这一次我回来，悉心照顾着母亲，并为她打扫房间，偶然发现她在柜子里收藏了很多盒子。属于我的盒子，里面是关于我生活中的成长印记：我的所有照片，我与长姐相比不值一提的奖状……从小到大的零碎之物，她竟没有遗漏地装在贴上我标签的盒子里，这些盒子比福茵英的多出不少。母亲在随记里也写，她信基督教主要是为了虔诚保佑家人，尤其是保佑我，她简直被我那次发烧抽搐吓坏了，生怕又失去了惹人疼的小女儿。

我以前每次看见的都是装英英物品的盒子，放在表面能敞开来面对，原来关于我的，她藏得那么深。

当日我与母亲谈心过后彻底释然了，她说她没有把我当作替代品，两个都是她的女儿，是一样的，当作了一体，名字有时候混在一起是糊涂了而已；其实当年她和养父那番对话，对于我而言是个错误的决定，她后悔剥夺别人拥有亲情的权利。我最后宽慰她，倘若当年他们不买我，我的生父母还是会把我卖给别人，那样更糟糕，我应该万分感恩福家给我新的生活，是我愚蠢不知好歹，我们应该珍惜彼此的缘分。

谈完了话，我离开她的房间，去熬药。

母亲本来在靠桌小憩，假寐着，深凹的眼睛周围皱纹化了般融在一起，黄软软的很耷拉，她的眼珠不住地在眼皮下不安转动。这时，她忽然醒来急急唤我，随着很清亮的一声呼唤，她竟不依靠任何外力骤然从轮椅上站立起来，我非常吃惊，欣喜若狂地倒吸一口气。她缓慢、踉踉跄跄地朝我走来，我惊喜之余鼓励着，她像个刚学会走路的孩子来到眼前一把拥抱住了我，温暖大方，举止如回光返照。

"席音，我的女儿，席是希望你顶天立地，音是我新生的希望……"她轻轻地唤我，也拍向我后背，手却蓦然垂落……

我在刹那间泪流满面，惊和喜一触即发的后一刻，正回抱拍抚她，却发现她已经在突然之间祥和地去了。

那是我这辈子第一次见她走路，也是最后一次。

而当时我的父亲已经逐渐转变成了爱国实业者，在母亲病重那段时间他因为公事身不由己，忙得焦头烂额、脚不沾地，常常在压着重担的公司与岌岌可危的家里两头跑。与妻子最后那一面，他错过了。

后来，他问我："你妈妈最后好吗？"

我把她如何站起来的事告诉了他。他怔住了，怔了好久，不觉得遗憾了，他从未责怪过我什么，还告诉我，那时候希望我们成为一家人……是因为母亲为那夭折的孩子有了心病，希望来一个有同样心境的孩子，也许能相互帮助对方渡过心里的坎儿，可是他却错判了，竟造成了我们母女一生的隔阂，但他认为，不管过程如何，好在结果总是对了。

原来福德华是这样慈祥宽容的父亲，我迟迟才认识到他这一面。我一直以来都比较怕他，在家里最怕他，因为他是严肃的一家之主，且受了生父的影响。

有几次我看见福德华动怒发火的模样，很恐怖，严厉得像要使用暴力似的，眼珠子也瞪得像是要掉出来了一样，他就这样在书房斥责下属。他同养母也有吵架的时候，但他们关上房门不让我看见，我听见摔碎东西的声音，重现噩梦，我听见他说我是个假货。

他息怒后，与门外的我费尽口舌解释这是口不择言，在他心里我一样是他的女儿。

他们为什么吵架？他想要纳姨太太生孩子，生个亲生的孩子给她养，养母不同意，控诉他明明答应过她，控诉他道貌岸然要抛弃我们母女，控诉他又要剥夺别人的亲情……

我常常很怕面对福德华，他一盯人会使我大气不敢出。面对淡然的养母倒还好，我不听话的时候养母至多惩罚我关禁闭，不许我吃饭，认错再放出来。他们教育我的那一点手段，我不容易记起。因为他们对我的好大大掩盖住了这些微不足道的事。我为自己想过，到底选择留下来还是找血亲，那种选择会剔除掉其余人生。我想，手心手背都是肉，就算不好的我都舍不得丢掉，于是顺其自然。

提起我的生父，那才有真正控诉的话题，我的生父倘若只做一事无成的废物那已算谢天谢地了，但他不只压榨生母的血汗钱去花天酒地，更暴躁懦弱得只能打老婆打孩子度日，一凶起来下了狠手浑然不觉，他甚至险些掐死过我，就因为我被莽撞的小弟弟撞歪不慎打翻了他的酒。

此后我也讨厌鲁莽吵闹的人，比较喜欢文静的孩子。

小时候一做错事便会挨打，因此不敢犯错，时刻注意未知的危险、痛苦，成年以后仍心有余悸。他掐我是常事，打得我冒鼻血也是常事，把我提过来摔过去。后来大哥打得过他以后，他便动不了我了。

我的生母不过是一个愚昧老实的旧社会妇女，除了护着孩子，她被打得鼻青脸肿时都不肯出门躲避一下，唯恐让家丑外扬，不许我们哭天喊地发出哀号引起别人注意，还叫骂我们讨债鬼全滚开。

生父一喝醉了打起人来更厉害，见了什么都不顺眼、要骂要揍，整个人经常处于暴跳如雷的状态。我大哥长大强壮了不再愚孝，忍无可忍朝他动粗，这种情况才改善了，不过生父还是老往窑子里穷逛，时常被人赶出来、丢出来，骂作是穷到了在死人堆里裹草席的老瘪三，还有脸嫖妓，这年头笑贫不笑娼，妓女都比他高贵。

后来大哥身体病弱，也不太能阻止在外受了气回家发疯的生父了，家里又开始陷入粗俗野蛮的暴力与污言秽语当中，他一边用方言骂着我们"婊子"，一边将一屋子本就没有多少的摆设摔得七零八碎，直到最后彻底家徒四壁。

倘若我的生父死了，他的身后事的确只适合裹一张草席，草草埋了，下雨暴尸做赤佬，便是这辈子最好的结果了。

而我的淑华母亲，人如其名，善良美丽，品质高尚，值得最体面隆重的葬礼，值得人们悼念缅怀，她的葬礼来了很多人。

毕竟她曾是私立学校德高望重的副校长，也和父亲资助了很多穷童生上学念书，最后不少人发展到了留美预备役，能用公费留学，并且发誓去美国学成归来，建设祖国，振兴中华，回报淑华夫人的期望。

母亲信基督教，丧礼是教式的，她早早地在遗言里要求丧礼从简，所以是薄葬，花环是十字架形状的。

这一场丧礼，除了小白花的颜色，大家几乎一身黑衣，男人们西装革履或穿暗沉长褂，女性也身着黑衣黑裙。

由她常常去的那间教堂里的神父过来主持念词后，才庄重地葬了她。

天空灰蒙蒙地下着毛毛细雨，冰冷的雨点渐渐变大，在这个日子下雨是好事，意味着相信基督的母亲能进入天国。

有些人打着黑伞，前排的人几乎没有伞，我原本也没有，只是在寂寞聆听神父的追悼词与淅淅沥沥的雨声，以及旁人的低声啜泣，而面容消沉的广祁在旁边接过佣人的黑伞为我撑起挡雨，他始终沉静地守护在我的身旁。在那些为我守护家人的日子里，他也爱着我的母亲啊。

悼词不全是基督教里《圣经》的语言，还有一部分是神父与我们商量过的悼词。介绍完死者平凡而又伟大的生平，神父声情并茂：我们的至亲至爱，她的灵魂化作春泥更护花，精神营养丰富了我们，结束是开端，在那崭新的诗篇里，我们不会为她的离去而害怕、恐惧，因为她终将与自然融为一体，是希望的永生。永恒的爱，点燃了她爱着的繁华世界，她爱着的每一个人，与爱着她的每一个人……

逝者是一位大爱无私的母亲，在世悲伤，努力活着，如今，她终于要追随她的第一个女儿一同前往终点，一起保佑着我们。

我由始至终都很孤独平静，父亲、嬷妈和广祁一起陪着我，过后我独自待在灰暗寂然的房间里时，才后知后觉痛苦起来。

我的思绪飘浮到了半年以前，明明我离去的时候，淑华夫人状态看起来很好，好得仿佛能接应交际。嬷妈哭伤了眼告诉我，太太那时候已经不大好了，又要瞒着我，早早起来化妆遮掩脸色，成日在后院故作姿态，希望我走得放心，不要因为牵挂她而误了学业。

在那个冷清的夜晚，我恍然大悟地意识到，自己多年来的敏感封闭，造就的那些无可挽回的错误，像一个又一个无法复原的窟窿永远陷在了某处，并发现没人能代替她原谅我，母亲已经不在了，这是一件多么可怕的事实。

最终，我悔悟着明白，她的离去是一道警钟，叫我不可再为难自己，要珍惜眼前人。

我的母亲在我大学初始便上了天堂，信着基督教，走向她想象中的福音之路，追寻她的亲生女儿去了。或许她也在那里，早晚等着我，在一片金黄充满光晕的麦田里。她想象过这样的天堂世界，曾经在睡前与我憧憬，她的女儿在一棵大榕树下面等待她，以后她也会在那里等待我，下辈子我便可托生到她肚子里去了。

第十七章　不枉此生

父亲过去做洋商的走狗，受到外国势力庇护，获得了巨大财富和地位后，精神上开始异常空虚，人格低人一等，在他意识到内心煎熬的情况时，悬崖勒马脱离了买办阶级，随后诚恳转做爱国实业家，并且用淑华夫人名义成立了慈善机构。

他还在书房挂了两幅字警醒自己：君子爱财，取之有道；取之于民，用之于民。

母亲去世前后，我在家里耽搁了一些日子，其间我窥见，随着妻子的去世，父亲好像更孤独了，明明他从前做事也踽踽独行，但这种感觉在他孤身一人的时候更为强烈了。

他还会把母亲常坐的轮椅放在书房办公桌旁，每当处理公务之余，偶尔抬头望一眼空落落的椅子，一双深邃的眼睛便会渐渐湿润，薄突的犹太鼻也会发红，偶尔下垂的尖鼻头还溢出清涕，都滴到了文件纸张上。

有时候他也下意识唤佣人叫淑华下来吃饭了，旋即从忙碌中回神过来，一想到人已不在了，才哦哦两声，自言自语："忘了，她已寻孩子去了。"

有关于淑华在世时同他生活的很多习惯，他起初总是改不掉，仿佛她的灵魂还在家里看着我们。

我若是见到这种情况，或者听嬷嬷和佣人们提起，便会开始悄悄抹泪。

父亲寂寞时常在妻子牌位前絮絮叨叨，时而宽慰自己，时而老实认错，提起过往他险些违背承诺背叛她之事，他说是受到祖先与父辈压力才想延续血脉，并向亡妻再次发誓，他从未对别的女人真正动过男女之间的心思，他这辈子只独爱她一人。这样的事，以后再也不会了，他不会续弦，也不会纳一个妾，答应她一生只爱一人。还有很多心里话，他没有及时告诉她，从前忙着公事缺少对她的陪伴，如今天人两隔时，后悔莫及。

于是他那段时间很是慈祥，由内而外柔和起来，学会关爱养女了，每日一定要回家与我一起用餐，也叫广祁常过来吃饭，希望饭桌上热热闹闹有家人相伴，温馨一点。我回学校前最后那一餐，他也叫我用完饭再走，迟了再让张叔给我补票便是。

走前的一个夜晚，我与父亲在庭院里叙旧了片刻，于一轮明月下，父慈女孝。我向他表露："父亲，每个月我都会给您写信，望您不要嫌麻烦。"他微微颔首，默然片刻，嗫嚅嘴唇叹："有这个心好啊，好啊，到了报平安，也给你母亲写一封吧，我烧给她。"

我生活了十年之久的家，一座中西合璧的高宅大院，不管它是金碧辉煌，还是萧条空荡，它在我眼里永远是那样幽邃宁静的甬道，通往亲情深处的归巢之居，只要亲人在，我仿佛还是一只身处暖窝里嗷嗷待哺的雏鸟。

我给父亲写信，开头都要亲切叫他一声爸爸，再步入主题，交代我在学校规律的生活，通常报喜不报忧，有闲情了还要卖弄三脚猫功夫，写通俗易懂的诗句，写文学论述给他过目请教。他的回信大多很欣慰，变得同母亲一样会夸赞我了，他的夸和贬向来拿捏恰当，不让我自满，也不让我沮丧。

他也与我提起广祁常来家中走动，一空了必探望独居准丈人，来了绝不空手，送礼准送他心头之好，不是从劳伦斯那里淘来的美酒，便是亲家母做的扬州家常小菜。广祁彬彬有礼地陪他一起用饭，先亲自给他添上一碗满满的白米饭，犒劳丈人在外活动的辛苦，对待他敬爱如亲父，与我一样很是孝顺。连亲家夫妇都很关心他，常发出邀请叫他上门吃饭去，只是怕亲家夫妇太兴师动众，因此，他应邀的次数不多……

父亲如此交代他与广祁的温馨琐碎，何况家里还有嬷妈事无巨细照料他，他身体还算健康，我独自在外便踏实些不太惶惶了。

反倒是他们很牵挂我远离家乡求学的生活，物质尽量满足，来信关心未曾间断，只有随身的照料不得实现而已。

我已幸福知足了，母亲不在以后，所有人都善意关心我，生怕我想不开独自在背地里自责忧郁，不仅小曼、平原两口子会轮流给我写信，就连远在国外的理佳都发来一通通电报慰问我。我忙着回那么多人的书信，还要忙着应付繁重的学业，哪里还有空难过多想呢？

终于，我病倒了。

广祁对我的爱护只有日益愈浓，没有减淡。我在南京生了一场病，他大老远就跑来了，马上找过来亲自照料我，很能折腾。

我没有在信中告诉过任何一个人自己生病的事，渐渐才知，他当初收买了我的宿友，这才知道我情况不好的消息，我宿友打电话向他汇报我的状态，但不是监视我，如遇大事必得相告，只怕我隐瞒。

我的病原来是小病，住院放松以后，才一病不起。苦了宿友被老师叮嘱同学之间要互帮互助，在医院为我奔前跑后之间，还得斟酌着知会广祁，又怕我对她的行径不满，可谓身心交瘁。

在我病重糊里糊涂的时候，她打趣着问我想不想他，才水到渠成通知我的未婚夫来了。

我一点儿也不怪他们，还怕他们怪我，嫌我是累赘，我给大家添麻烦了，真是痛恨我的病来如山倒。果然，广祁摸着我发烧的汗头，怪我是硬扛的笨蛋，怪我心思重折磨自己，怪我不肯依靠他……他忧虑担心得快为我病倒了。

我瞧见广祁模样确实憔悴了好多，眼周围深黑了一些，显得清瘦的五官更立体了，少了点柔和感，轮廓骨骼仿佛透着一股子倔强与硬气。

他收到消息连夜坐火车马不停蹄赶来，不歇息一口气便住医院房内陪护我，把好心的宿友赶回去休息，还郑重用礼物特产酬谢了对方。

我内疚感加重，他握住我的手心亲吻，怜悯地说，他不是要怪我什么，只是希望我以后有什么都要想着他们，我明明是有亲人爱人的，何苦要把自己活成孤女呢？倘若他这样病倒了，他相信我也会前去探望照料，即使去不了，定然会写信关心，起码他是愿意依赖我的。他叹息着念："凤虞，小六，你不知道，我平时有多思念你，挂念你，照片看也看不够，快思念成疾了。"

我答应着并告诉他，只是怕他误了学业又惹老师不高兴，我也一样很思念他，我们的书信何时停过呢？再不理性下去，不成体统啦。

他莞尔笑笑，叫我宽心之余，讲明他和老师已经成了朋友，老师有妻女明白他的心急如焚，他这次来照顾我，可不是为着自己一个人的心意。这里面，有老师的宽容、理解、督促，更有岳父的忧心、挂念、期望，他们派广祁前来代表照顾，都希望我快快好起来。我若是一病不起，真倒了，他便成了只顾学业罔顾人伦的薄情寡义之人。

而嬷妈年纪大了不方便折腾，他们只瞒着她一个人，免得她老人家心疼我吵吵嚷嚷要过来。

宿友们说，我先生爱极了我。她们看出来广祁向来以我为主，处处为我考虑，把我排在了第一位。

那可不是，我病愈出院以后，广祁担忧我心气郁结再次伤身，因而滞留在此，又陪我在南京散心游玩了几日。他淡笑叫我趁此机会好好游览胜地，我和他最想去看的是秦淮河那一带风光，自古多少佳人才子在此风流，顺道去了一趟江南贡院游览古迹考场。

我和广祁也把自己比为无名的佳人才子，在秦淮河中央坐着微微晃荡的乌篷船相依彼此。他今日换了一套灰白长衫，让人眼前一亮，风度另有滋味儿，显得很有书卷气，眉宇间笑意夹杂寂寞清苦，整个人淡泊宁静，其身那股香味儿在回甘之时都变得有一点儿苦味。

我不知道他在为我忧心什么，我抚平他的眉头，说他要玩就开怀嘛，怎么比我还像刚刚病愈的人，我们撒谎偷跑出来还不好好珍惜。

他紧握着我的手，忧心忡忡地说："凤虞，昨晚我梦见你了，梦里的你很不好，哭着闹着要寻我，我怕我一走你又病了。"

我向他保证自己要是病了，通知他过来继续照顾，不就好了吗。反正他的学业不让人操心，他聪慧过人，比我聪明、轻松多了，是有资本胡作非为的，他这几天已经把自己在学校的优异成绩向我汇报清楚了，为了让我不担心误他。他把一切都处理得很好，现在放假自习都没有问题。

想想也就那么回事，我们便放宽心沉浸于眼前之乐，花前月下。

百家灯火通明，秦淮河岸边的红灯笼也把水波映照得流动着光彩，角落美色荡人心怀，我们相伴相随，或坐或散步，秦淮河景真名不虚传。

在广祁离去的最后一个清晨，我们还去山野里看了一次日出。看见天色从天黑到幽蓝的变化，在一棵粗壮的古树下面眼巴巴等待，红日冒出山峰那一刻，逐渐映红了天际，最后的灿烂绮丽让山间整个场面震撼人心，消去了二人睡意。

他携起我的手说，不枉此生。

是啊，有今日的开端便已不觉遗憾了。彼此一笑，我踩在石头上与他拥吻，他怕我摔了，一边亲吻着一边将我抱下来，无须我踮脚，他俯身迎合得体贴，一点儿不叫我累。

天明了，我们一起去吃了一碗鸭血粉丝，早晨我胃口不大，故只要了一碗与他共同吃。

到了火车站分别的时候，我们很不舍，我想学着他送我那样去送他，可惜他是不要我折腾的，送来送去哭笑不得，到时候干脆在火车上度日吧。

之前以为不想没出息，各自要有各自的理想，所以大学才没有选在一个省城。见我这次生病难过，又老样子互相不舍，他又觉得还是在一起的好，他都想转学来南京陪我了。这下，换成我义正词严地驱逐他，希望他不要过来影响我，我学习没有他那样聪明，怕自己玩物丧志。

见我严肃了，他摇头失笑着说，原是逗我玩的，知道来了南京隔着学校依旧不能常见面，他放过我了。

临别，我追了一会儿载走广祁的嘶鸣火车，他秀气的手掌和脸孔都贴在厚玻璃上，他挥挥手要我回去，唇语叫我保重，最后还呼出热气把字写在了窗户上。

我捏着帕子，险些又快哭了，这一次我进步了一点，没有在他面前感性，良久，转身走掉的时候才流露出脆弱一面，默默与他道别。

我们那时候真是一对没出息的恋人啊……

第十八章　永不磨灭

一九三七年，上海沦陷。

我的大学时代绚烂美丽，亦不幸萎靡，短短两三年时日变化多端很不太平，犹如吞噬海岸的大海浪潮起起伏伏，来势汹汹卷晕了摇摇欲坠的我，一波未平一波又起，总是要心系家国、亲友。

父亲和广祁一家都已迁居租界地带，陷入前所未有的低潮。在那期间他们频频发电报寄信报平安，沉痛与我声明上海彻底乱了，当前局势凶险，让我先不要回去，以不变应万变，他们在租界内避难一切安好。理佳也再次发来电报慰问所有人，得知我们几个人没事后，挂念故友的她暂且松了一口气。

可是一个月后，南京也失守了。

那时候我因胃痛，请假出校去了附近医院检查拿药。清晨，外面突然隐隐响起各种骇人咆哮，这些响彻云霄的声音使得人心惶惶，大家惊恐万状，四面逃窜的人们恐惧失声地尖喊鬼子来了，日本人打进来了！

一架架看不见的飞机嚣张肆意地飞过楼房头顶，轰隆隆，沉压压，诡异地来回徘徊，越迫越近仿佛朝着我心脏血脉狠狠碾过，我大气喘不得，扑哧扑哧地又急需呼吸，于是短促地呼吐气息，努力平复自己。

外面人潮乱涌，阵阵急踏狂奔之声，仿佛踩在了每一颗还挣扎活着的跳动的心脏上。各种指挥大喊大叫，吼破了粗哑嗓子，似乎穿透皮肤血管，震得人嗡嗡痒痛，偏偏不能镇定人心。我在人人自危的混乱中惊慌寻求庇护，最终抱头和一群拥挤的老弱病残躲到楼梯旮旯下面去。我颤抖捂紧了耳朵，指甲陷入皮肉里，抽搐的手指与耳骨死磕，拼命消除飞机带来的极度压抑的巨大回旋声。

直到医院暂且安全，我才逐渐鼓起勇气放下手稳住自己，提心吊胆地帮助身边的老人儿童，听从医院指挥者的引导进入会堂避难。

枪声、炮声、轰炸声，我听见过这样强烈残酷的声音，迎过这样击破魂魄的爆裂恐惧，几度魂飞魄散，激烈而又毁天灭地，像被庞大残暴的巨物从天空狠捶入土壤里不得已跪地趴下，直至瘫痪被压断了脊梁骨和腿骨，无数人如此，霎时充满了断肢残骸。眼前尘土飞扬鲜血淋漓，那些狰狞凶恶的阴影笼罩着我们，耳边扭曲的余波一再猖獗回荡，直击人心，仿佛将这片无辜疆土百姓永困地狱。

我在医院会堂角落里，听着唱诗班的孩子哭泣着颤抖歌唱，近乎麻木无神看向窗外悲惨的断壁残垣。

唱诗班的学生们被老师组织清唱合奏，以抚慰大家，抚慰小小的同学，我始终伫立窗内看向外面，一时冷静下来没有随意走动。

这些学生今日原是来医院体检的，我在外面已看见过他们了，而进医院之前我于校外已遇战事。

我和几个学生逃亡时咬紧牙关躲避危险，险些被见人就奸淫掳掠的日寇发现，一个快死的中国士兵不动声色地看我们一眼，声音微弱："姑娘快走，带着孩子们快走，快走吧……"他翕动干裂起皮的嘴唇，毫不犹豫地握着手榴弹，大叫一声冲过去骤然死抱几个日寇同归于尽，微笑着一起炸死了，粉身碎骨，血肉横飞。他最后那一刹瞪着血眼大喊："我叫三省啊！"

那撕裂生命的噩梦与希冀震撼了我，一遍遍杀死我，而又一遍遍唤醒我。我任由泪水沾湿脸庞，双手合十为三省哀悼，虔诚保佑他，来世一定生于和平年代。

在医院的期间，来了不少灰头土脸却目光坚毅的士兵护送伤员和百姓避难，最后医院实在拥挤不堪，没有多余地方供人歇下。我提议将一部分人先送去我所念的金陵女子大学避难，把医院空出来的位置留给源源不断的伤患。

最先安排过去的是老弱妇孺，士兵们在路上警惕地守护着我们，学校已经开始在收留其余的难民了，我们送过去的人，教务长明妮·魏特琳尽数收下，还予以重任让我继续组织指挥医院的人员避难，学校也接上头指示将难民营设在此地，教室、大厅、办公室……所有能下脚的地方都成了民众安身立命之处。

魏特琳还在外面草坪里铺上了一张连夜赶制出来的大大的美国旗帜，表明学校是美国人的地盘，以此警告丧心病狂的日军。

我随士兵护送难民的过程里，认识了很多萍水相逢的人，其中印象深刻一些的是一个叫志滨的士兵，他的脸虽然与大家一样脏得狼狈，但隐约看得出面庞清秀，不像是参军已久的硬汉，更有文人气质，身材似乎还有些羸弱。

见了他，我便想起我大哥，两人亦硬亦柔的眉眼很像，谈吐也有些相像，很是耐心温和。

最后一次护送唱诗班的孩子们时，我们还说了一会儿话。我停顿几秒，想起孩子们用童真的语气抹泪问我的问题，茫然地问志滨："我们是不是……已至日暮途穷的境地，快完了？"

"有我们在，国不亡。"志滨铿锵有力地回答我，回答那些孩子。

我坚定了起来，恢复斗志，面对已成废墟将来还可重建的家园，也对孩子们说："灵魂不亡，国便不亡。"

我透露身世后，还对志滨说："你长得真像我哥哥，也那么秀气，个子高高的，勇敢坚强。哥哥去世前总护着我们姊妹，一个都不许少，他连临死之际也求着爹娘不要卖掉我。但是他死了，家里更是困难，要办后事，要养两个孩子，终是卖了我。"

我和这个伟岸的士兵聊天，希望连日压抑忙碌的氛围可以透出一点气，不知不觉地聊起家人。他沉默了一会儿，笑着说，他家人不久前受到空袭全死了，他不孝没能先去护他们，不过那是他父亲的嘱咐，先有国才有家。尽管他认为，先有家才有国，但是他的行动已经身不由己了，从日军全面侵华，从他上战场那一刻开始，他的第一反应只能往前冲，把家国一起护在身后，却还是疏忽了，他没有那样强大，只有一个躯体，分身乏术，但还有无数个他一起众志成城御敌。

他说着说着涕泗横流，最后告诉我："你的大哥一定很好。"他很荣幸能像我的大哥，像别人已逝的家人。

因为他也仓皇孤苦地从一张张的面孔里寻找过家人的影子，如今他在我身上找到了，在我的灵魂中找到了，在每一个脆弱需要保护的百姓那里找到强烈归属感，在整个国家兜兜转转中找到男儿油然而生的使命与责任。

我们互相鞠躬说了一声谢谢，在那之后，我与人们互相鞠了无数次躬。因为我即将离开金陵女子大学，家里派了人来接我，是有外国势力的劳伦斯带着通关文书冒险进来领人，我不得不离去，无法辜负我来之不易的家。

走前，我带着愧疚感深拥老师、同学和难民们，我也亲吻了教务长魏特琳那张疲惫慈祥的面颊，她回吻后拉着我的手亲切地握了握，才与我郑重道别，并嘱咐我一定要安全到达目的地活着走出去，便没有辜负这场离别。

此别后怕是难以再见，也许是此生最后一面，所以我珍重每一张鲜活的泪脸，不论是受苦受难的同胞，还是帮助我们的外籍老师。

我随劳伦斯先生走出去，彼此面孔凝重，不忍乱看四面八方惨烈至极的景象，他低头领我走啊走，最后还是看向了那些已经死去的人们。

那些遭受侮辱的女童、女人和老妪赤身裸体……有的下体还塞着一截棍子，捅破了肠拉出来；乳房被割掉，露出蜂巢般的血孔；整个人被折叠成可怕的姿势耷拉着，腰身软趴趴已断，骨头刺出血肉，流淌着冰冷的血水……

我胃痉挛呕吐，泪没有停止过，废墟残骸里同胞们的惨状，使存活的人死去活来。

战火纷飞，硝烟弥漫，目光所至尽是坍塌狼藉。爆碎后的粉末尘渣突地割破皮肤，剜眼般炸裂，活生生的人不幸死于眼前，使无能为力的观者如遭重锤破胸。堆积如山的一具具尸体，都死不瞑目，仿佛一起睁着眼睛看向了我，眼前忽然出现万千同胞如破闸水势朝我涌来，重叠嘈杂的悲恸声音向我乞求、提醒：救命啊！快跑啊！求求您，救救我吧！求求您，带我一起走吧！我还想活着！我要见爹娘，我要找孩子，我的兄弟姊妹呢？下辈子我还要再做中国人……他们身魂纷扰，泣血哭号不绝于耳，朝我伸出无数只手……那到底是谁的声音呢？到底是谁的样子呢？

我张皇奔走间抱头大哭，不要再杀了！

那瞬间的血腥幻象很快被劳伦斯打破了，他满眼血丝，捂住了我的眼睛与嘴，拉着崩溃的我疾走而过。

嗡嗡……嗡嗡……不知是头脑鸣音强烈，还是战事残酷的声音刺麻了耳窝深处……

街头巷尾穿云裂石的长啸忽远忽近，枪炮声更如爆雷霹雳，处处雷霆万钧，毁灭从昏红天际开始一遍遍降至整座城池，作恶多端的日军以魔鬼之势侵蚀了每一寸疆域、每一颗石头、每一粒沙土，其罪行累累，仍毫不犹豫地炸毁南京，进行杀戮。

房屋早已垮了千千万万，血日黑云笼罩在众人的头顶，乌泱泱直压人们肿胀的眼眶、眼球，仿佛要迷得我们找不到生路。

遥远的壁垒和黄土坡那里，有中国士兵惨烈痛喊着撤退，有日寇狞笑放肆耀武扬威，也有人弃甲曳兵，夹杂在炮火连天中的逃难之民中惊惶遮掩着自己东逃西窜，匆匆忙忙踩过毁物、死人而跑。

浓浓火势狼烟迷眼，但在横尸遍野之中，恍然间我看见了一具微睁着眼睛的残破躯体，那张黑红的泥脸熟悉而又陌生，是志滨啊，我伸手想要去捂下他的眼皮，但劳伦斯忙将我硬塞入黑色汽车里。

防空警报声已由远至近凄厉响起，异常尖锐空荡，如白日里的噩梦，如强劲的飓风，急促席卷而来，震耳入心，促使我们匆匆逃去，嘟嘟——汽车微弱的鸣笛在此时显得多么渺小无力。

一路曲折坎坷，劳伦斯通过重重关卡才将我带出城，方向盘上黑亮亮犹如被湿帕擦抹过一样，全是他的汗水。他回头望我一眼，带着苍白愤怒的脸色，似乎欲言又止，最后他专心致志开车，只时而通过后视镜用颓唐难过的眼神安抚悲痛欲绝的小六。

我一头栽倒在车上，几乎没有力气呼吸，蜷缩在后座，没有勇气再面对窗外被战争吞噬得乱糟糟的一切，一切呼啸而过，印入我脑海里的残忍却永不覆灭。

第十九章　孤岛呐喊

在离家之前，那已是我与父亲的最后一面。

父亲和公公因为背后支持爱国活动，被潜入租界的日伪特务暗杀。

那之前他们资助爱国人士，也为党提供帮助，并斩钉截铁地拒绝与日寇、汉奸合作。

实业家与外交官之死只是其一，这期间死伤很多有影响力的忠贞之士，日伪特务甚至将他们斩首示众，这些惨无人道的恶意警告，更掀起租界内激烈的抗日热潮，文人媒体痛斥日伪，笔战如火如荼，大家以笔讨伐敌人，在文化宣传上抗日。

租界内早已不算安全，日本人和汉奸组织时常冲进来抓人，其间进行种种恐怖袭击，三天两头恐吓不做日寇和伪政府走狗的名流。就连学校校长拒绝了伪政府的招揽，之后也在路上遭到日伪特务枪杀。

他们还向许多爱国者留下恐吓信，并向爱国媒体报社发起了多场炸弹事件。

消瘦的嬷妈说，上海乱之前，有个讨人厌的汉奸赤佬常来家里当说客，成天骚扰老爷。父亲从一开始便不做汉奸，所以早早地引起其不满，被视为眼中钉、肉中刺。

我有印象，休假期间已有几次撞见家里来了个浑身酒气的小赤佬，白褂衣里头套黑褂，身上斜挎一个军绿色酒壶包。他粗糙的长鼻头略红，有颗鼓起的毛痣。其相由心生，长得讨厌丑陋，毫无教养，不经主人同意，便厚颜无耻地硬闯书房。

这人三天两头上门哈巴狗似的给父亲塞塞窣窣说些什么，明明年纪不大，已像个双眼冒精光的老贼。

此人见了我也谄媚笑着唤我大小姐，据说这家伙早前便是亲日派，狐假虎威常常游走在名流之间四处当说客，对于势力不够大的目标，他就一副天王老子的做派，进行威逼利诱。我父亲做过买办，人际关系深广，有外国血脉还有外国人庇护，早前才无人敢动。酒糟鼻当时暂且没摆架子威胁人，只是露出狗腿样儿。养父非常不待见他，皱紧眉头只管送客，人走后便在书房里唉声叹气，思虑重重。

我养父福德华在租界内原本受着外国关系的庇护，后来被日伪以谈生意为由引出来暗杀。广祁父亲则是拒绝做日伪政府的外交官，正直爱国不再继任，誓死不承认伪政府，罢官之后，私下与我父亲一派人士想方设法抗日，才遭此横祸。而伪政府拉拢有名声的忠臣不成，扶持了其余软骨汉奸上位，博不得名声迷惑外界，便另寻傀儡。

广祁母亲心脏病恶化，父亲和公公去世后不久，她也发病去世了。她半夜里心脏病频繁发作，时好时坏，有一日夜里梦见鲜血淋漓的丈夫喊了一声恪礼后，哭天喊地之际猝死了。

恪礼是广祁父亲的名字，广恪礼。

我再见广祁之时，彼此已成相依为命的孤儿孤女。他仍是那样相貌堂堂，但面貌极其苍白萎靡，整个人骨瘦形销，憔悴了下去，五官锐利更显西化了，隐隐透着肃杀之气，突出挺立，英气夺目。

他身上的香水味也前所未有地淡了，似乎没有再用香水，只有本身沾染已久的余味，淡淡余味是清冷苦涩的，中药味与焚香混杂间，还有一丝下雨过后湿木灰烬的潮烟味儿，让人靠近便感受到那种浓浓的阴郁哀伤，可怜孤寂。

广祁抱着我久久未动，整张脸都埋入了我衣服里感受我，仿佛埋入了我整个混乱而不能平复的身心里，他冷冷的消瘦躯体与悲伤无孔不入，安抚着彼此遭受折磨的平凡之躯。

这些日子他非常担心我，担心得食不下咽、夜不能眠，几度想冲去南京带我回来，但都被守着的仆人死死拦住了，他们哭天喊地抱住他双腿，用身体拖住他，哭诉只有这么一个少爷主子了，主人若再去冒险，他们怎么给地下的老爷夫人交代。若福小姐安然无恙回来，他却出事了，谁来照顾福小姐这个孤女，做她的依托呢？

如此广祁才冷静下来，煎熬苦等了我数日。

他的泪浸入我衣衫肌肤里，沉痛表达：他只有我了，我也只有他了。

我抱着他念着："是啊，越山，我只有你了，只有你了，你若不在了，我也不能独活。"

他一刹呆住了，缓了几秒，擦干我的眼泪，极轻地吻了吻我的额头、眉眼、嘴唇。理性起来对我说："凤虞，要独立啊，多少人为此失去生命，我们要珍惜，可不能有那样的想法，不能说出那样的话了。"

接着广祁带领我去了我们临时的新家，只有我们两个人住。其余紧随的仆人都安排在了院内平屋里，嬷妈老了也要休息颐养。

广祁等我的时候把家里按照我的喜好布置好了，此处有亭台、楼阁与后院，阁楼往下是昏暗陡峭的柚木楼梯，古旧典雅，触感凉丝丝的，可谓幽美细致，他布置得用心而独特，周围还系了一些浅透的薄帘和纱巾挡冷风，微风拂过，纱帘被吹起来沙沙飘荡，似迷人鬼魅，似婀娜精灵。

当夜，我们在孤岛里赏月赏雨时，想着的都是外面枪炮轰毁的废墟塌物、讽刺而不能安之若素的生活。

楼上是宽阔明亮的庭室，夜色降临或者拉上窗帘的时候，室内便变得灰暗阴冷，战争灾难当前，外面喧嚣拥挤，我看见过日军对微笑的老人拳打脚踢，犄角旮旯里都塞满了穷苦的难民一家，而我们还有一处宁静的寓所可住。

担忧夜长梦多，很快，我们在租界内安家结婚了，今日不同往时，我们计划举办十几人的婚礼足够了，只有几位佣人、亲友参加。

我和他曾经都是基督徒家庭的孩子，家里教育也偏西式，顾着双方父母生前的态度与遗愿，我们结婚选在了租界内的教堂里举行，比较精简宁静，氛围庄重神圣。

熟人神父逃难也进了租界里的教堂，依然由他为我们主持大事。其间说笑得知，我和广祁以前都去过教堂告诉神父彼此的秘密，各自都支支吾吾赧然请他保密，他见了我们欲言又止，为了职业操守最终没有透露，所幸今日见证我们终成眷属，他心底松了一口气，便笑命里有时终须有。

我和广祁不经意提及过往，与神父对证此事，这使得大家啼笑皆非。神父要是没有职业道德一点，我和广祁或许会更早一点确定心意。

结婚以后，我们第一次同床共枕，没结婚前他是不肯和我睡在一起的，我也有些保守害羞，直到结婚了躺上床都要先关灯。

黑夜里，广祁窸窸窣窣第一次触摸了我，由上而下，轻轻痒痒，越来越往下，我紧张战栗，眼前闪过我在南京逃亡时见到的恐怖情景，不由得哽咽出声。他被我的泪惊住，似犯错的孩子一样，不好意思地求我原谅，我既没准备好，他便不强人所难，那非君子丈夫之举。

我把心底的困惑、痛苦告诉他以后，他便无旖旎之心，只是给我上了一堂男女之事的教育课，并辗转反侧恨斥日寇的行径，彻夜难眠之后，起身执笔写作。

一连同床共枕几日，我渐渐地接受了他的爱。

初次的那个夜晚，他使我由痛至乐，结束时他亲吻我的额头，闻香倾心唤我，广太太。

广祁说，他最爱我的羞怯，也爱我的端庄，我的每个模样，每个时期，他都无比爱重，他更想与我携手到老，爱到我年老的时期，至死不渝。

我答应他，会的。

于是广祁要调制名为"白头偕老"的香水送给我，他喜欢送人香水的习惯还是没有变过，他为我钻研香水的情义也没有停止过。

他第三次开始钻研香水，是我们在一起以后的事，只是现在才告诉我。不过这一次他总是钻研不到位，倒是"一见钟情"他能轻松调制好。

这段时间，我们互相的称呼又多了，他爱唤我广太太，我便唤他广先生。

他确实已成了先生，不只是我的丈夫，也是一位作家，他同大多数文人一样写作反日，那时候租界里还是会有日本人冲进来抓抗日文人，也逼迫洋人交人。

他知道我不安，问我怕不怕。

我抱紧他说："跟着你，凤虞不怕，我只怕你不能继续完成我们的革命理想。"

他抚掌大笑："好，好，真是我的好妻子，小六啊是好孩子。"

陷入孤岛时期的上海租界，依旧纸醉金迷、歌声鼎沸、繁华热闹，工业、商业的繁荣甚至步入高潮，辛苦卖力气赚钱养家的难民比比皆是，他们似蚂蚁拼命抢活儿干，被狠狠地剥削着，迫不得已匍匐在资本脚下生存、避难。

我们在租界里的这段美好时光，外面战火未曾停过，我常常能在预感里遥望那些无家可归的悲惨人们，从耳边听到一排排严整的军队混战，他们拼死拼活战斗，枪炮轰炸声肆意将上海租界以外夷为平地，失去双亲的孩子哭天喊地在废墟里迷茫寻家……

　　仅仅一界之间，一边是战争中的人间炼狱，一边却是穷奢极欲的天堂孤岛，夜空星月暗淡，租界却亮如银河、整夜通明，建筑街道灯火辉煌，娱乐城夜夜笙歌。

　　幽森的那片夜色，疯狂燃烧着战火，黑烟迎风死命摇曳，熊熊火光连岸，直烧苍茫天际，滚滚通红犹如刚拿出铁炉的巨大烙铁，凶狠烫破了大半张夜幕，于世界边缘恐怖地连成一线，天空仿佛一起燃烧了起来，恍若火焰山的赤红白昼，生灵涂炭，水火深渊之消融似遥遥无期。

　　隔江相望，目不忍睹。难民无能为力，藏在界限内，时而清醒，时而麻痹，藏在孤岛里半睡半醒地呐喊着，在胸中歇斯底里，仿佛身处满是浓雾的无人山野，身处黑洞般无限延伸的深海拼命发声，时间一点点死寂过去，空旷的回音却不知抵达人间哪层，有没有凝聚……

第二十章　沧海一粟

近来，广祁喝着最苦的黑咖啡提神写作，愈发心事重重了。

我看出来他对我欲言又止，似乎还有什么重要的事情没有告诉我，我等着他开口，他总是不忍心说出来，最后叹息变成亲吻、拥抱、安抚，好像又是在安抚他自己似的。

我们心有灵犀，有一次互相望向对方的时候，我正想劝"你说吧"。连日踟蹰不前的他，便终于沉重启口："凤虞，我想弃文从武，参军去前线，我想用行动去保护家国百姓，为爹娘岳父报仇雪恨……我咽不下这口气……我恨呐……恨到了骨头缝里去……呕心沥血写作也抒发不了我胸中这股滔天血恨……夜晚做噩梦咬牙切齿都上了战场……"

我明白他这些日子舍不下我的煎熬，我何尝不是如此呢？

所以我没有任何劝阻，点头哀伤地同意了，也没有鼓励，我害怕也失去他啊，不敢开口，不敢多言一星半点儿。

这一次，佣人们也没有阻止他作为忠孝男儿的强烈意愿，都抹泪低泣送别。

广祁没有让我等他，而是让我不要等他，照顾好自己，该回来的时候就回来了，回不来的话，灵魂也会回家守着我的。

我恋恋不舍，喉咙紧涩，味觉清苦，红了眼睛追出去。

他也通红着眼睛注视我，分外不忍地挥挥手要我回家。

我切身体会，终于明白他当初希望和我一起上大学的心情、每次杞人忧天的别离不舍是怎样的情绪，这次换成了我可怜巴巴望着他，这一次更不同，不能与之前任何时候的分别相提并论，那生离死别的情感异常浓烈。

我多么想在他面前号啕大哭一次，可是我最终只能埋在他肩膀上无声抽泣，做个懂事的妻子，小声地流泪。

他去前线之前，和我在租界最后的道别难舍难分，路上总是藕断丝连、一追一回。我们最后的道别如风暴那样长久，平静下来如海那般深邃，压缩过后如一股股漩涡扭转不舍，此间像是我们今生的诀别。

广祁迟迟吾行，除了志滨，我从来没有见过一个大男人对我蓄满泪水，浓密的睫毛被水淋过似的湿漉漉，他落泪时，泪珠大颗大颗往下掉。他嘶哑哀痛，我反而好了起来，收起了不懂事的姿态，锥心刺骨赶他：去吧，去吧，我帮不上什么忙，就放我的丈夫去。去吧，上战场完成我的那一份……但，要记得回来啊。

离去时，他的香水味亦很复杂，一时闻之魂不守舍，一时浓郁热血沸腾，渐渐是心如止水的禅意，又有着死亡气息般的沉寂，重现永恒的寂寞孤独。

刚开始广祁还会给我写信安抚我，不过从战争开始我们信的内容大多是严肃的，他偶尔也会诙谐逗我，信有时长而整齐，有时短而凌乱。

盖将自其变者而观之，则天地曾不能以一瞬；自其不变者而观之，则物与我皆无尽也。

他也会这样报平安，他发现自己多了一些白头发，但人见白头嗔，我见白头喜，多少少年人，不到白头亡。

他亦会坦然安抚我：倘若牺牲了是好事，早死晚死都得死，用不着太缅怀，一切皆有定数，我起码不枉此生，有你爱着我，我也有自己的理想在完成，我们独立没有困住彼此，你有自己的生活，多好……

初期挤出那一丝的空闲，他总是冷静地写信安抚我。我甚至分不清那是他早就写好的信托人定时给我，还是一边上战场一边写给我的……

事实上，从他给我写过几封信之后，几乎没有传来他的消息，我等了他很久很久，久到我已经快模糊了我们曾经互相恋慕对方，一起细水长流的日子，一起办过的婚礼，短暂狂热相爱的婚后……辛酸常常一股脑涌上心头，使我惶惶不可终日。

但广祁走后，我变得不再那么胆小，我活成了他，延续了他，他以身作则教会了我如何独立。

他走了之后，我也学着写些抗日文章，替他和自己完成文人的使命责任。

尽管我们寄蜉蝣于天地，渺沧海之一粟。

我续用了他的众多笔名写着。抱月，思虞，小六，山松，月来，寸至，广生，润生……他最常用的是抱月、思虞与小六。

他离去后，我的眼睛很昏暗，总睁不开……睁开了还是很暗，偶尔我站在厅堂中央看向两间卧房，一间是白纱帘，房里亮堂；一间是厚重窗帘，房里黑暗昏沉，那是我们婚前各自所住的房间。

我在租界度过了四年时光，在珍珠港事变之后，日本与英美交战，连公共租界也被日本人彻底占据了。

期间许多文人被捕被杀，我忍辱偷生，不得已收笔退隐，最后在劳伦斯和几个仆人的帮助下，我携着嬷妈辗转逃亡去了易守难攻的内地。那是广祁安排的后手，让我们去内地或者海外，我就算自己要等他，也得顾着嬷妈和大家，才不得已走了。

安全以后，我分财遣散了仆人们，让他们自寻生路去。

后来，长达十四年的抗日战争结束，1945 年日军投降退出中国，整个祖国磅礴辉煌，气贯长虹，万家灯火通明。一盏盏亮堂的百姓灯如同一条呼啸的明黄长龙，咆哮过后，热烈挥舞盘旋，家家户户庆贺战争结束，敲锣打鼓，"日军退出中国领地啦"。

而我抚过广祁照片上青涩的脸颊，低声呼唤他："越山，你也该回来了吧……"

广祁只是与我走散了，我在等他，寻他。

可是中间我又没有在原地等待他，抗战结束以后，嬷妈想回家乡北平，也坚持进入疗养院度日，不愿做我的累赘，不愿我服侍她。

可分明是我需要嬷妈啊，她身上有妈妈的熟悉感，有家的味道，一种深入我心的稳定，源于多年来她对我的照顾陪伴。

于是我住到了北平，便于常去疗养院探望她。

听说她跟人相处得不好，因为她老端着架子与人们远着距离，总被误以为摆谱，才不受人待见。见她只有对我热络，有老头儿甚至损她大清都亡了，日本人也退出中国了，还学主子、奴隶那套呢，奴隶当惯了摆什么走狗谱儿。

气得体面的嬷妈第一次不体面、气短地说了好些歧视骂人的话，骂他们这群王八羔子懂什么，她就不爱跟他们处怎么了，"你便是强人所难的老流氓，北平的瘪三，不知道勿扰人的乡下人！不知道井水不犯河水！你这个张狂的日本鬼子！轰死你这个余孽哟。"

噢，战后有一段时间，这间疗养院的老人家骂人常常就骂对方是日本人，可要气死人了，令人哭笑不得。有一次还把一个老人家气得差点背过去，仍不忘回嘴说，你……你……你才是日本人！

我来撑腰原想让他们也被说得难堪，可是为了嬷妈忍了，再说嬷妈那番话已经很糟糕了，我就不添油加醋参战了。我只是管她叫妈，对她格外好，破除他们传言嬷妈以前是我奴仆的说法。

嬷妈泪眼婆娑不敢受着又很欢喜。

事后，我还给其他人送了好多好东西，只送给不损她的那些礼貌人，叫他们好好与我妈处处，我妈人好着呢，不冒犯她就没事的。

歇息下来，嬷妈累了便领我回她房间里叙旧说话，她时常忆苦思甜。她其实不是北平的人，只是记事以来把北平当作了家乡，她有不知道哪里的口音，有时候把我名字叫作阿引，有时候也会叫我小六。

她慈祥地注视着我，她一直觉得父母把孩子带到自己都难挨过去的世界里，就是天生欠孩子的，她父母欠了她一辈子，后来她替父母把那一辈子还到了我身上来。

嬷妈预感到了什么，仍带着口音唤我："小姐，我走了，别怕。"我以前睡觉害怕时，她就是这么说话的。

可是现在我不知道她到底在叫哪个小姐，我连嬷妈也怀疑起来了，我伤心失落啊，以为她也始终最挂念福茵英。我便握住她的手，甘愿骗她。"嬷妈，我在咧，晚上我要你给我讲故事。"

我提起的是英英喜欢的那个故事，我原来是不喜欢听那个故事的，在家里我希望有人给我的爱是完整的，曾经我把这种任性都肆意投到嬷妈身上去，这却是建立在她待我尊卑的态度上。

嬷妈模糊地念："不是，不是……我的小姐不喜欢这个，她要听《爱丽丝奇遇记》。"

我问嬷妈："你怎么只记得一个小姐了，你不是愧疚着那个吗？那个你没有照顾好而夭折的孩子。"

她这时忽然清醒过来，对着我嗔怪："我的小姐从头到尾只有一个，谁是我带大的，我还不知道吗？夭折的，哪有带大的亲，更何况英英有太太完整的爱了，我的小姐是你呀，你这个小傻瓜。"

嬷妈弥留之际说："我没有见过家人，我也没有嫁人，没有子女，我前半辈子孤苦伶仃，幸得老爷、太太赎身收留，我对他们只有尊着敬着感恩着，但我这一生所有的爱都给了你啊……"她阖眼，断断续续倾诉完以后，平静安息了。

嬷妈算是喜丧，我们之间也没有遗憾，呼……我不难过。

料理完老人家的身后事，我就回上海了。

接着我与从前的一众友人相聚相见，大家喜极而泣。

我见到了平原，却没有见到小曼。

胡夫人对小曼一直是睁只眼闭只眼，但也不接受，后来她生病，小曼近身服侍着，孝心传出去了，胡夫人才同意她进门。平原母亲一个女人多年操持家业，身体也不好。战乱的时候，他们一家往香港逃，又坐船去了海外，可惜母亲与妻子都在船上病逝。

赵石南和伊青那时候去了海外投靠理佳，如今都从外地回来了。理佳归国做了医生，早前她在伦敦的医学杂志上刊登过论文，已是小有名气的医学生，她回来了很忙，日夜操劳已没有从前的闲情逸致了。

我反而和伊青走近了不少，真是分别产生了美。

1945 年的时候，伊青还邀请我去了一场景明楼的宴会，我等广祁的这些日子无事可干，总要寻他，去了另一个地方也打着寻他的主意，我没有与人跳舞。

在这一场充满阴谋的宴会里，歌舞升平终止，突然停电，周围变得漆黑一片，名媛妇女们惊慌失措，尖叫。我和伊青躲过了日本人，却没有躲过另一派常常自以为文明的强盗土匪，我们被美国军官强奸了。美国士兵当着赵石南的面，控制着伊青进行轮奸，还残忍地逼迫他看，赵石南因护妻护友惨死在这场宴会里。

国民政府不作为，企图封锁消息，为了顾及盟友之谊，最后在舆论的压力下，才为我们主持了所谓的公道，他们只让中国人承担了罪责做了替罪羊，还将愤愤不平讨公道的受害妇女抓起来，倒打一耙，判下勾引盟军从事淫乱活动的罪名。

第二十一章　白头偕老

伊青成了寡妇，终日与我做伴。

我们的贞操并未失去，失去贞操的是那些侵犯我们的凶手。我跟其他太太小姐不同，我不认为自己对不起广祁，只是觉得幸好广祁不知道，否则他该多心疼我。

伊青和我在一起的日子里，她开始频繁用我曾经讽刺她的那句话来骂人，并调侃过我："你知道吗？你就像一个野蛮的欧洲白人，你皮肤白啊，骂你自己呢。"

我请她不要装疯卖傻，这个白痴。

她还是会嘲讽我，说以前就是看不惯我端着。

我澄清，我不是端着："你爱'挤兑'我，我为什么要跟你凑一起呢？"

她叹气说，曾经邀我聚会，被我一口拒绝，她落面子伤心了，后来她等着拒绝我，结果我从不邀请人，她气极了。

伊青一走，家里彻底冷清下来，我能做的只有写作了。

伊青也爱上了写作，她对某位已小有名气的文人崇拜的时候，我没有吭声暴露自己，她热爱文学但写得不尽如人意，她很喜欢我写的小说，不过在别人面前我都隐藏了自己的这一重身份。

偶尔我指点她，她还驳斥我，你懂什么呢，你根本不能与治中这样的文人相比，还表示要是自己被治中指导一下，愿食素一整年。她最爱吃肉了。

我摇摇头，笑看这个不知好歹的女子。

伊青又走了，家里再次冷清起来。

我开始在家里游荡，在广祁时常从早坐到晚的书桌前，我理出一张张作品摆放出来，他要是回来看见了一定会表扬我，再不济，也能为我修改完善，将作品变得更好。

厅堂接近阳台小院的地方放着一张摇摇椅，他写作累了，会走过来坐下躺上，会拉我伏在他身上歇息。旁边有一张小桌子，专门用来放常看的报纸和书本，他喜欢这样懒散地阅读。

我有时候在夜里失眠，便会光脚下地，蹑手蹑脚打开房门偷偷摸摸朝外看去，观察一下，广祁是不是回来了，猜想他一如既往地细心，没有打扰歇息的我，才没在外面发出任何响动。但通常打开看见的，仍然是空荡荡的厅堂，沉寂、空洞、虚无。

我不在意地耸耸肩，继续等他。

我穿着单薄的睡裙，打开沙沙作响的留声机，放他喜欢的黑胶唱片，抱起他的格子西装，回忆曾经的舞会，寂寞地跳着舞。尽管我被冻得冰冷，我还是会随性重复我们以前的约会。

我终日待在潮湿阴暗的角落里，内心如枯败萎靡的花朵，强烈向往我那颗太阳回来，再次耀眼出现，也希望自己破壁挣扎出去。

我还在门外地毯下面放了一把备用钥匙，要是他在外面待得太久以至于弄丢了归家的钥匙，他回来感应到我的细心，便会知道感谢我了。

我们用饭的餐桌上，每天也放了一叠崭新的报纸，还有干净的烟灰缸和辛辣的雪茄，在他常随意坐下的地方，我都准备好了这些物品。虽然我不喜欢他过度喝咖啡，抽雪茄，可是这是增加他灵感的习惯，坐下来休息喝喝咖啡，点上一只雪茄斜叼在嘴上抽着，很快思路变得通顺知道该怎么写。

……

所有的一切，我都将它们复原了，此后一再地重复着，希望他回来时家里还能是原来温馨的模样，没有任何变化，他见了会发出一声惊叹，好像也没有离家几天嘛；也会再次抚掌大笑欣赏，我真是他的好妻子，小六啊是好孩子。

晚上我梦见一片绿油油的树林，绿叶阴森的顶端，干枯的枝丫若隐若现地交错，上面冒出一束束青白的光辉，漏下来笼罩着我，照耀我前方一点点泥泞土壤，他清瘦孤独的身影时而出现、远去，我张皇随时转身寻找他，拼命喊他的名字。

我就在这样的地方困住了，心悸地找啊找，他总是像在引路似的，让我喘气奔跑，紧紧相随，却不肯现身面对。他若是血淋淋的样子，我也不怕啊，假若他破碎模糊，我便会一点点捡起他的每一部分拼好，直至完整为止……

有几个夜晚，我梦游从房间里走出来，看见留声机附近一对青涩男女拥抱着在跳交谊舞，但他们的身影、面孔很模糊，模糊得像是隔着一道充满水雾的玻璃。我永远也走不近他们，墙壁和留声机会往后无限延伸，他们伫立在原地微微一笑，当我醒来那一刻，才能在几秒白光中看清他们的模样，是小时候的广祁和福席音。

醒来后的我会彻夜难眠，我起来给自己温一杯清酒，缓慢坐到小庭院里，举杯邀明月，对影成三人。

辗转，回到书房拿起我们的合照看了半晌，我和广祁的合照上，我是一位美丽的女子，非常端庄优雅，那是他给我的爱情，他有我的神态，我有他的气度，我们的面貌合为一体，缺一不可。他是绅士，我是淑女，天造地设。

他在圣约翰拍过一张穿学士服、戴黑方帽的毕业照，黑帽的流苏垂在耳鬓后方，他斯文儒雅，拍照那刻的神态，没有表露得太激动，仍从容不迫，这种气度把他衬得像是已经毕过业的人。

……

然而，我早已惧怕他只能变成回忆。

可我又控制不住地一遍遍逛过拥有我们曾经共同回忆的地方，我成了他的影子，走他走过的路，做他做过的事，买他喜欢的香水。其间，我回到南京完成学业，并得知教务长魏特琳后来抑郁自杀。我独自游秦淮河，凌晨爬山去那棵大古树下等待日出……

我也撞见过与我相似的平原，小曼生病去世后，平原颓废了很久，他仿佛消失在了这座城市里，但我又打听到他还在，没有去哪里，只不过成日宅在了家里，我去探望过他，却不见人。

在外游荡的某次，我终于见到了平原，见到他的时候，他整个人是让人心碎的，现在还记忆深刻：三十出头的中年身段，身上穿着自制的月牙色长衫，但他已经变得残暴、沉默，不再那样年轻，反而死气沉沉，衣服下是臃肿的形态，这种臃肿是由头脑里开始蔓延的。

平原给我的印象如此深刻，痛苦失意，若即若离又模糊。他为一个女人变成了这样，是一个痛苦至死寂的人。我从他身上预见到了什么，很危险，很微妙。

不久我明白过来，我预见他就是另一个我，只是他更烈，更浓重，更早。

我回去以后，又开始通过写作来宣泄，中途伊青上门来探望我，这一次我没有收好文稿，她认出了治中写作风格的文稿。

当伊青得知我便是她崇拜的那位文人以后，她迟疑愕然，态度发生变化，由刚开始的愤怒不接受，到承认暂无法与我并肩的事实，再到最后无奈惺惺相惜。

甚至到了后来我们不能任意写作的时候，她低声下气地劝我，时期还没过之前，还是好好地夹着尾巴生存吧，不然以后连牲畜不如的时候，该怎么办，我们是体面的斯文人，它们未必。

我只是，尽我作为文人的本能来创作。

外面沸腾拥挤的疯人，对我虎视眈眈许久，有一天竟然折磨我，一伙人冲进来打砸抢劫……

我被人举报，举报的理由奇奇怪怪，其中有一条叫我笑掉大牙，他们指控我用写作抨击国人，当过汉奸走狗，是余孽。

那段时间人心惶惶，城里四处是强盗土匪，在某些放大的欲望妒忌之下，好的开端被钻了空子，执行者也被蒙蔽得一无所知，官匪竟成了一窝茹毛饮血的怪物。

那伙愚蠢兴奋的强盗进门来烧抢砸掠，只有广祁的东西我还万分珍惜地收存着，幸好在人人自危时我一早把他的物件都收藏好了，其余的文物，即使心痛也没有触及撕裂我灵魂的地步。

他们还抢走了母亲生前送我的名画，抢走了父亲送我的大师留字……

他们弄断了我写作的手，又一次伤害了我的肉体，还将我游行示众。我依然觉得我高贵无比，他们是可怜可悲可恨的蝼蚁。

我无动于衷，发现这城与人都不知在何时变得如此失温冷漠，狂热单一。可笑……

伊青看见我的手被毁掉时，比我还要难过痛苦，她多么爱我的那些作品，更爱还未诞生的作品。她忙前忙后帮我治疗，可我的手还是废了，别说拿杯子，连写字一用力起来都颤抖得写不了。

于是伊青给我买来一台昂贵的打字机，是从外国人那里弄来的。洋洋得意地保证，这是最好的进口打字机。

我没有想过放弃写作，我的精神还在，我不那么依赖打字机，开始用左手练习写字。

我被批斗过后，也改了笔名。

我的笔名改成了"风一"，被伊青嫌弃过像日本人名。我表明，"风一"是我把"凤"拆开来的笔名，她便闭上了嘴，过会儿笑呵呵地支持我。

她问我最近想写什么故事呢。

我在报刊上连载了我和广祁的故事。

我为我们这一生做了个简短的总结，做这个简短总结的时候，我连一滴泪也没有了，故事终于登报了，曾经的双向赴恋，见得天日了。

广祁，字号越山，他是位哲学生兼作家，后来弃文从武做了军官，他的太太从前是个穷人，机缘巧合下做了买办家的小姐，但是他从未嫌弃过她一丝一毫，也没有为她的身份动摇过。他像他太太热爱他那样，由始至终也热爱着小六、凤虞、席音，热爱她的每个时期。他立志要做个绅士，最后为了家国勇上战场，成为永恒的绅士，他牺牲的时候身体被炸得粉碎，能知道他身份和牺牲的线索，仅仅是他手上戴的戒指——广太太曾经为他戴上的婚戒，他们家庭的象征，却又是死亡的确认，和另一种思念爱情的开端。

当初得知他的消息时，我始终不肯相信，我只肯承认他与我失散了，可是这么久了，我试着为他正名。

那时我整个人沉重得像被压在地上动弹不得，从天而降一块铅球砸来，生猛撞击，凹陷了我的五脏六腑。收到他牺牲的消息时，看到那个戒指，尽管我有心理准备，仍然如晴天霹雳，像是自己当场遭遇意外死去了。我总抱着侥幸认为，他会成为幸运的战士，然而，他终归与那些千千万万的普通而又伟大的英雄一样，用血肉之躯护住了家国，护住了守家的妻子，此后长眠不起。

一九三七年日本侵华开始了全面战争，我被迫离开了金陵女子学校，我失去了尚存的唯一的父亲，因为恐怖的战争，我再也无法找到我的血亲。因为残暴不仁的侵略战争，我的丈夫上了战场，作为妻子、贤内助我在家里懂事地等待他，等他凯旋，然而这么多年陪我的人一个又一个走了，我还是未曾等到归家的丈夫。

我一个人颠沛流离居无定所，我做过老师，做过作家，但我最想做的是成为与广祁并肩同行的战友。

越山，既然等不到身魂未归的你，那么我便越过千山万水，越过天堂地狱，越过人间宇宙，来寻你吧，你可要在路上等等我啊。

初期，我依旧在人间寻找他。

很多不堪的旧事应如水过鸭背，它们没资格来影响当下新生的自己。我们并不能依靠谁，特别是灵魂精神上，唯有自己渡得了自己，我总是这样告诉小六、风虞和席音，大声告诉她们，结果不尽如人意，到底不过虚张声势。

因为那些记忆扎透心脏始终来回穿梭的时候，狠狠淹没了我们，窒息迷茫，困顿痛苦，无边无际，我们处于深渊巨口。

我开始了我的拾荒生活，以便四下打听广祁活在人间的任何一种可能，我不肯放弃残存的机会。

某日路过一家香水铺子，我进去看了看香水，不由喃喃：广祁，现在我也会品味香水了。我钻研出了……我默念，一见钟情，白头偕老。

店员见我可怜巴巴的，问我要什么香水。

我眼睛红红的，痴痴地发着呆说，一见钟情，白头偕老。

柜员不明白，她茫然地问我，有这种香水吗？

我说我有，就游魂一样走出去了。我虽然常红眼，但是没让泪掉下来过，一点点泪水时常在眼眶里，过会儿自然干了。

我多么想在年老时收到他送我一瓶名为白头偕老的香水。可惜他不能了，最后是由我帮他送给自己，很久以后，我钻研出了"白头偕老"。他钻研的香水都是用本土材料和进口材料混合调制的，而我，我的材料没有任何人能够承受使用，除了他……

我拾破烂拾累了，便坐在路边休息。空闲间我捡了很多可回收的东西卖了换钱捐掉，留一小部分当路费。

我找他仿佛有半个世纪那么长，有我们这辈子那么长。

最后我彻底变成拾荒者，一边拾荒，一边在犄角旮旯里四下寻人。我拿着照片询问无数人关于广祁的下落，可惜没一个人告诉我答案。

君埋泉下泥销骨，我寄人间雪满头。

我发现回望过去，我总是以另一个人的角度看待他们，互相熟悉又有种陌生感，像是上辈子的事了。

唉，追忆过去，那些往事已成浓郁至极的爱。我怎能放弃得了呢？

我回家看着镜子里的自己，昏眊重脉。

家里的灯乍然熄了，没有停电，但是所有的灯都打不开了，陷入一片寒冷阴森的漆黑中，仿若无边无际的空荡余生。

当我有死亡的念头时……戛然而止过后，我明白，她只是不想无能为力地活着了。

那是我第一次离真正的死亡那么近，我在被抛弃的时候，我在战争期间，都有强烈求生的本能，而现在不同了，我了无生机，死气沉沉。

我是个胆小鬼，是个爱哭鬼，但他不在以后，我变得勇敢、不畏惧死亡，我停止了泪流，开始微笑。从前怕死又为他变得勇敢，如今，我对死亡无所畏惧，反而害怕活着，以前总怕人会死掉，想象着我死了就变得跟闭眼时候一样黑漆漆。如今却觉得活着担惊受怕，怕再也找不到他，没有尽头。怕这社会总是要吞噬我，我无依无靠，过得困难。

接着，我想起了不同时期的自己。

我明白我不是那样坚强的女人，从席音爱上广祁那一刻起，她就在小六的过去里瞥见了这种苗头，我们在自己身上一同看到了这一点。

在爱上广祁的每一个瞬间开始，我就知道她们一直会如此循环。

如今，我看到她眼里蔓延着对自己冷漠的开端，我明白她心里那种痛苦而绝望的决定，那种渴望见到广祁的勇气对自己而言是多么残暴。

我一直敏锐地看着她们，注视着这不可避免的一切，可是我们不用交流，一声不吭便达到了共存的哀鸣。我们没有谁告诉过某个阶段的自己，谁比谁更爱他。

只是从广祁不在以后，我哀莫大于心死，成了一具行尸走肉的空壳。

过去所有经历与苦难都变得不值得一提，我始终悬在了深渊的丝线里，艰难走过这种独木桥。没有什么再能伤害到我，因为我不在乎任何人任何事，也没有什么再能让我恢复，因为我对任何人任何事没了希望。

就这样好多年晃过去了，那时候她已经老去了，停止了风吹雨打的经历，然后变得又丑又懒，身形骨瘦如柴，面目全非。

这样的席音是多么麻木不仁，她真该死，随了她这种人的愿吧。我对自己说。

最后那段日子，她去过南京，去过北京，最后往返上海租界继续写作拾荒。

广祁那时候常幽然出现并看着我，他站在门边上，停在阁楼下，虚无缥缈地等待着我，他在呼唤我，静静地来接我了。

我果真见到了他，原来他一直守在我身边从未离去，即使身体已经死亡，他的灵魂还在那儿等待着我，始终伫立于此。

不知何年何月何日，拾荒女捡起一个珐琅香水瓶，她充满仪式感地倒出空气往身上抹了抹，香水瓶砰一声掉了以后，她无比自信地注视着前方，脸颊微微一笑，便从阁楼上一脚踩空滚落摔下，从此微笑闭目不起。